LE DESTIN
DES LANNÉLEC

Du même auteur

Le Manoir des Lannélec, l'Archipel, 2016.
D'une rive à l'autre, SAIG, 2013.
Les Braises du passé, SAIG, 2011.
Entrez dans la danse.com, SAIG, 2010.
D'une saison à l'autre, SAIG, 2009.
Orages et éclaircies, SAIG, 2007.
La Toge prétexte, SAIG, 2005.

MAURICE DE KERVENOAËL

LE DESTIN DES LANNÉLEC

roman

l'Archipel

Notre catalogue est consultable à l'adresse suivante :
www.editionsarchipel.com

Éditions de l'Archipel
34, rue des Bourdonnais
75001 Paris.

ISBN 978-2-8098-2113-0

Prologue

Trois adolescentes au début des années 1980. Des amies sans histoire, insouciantes et gaies. Elles aimaient les fringues et les boums, adoraient Goldman, Balavoine et Michaël Jackson. Elles rêvaient, sans le dire, du prince charmant, gloussaient bêtement, attrapaient des fous rires. Trois adolescentes bien de leur âge, de leur temps.

Astrid et Claire étaient mignonnes et sûres d'elles, mais pas Agnès. Elles n'appartenaient pas au même milieu, mais s'entendaient bien. Le petit cours privé qu'elles fréquentaient à Paris était plutôt libéral ; l'ambiance y était bonne et l'on ne s'y tuait pas au travail. Elles avaient fait ensemble leur seconde et leur première, avant qu'Astrid ne soit retirée de l'école par sa mère.

Elles ne se souciaient guère d'un avenir qu'elles ne pouvaient concevoir autrement que rose, protégé et heureux. Dieu merci, aucun de nous ne sait ce qui l'attend. Comme dans la légende de saint Nicolas, elles étaient trois enfants sur leur chemin heureux, parties glaner le bonheur aux champs de l'existence.

Première partie

La fête à Kerjagou

« Certains signes précèdent
certains événements. »

Cicéron

I

Kerjagou, août 2008

La fête s'achève dans le manoir de Kerjagou, au bout du Finistère. Des invités s'attardent autour de Claire et de son mari Éric de Lannélec, dont on vient de célébrer les cinquante ans.

La réception a réuni une centaine de parents, de voisins et d'amis.

Claire s'est attachée à cette demeure du XVe siècle, dont elle admire depuis toujours l'architecture austère, granitique, et les vestiges de l'époque médiévale, dont la grosse tour dite « du Croisé ». Elle en aime aussi le parc aux arbres centenaires, et surtout le grand étang romantique au bout de la terrasse. La première fois qu'Éric lui a montré le plan d'eau, elle y a perçu des ondes positives. Mais c'est seulement en 1996, sept ans après leur mariage, qu'elle s'est sentie vraiment chez elle dans cette propriété. Guillaume, le frère aîné d'Éric, venait de transmettre au cadet les rênes du pouvoir, ainsi que la gestion du domaine – l'essentiel, du moins, excepté les bois. Guillaume s'était réservé un appartement dans la vieille tour.

Claire, au fil des années, a modifié la décoration des lieux et embelli le jardin. Elle l'a fait en dépit des gémissements poussés par les deux hommes. Éric et Guillaume, dotés d'un esprit conservateur, se cramponnaient au décor de leur enfance. Rétrospectivement, ils ont admis que Claire avait fait du bon travail.

Claire apprécie Guillaume. Elle le voit comme un homme intelligent, gai, de bonne composition. Né d'un premier lit, il a vingt-deux ans de plus qu'Éric et cultive envers lui une attitude quasi paternelle. À soixante-dix ans, il est fort bien conservé : il paraît encore jeune et séduisant, avec sa grande mèche blonde et son physique de baroudeur. C'est un ancien héros de la guerre d'Algérie dont il est revenu grièvement blessé. Il a créé par la suite une agence de publicité qu'il continue de diriger. Sa réputation est constellée de succès féminins. Il est auréolé d'une légende qui la fascine. Cependant, il s'est assagi avec le temps, sous l'influence de Florence, sa compagne.

La nuit tarde à tomber en ces derniers jours d'août. Il est 23 heures passées et l'on y voit encore – à six cents kilomètres de Paris, le décalage horaire non officiel est d'environ trois quarts d'heure.

Claire s'est éloignée discrètement pour aller s'asseoir sur le muret qui ferme la terrasse au-dessus de l'étang. Elle savoure ce moment de calme et de solitude, après l'effervescence de la réception, les amis qu'on embrasse, les mains que l'on serre, les cadeaux reçus, le brouhaha des conversations. Dans les pièces basses, les lampes s'allument, donnant vie et chaleur à la demeure. Claire pense fugitivement à *L'Empire des lumières*, cette série de tableaux mystérieux de Magritte. Elle les a vus à Bruxelles. Elle distingue à peine les invités et les domestiques qui passent le long du manoir, et dont les projecteurs jettent sur la bâtisse les silhouettes en ombres chinoises démesurées. Guillaume est parmi eux. Il discute avec Éric. Bientôt il se dirige vers elle. Il sourit. Elle descend du muret.

— Chère belle-sœur, un grand bravo ! Soirée merveilleuse. Diane, mon épouse regrettée, aurait adoré voir Kerjagou briller de tous ses feux. Ma mère aussi. Mes compliments à la maîtresse de maison.

— Merci, Guillaume.

Il l'interrompt :

— C'est la vérité.

Puis il ajoute :

— J'ai passé un excellent moment. Notamment avec votre amie Astrid. Elle est dans la publicité aussi. Une concurrente ! Je ne l'avais jamais rencontrée.

Il se met à rire :

— Elle est très séduisante.

— Elle a toujours su y faire avec les hommes.

— Effectivement, c'est l'impression qu'elle m'a donnée.

— Elle était déjà comme ça à quinze ans.

— Vous étiez au lycée ensemble ?

— À Sainte-Jeanne-de-Chantal. Un cours privé.

— Je vais devoir vous laisser et vous dire au revoir. Je prends la route de bonne heure. Vous dormirez encore. J'ai promis à Florence de ne pas arriver trop tard à Paris.

— Ne partez pas sans prendre un petit-déjeuner.

— Je me débrouillerai. Ne vous occupez surtout pas de moi.

Prenant Claire par les épaules, il l'embrasse, puis s'éloigne d'un pas vif. Elle le regarde repartir vers la maison. *Quel homme agréable*, pense-t-elle. *Qu'il est facile à vivre*. Elle se rassied, songeant à la chance qui est la sienne, au fond, d'avoir une belle-famille limitée à sa plus simple expression. Pas de belle-mère envahissante pour venir l'accabler de conseils ou pour jalouser la femme de son fils. Il n'y a que Guillaume. Et Guillaume est une crème de beau-frère.

Il fait presque noir, à présent. La lune filtrant à travers les arbres jette sur la surface de l'étang des taches lumineuses qui ont l'air de flotter comme des poissons morts. Des berges s'élève une humidité chargée de senteurs, des relents d'eau stagnante et de vase. Claire a un frisson. Elle s'apprête à rentrer quand Astrid la rejoint.

— Tu ne pars pas déjà ? Tu ne veux pas prendre un dernier verre à la cuisine ?

— Tu es gentille mais je dois y aller. Le temps de récupérer Paul, je file. Merci. J'ai beaucoup aimé ta soirée. Tout était parfait. Ta superbe propriété, le buffet, les invités. Ton mari est adorable.

— Attention ! Pas touche…

— Ne t'inquiète pas.

Elles rient toutes les deux.

— Reste encore un peu, insiste Claire.

— Non, vraiment. Je ne voudrais pas arriver trop tard à Trégastel. Paul est fatigué, il n'aime pas conduire la nuit et c'est loin.

— Je suis contente d'avoir fait sa connaissance.

Astrid hésite un instant avant de répondre :

— Il n'est pas en forme. Trois ans de chômage, tu imagines. Il déprime.

Claire est déconcertée. Elle n'a pas trouvé que Paul ait l'air déprimé le moins du monde. C'est un grand gaillard aux larges épaules, aux traits réguliers, aux cheveux poivre et sel, aux traits pâles, il est vrai. Maintenant qu'elle y repense, elle se souvient qu'il avait les yeux cernés. Quoi qu'il en soit, elle n'a pas envie d'entendre Astrid lui déballer ses problèmes. Ce serait gênant pour toutes les deux. Elle reprend en changeant de conversation :

— Tu n'as plus de contact avec Agnès, tu m'as dit ? Tu n'aimerais pas la revoir ?

Agnès est la troisième fille du trio inséparable qu'elles ont formé à Sainte-Jeanne-de-Chantal. Cette époque ne leur a laissé que de bons souvenirs. L'établissement était voisin du parc Monceau. On s'y amusait bien, ce qui ne les avait pas empêchées, une fois le bac en poche, de se lancer toutes les trois dans des études supérieures.

Claire a toujours eu un faible pour Agnès. Si Astrid était une « femelle dominante », Agnès était douce et se souciait des autres. Si Astrid la distrayait, voire la fascinait, Agnès lui inspirait de l'affection. Après Sainte-Jeanne, Claire est partie pour l'Angleterre où elle a passé une année dans une *finishing school.* Les deux amies ont correspondu un temps. Mais Claire prenait du bon temps à Londres tandis qu'Agnès s'investissait fortement dans ses études, ayant choisi de devenir enseignante comme ses parents. Peu à peu, elles se sont perdues de vue – et Claire, à présent, regrette qu'il en soit ainsi.

— Ce serait bien de la revoir, non ? Tu n'aimerais pas savoir ce qu'elle est devenue ?

— Si, répond Astrid sans conviction.

Elle, les réunions d'anciens combattants…

Elle se penche vers Claire et l'embrasse.

— Merci, ma chérie. À bientôt. Je te fais signe depuis Paris.

Claire la regarde s'éloigner – menue, svelte, jolie, résolue.

Mais des cris attirent son attention. Ce sont ses enfants : Mathilde et Amaury. La jeune fille a entrepris de poursuivre son petit frère qui a pris ses jambes à son cou et lâche des hurlements perçants. Mathilde a beau avoir dix-neuf ans, et être une fille superbe sur laquelle les hommes se retournent, elle reste très enfant. Son caractère n'est pas facile. Elle passe sans crier gare de l'enthousiasme au repli, voire à l'hostilité. Claire n'est pas inquiète. Elle pense que Mathilde n'est pas mûre, voilà tout. En tout cas, elle apprécie de voir ses enfants jouer ensemble comme des gamins. *Des clichés de bonheur*, se dit-elle.

Mais la fatigue commence à la gagner. Elle a accumulé du stress en préparant cette soirée de fête. Elle est debout depuis la mi-journée. Elle goûte enfin le plaisir d'être seule. Elle est soulagée aussi : tout s'est bien passé. Et elle est fière d'avoir pu montrer sa famille et leur réussite, à Éric et à elle. Cependant, elle ne s'aveugle pas : ce parcours sans faute ne peut manquer de susciter des jalousies. Claire pense notamment à Brigitte, sa sœur cadette. Brigitte l'a toujours enviée. Elle est moins jolie. Elle a eu des difficultés à l'école. Elle attaquait une carrière de dactylo quand Claire était déjà avocate. Complexée, Brigitte a fini par épouser un garçon de son milieu – le rejeton d'une famille bourgeoise du Nord. Malheureusement, le mari en question n'a guère d'envergure. Son nom étant connu dans la région, il le porte comme une oriflamme et s'enorgueillit de ses alliances avec d'anciennes dynasties industrielles que la crise a dédorées. Claire trouve tout cela médiocre. En fait, elle n'attache que peu d'importance au statut social, bien qu'elle ait fait elle-même, aux yeux du monde, un beau mariage. Et puis, ces gens qui se vantent d'un passé légendaire… Elle incline à respecter la réussite quand elle est le fruit du travail, de l'effort. Brigitte est venue fêter ce soir l'anniversaire de son beau-frère , mais ses grandes démonstrations d'affections, comme celles de son mari du reste, cachaient mal une évidente aigreur, ce qui a laissé Claire parfaitement indifférente.

En revanche, elle a jugé sincères et touchants les compliments de son amie Astrid, une femme brillante, une star de la pub qui s'est construite elle-même. Claire l'admirait déjà quand elles étaient en pension. Elle était plus mature que toutes les autres filles. Et elle se déclarait expérimentée dans les relations avec les garçons. Il est vrai qu'elle n'avait pas affaire à une forte concurrence puisque Claire et Agnès étaient de vraies oies blanches. Mais elle était belle, mince. C'était une Méridionale aux yeux bruns, aux cheveux noirs, à la peau mate. Son père, qui était producteur de cinéma, lui offrait toujours des vêtements dernier cri. Sa mère était divorcée de cet homme et remariée avec un autre. Le passé d'Astrid semblait s'entourer d'un certain mystère qu'elle ne se privait pas d'entretenir. Claire, issue, elle, d'une tribu chrétienne pratiquante, était fascinée par le milieu d'Astrid : il avait l'air de sentir le soufre.

Claire, à présent, songe qu'Astrid a légèrement forci sans cesser d'être séduisante. Elle a tout de la femme d'affaires épanouie. Pourtant, sa vie personnelle n'est pas un succès. Pourquoi a-t-elle épousé ce déprimé beaucoup plus âgé qu'elle ? Si elle l'a aimé, l'aime-t-elle encore ? De quel avenir un tel couple peut-il rêver ? Ils n'ont pas d'enfants. Leur vie sans joie est faite de mondanités, de sorties le week-end, de voyages – tout cela doit être d'un ennui…

La soirée a été réussie, et pourtant Claire se sent gagnée par le spleen. En pensant à Astrid, c'est son propre avenir qui s'est mis à la préoccuper, et celui de sa famille. L'appréhension s'empare d'elle. Cette existence dont elle est si fière serait-elle parvenue à un sommet ? Tout ne va-t-il pas se dégrader lentement ?

Un pressentiment la saisit.

Sûrement la fatigue, se dit-elle. Ou alors c'est ce sentiment de tristesse qui arrive parfois avec la tombée du jour.

Claire s'efforce de se raisonner. Rien ne justifie de telles craintes. Elle forme avec Éric un couple harmonieux. Ils se sont rencontrés voilà plus de vingt ans chez des amis communs. Leur relation a toujours été sans nuage, marquée par une parfaite entente physique et morale. Au plan professionnel, comme dit Éric, tout baigne. Lui est dans une banque d'affaires dynamique. Il dirige le service fusions et acquisitions du groupe. Quant à elle, elle a fait ses preuves dans un cabinet d'avocats où elle a désormais le rang d'associée. Pas de problème non plus du côté des enfants. Mathilde est une ravissante jeune fille – le portrait de Maud, la mère d'Éric. Son parcours scolaire est exemplaire – bac avec mention obtenu à seize ans, elle fait son droit à Assas. Amaury est un superbe adolescent de treize ans, un Lannélec pur jus aux traits réguliers et aux cheveux blonds. Il ressemble à son père et à son oncle Guillaume. Lui aussi travaille bien à l'école. Il est à Sainte-Croix de Neuilly, toujours dans les premiers de sa classe. Il est gai, équilibré et – chose rare de nos jours – serviable.

Il arrive à Guillaume de se moquer d'eux :

— Une vraie famille de spot publicitaire.

Il sait de quoi il parle, évidemment.

— On ne va tout de même pas se rendre malheureux exprès ! répond Éric. De toute façon, comme disait papa, « mieux vaut faire envie que pitié ».

Un souvenir revient à Claire. Des vacances en Corse, voilà des années, avec ses parents. Leur bateau, *Utopie*, mouillait dans la crique de Girolata, un petit port au nord d'Ajaccio. Claire revoit son père en discussion avec un pêcheur du coin. Elle a quatorze ans. Le temps est magnifique, le ciel d'un bleu soutenu, la mer d'huile.

— Vous n'appareillez pas ? demande son père. Vous ne prenez pas la mer ?

Le Corse le regarde, dédaigneux.

— Avec ce temps ?

Le père de Claire est surpris :

— Le temps ? Mais il est superbe, le temps !

Le pêcheur hausse les épaules :

— Justement. Ça ne peut qu'empirer.

La bêtise de ces continentaux…

Claire se met à rire en repensant à la scène. La tête de son père ! Au fond, elle doit être comme ce Corse : quand les choses vont trop bien, elles ne peuvent que s'aggraver.

Elle a de nouveau un frisson. L'humidité est en train d'imprégner le gazon de la terrasse. Claire s'enveloppe dans son châle de mohair et retourne à pas lents vers l'entrée de la maison.

II

Bretagne, août 2008

La puissante berline allemande roule trop vite dans la nuit. Les petites routes de Bretagne peuvent parfois réserver aux automobilistes de mauvaises surprises. Pourtant, Astrid n'a pas peur. Paul conduit bien. C'est même une de ses rares qualités. De plus, il sait qu'elle aime le voir piloter une auto, ce qui le gratifie et lui rend peut-être un peu de sa virilité perdue.

Ils ont quitté Kerjagou parmi les derniers. Astrid s'amusait. Elle a tenu à rester jusqu'à la fin. Elle a un peu trop bu, du reste. Pelotonnée au fond du siège passager, elle s'abandonne à cette torpeur heureuse que procure l'alcool, au ronronnement rassurant du moteur. Elle repense à la soirée. Elle est arrivée seule à Kerjagou, par le train. Paul, qui avait un rendez-vous chez le médecin pour sa prostate, l'a rejointe plus tard en voiture. Au début, cette façon de se rendre à une invitation l'avait contrariée. Mais, finalement, elle n'a pas été mécontente d'arriver seule. Éric est venu la chercher à la gare. Éric est séduisant. Voire dragueur. En tout cas accueillant et chaleureux. Sa voiture, une vieille Land Rover, s'est bientôt engagée dans une allée de hêtres aux troncs lisses comme des piliers de cathédrale. Éric a montré à Astrid la ferme, puis l'étang, puis la tour de granit. Cette propriété est une merveille.

Claire les attendait devant la porte médiévale en ogive. Puis la fête a emporté tout le monde dans un tourbillon enivrant. Astrid, qui aime séduire les hommes, a apprécié la compagnie de Guillaume de Lannélec, le frère aîné d'Éric. *Un très beau mec*, s'est-elle dit. Un peu âgé, certes, mais elle s'est toujours laissé attirer par les hommes appartenant à la génération de son père. Guillaume ressemble à Éric, avec un visage ridé, plus viril, plus séduisant aussi. Elle le connaissait de réputation, puisque c'est une star du monde publicitaire. Ils ont parlé métier, tout en marivaudant. Elle a pris du bon temps et c'est sans plaisir qu'elle a vu arriver son mari – blême, lugubre, fatigué de conduire. Comment a-t-elle pu épouser cet homme ?

Mais à présent, sur le chemin du retour, elle n'a pas envie de s'embarquer dans une dispute. Elle l'observe. Il garde les yeux rivés sur la route. Son visage est triste, fermé. Pour être gentille, elle dit :

— Une belle réception, non ? Quel endroit ! Le buffet était bon, les gens agréables.

Il grogne, après un silence :

— Oui. Mais je ne connaissais personne. Je me suis emmerdé.

— Tu n'as pas bu, au moins ?

— Jamais quand je conduis. Une coupe et un verre de bordeaux. Excellent, du reste, le bordeaux.

Devant eux, une voiture se traîne. Paul la dépasse, puis reprend :

— Je n'ai pas une passion pour ces Lannélec.

— Ils sont pourtant charmants !

— Des aristos. Conformistes et friqués. Snobs comme des poux, j'imagine.

— Tu es dur. J'ai toujours aimé Claire. Dans le trio, c'était ma préférée. Belle, sympa, intelligente. J'ai regretté de l'avoir perdue de vue après que maman m'a retirée de Sainte-Jeanne. J'étais contente de renouer, il y a trois mois, quand je l'ai revue chez les Bourg-Gasselin. Bon, d'accord, elle appartient à une famille aisée. Des industriels du Nord. Mais tu ne vas pas lui reprocher ça. Surtout qu'elle n'est pas arrogante, même si elle a épousé un aristo breton.

— Des bourgeois, des aristos... Des milieux que je n'aime pas.

— C'est normal, tu es aux antipodes. Tu es dans le cinéma. Toi, c'est *Libé, L'Obs* et *Le Canard enchaîné*. Tu ne sors pas de là, alors...

Elle ajoute, avec un rire :

— Tu n'es qu'un vieux gauchiste. Tu es trop éloigné de ces gens-là pour pouvoir les juger objectivement.

Paul se tait. De toute façon, elle veut toujours avoir raison.

— Adolescente, dit-elle, j'admirais Claire. Je n'ai pas changé. J'aime leur couple, leur propriété.

— Tu les envies.

— Oui.

Il ricane :

— Au fond, tu es une petite-bourgeoise, toi aussi, sous tes airs de femme moderne et de publicitaire branchée.

Astrid accuse le coup mais s'abstient de répondre. Paul négocie un virage, puis enchaîne :

— Son mec, quelle suffisance ! Le financier beau gosse, sûr de ses origines, de son nom, de son physique, de son fric. Né avec une cuiller en argent dans le bec.

— C'est toi, maintenant, qui es jaloux.

— Tu rigoles. Ce genre de type me fait horreur.

Astrid, à présent, est exaspérée par ce tempérament amer et nihiliste.

— Ce n'est pas parce que tu es au chômage et que tu t'es planté qu'il faut critiquer ceux qui réussissent !

Paul ne répond pas. Elle enfonce le clou :

— Sois réaliste, pour une fois. Éric a un bon job. OK. Tu crois qu'il l'a volé ? Tu ne crois pas qu'il l'a eu grâce à son travail, à son intelligence, à son sens des affaires ? Moi, j'appelle ça le mérite. En plus, il est ouvert, accessible.

Elle se tait un instant, puis reprend :

— Il vient d'une famille ancienne, aisée, et après ? Il aurait pu vivre du fric de ses parents, ne rien foutre, sauter des nanas.

— Tu le trouves attirant ?

— Très.

Il encaisse le choc. Il soupçonne depuis longtemps Astrid d'être infidèle. Oh ! si elle le trompe, elle fait ça discrètement. Mais il en souffre néanmoins. Il déteste la voir, comme ce soir, entourée de sa cour de baratineurs.

— Un type bien, continue Astrid. Il a choisi de bosser. Il s'est trouvé une femme épatante. Ils ont de beaux enfants.

Je ne vois pas ce qu'on peut leur reprocher. J'aimerais leur ressembler. Ou plutôt, que ma vie ressemble à la leur.

— Ce n'est pas faute d'être ambitieuse, dit Paul d'un ton grinçant. Mais la grande publicitaire qui se rêve en bourgeoise, laisse-moi rire.

Astrid se blottit contre la portière, aussi loin que possible de ce pitoyable mari. Elle songe que son couple est en plein naufrage et qu'il faut accepter cette réalité. Le divorce? Elle n'a pas supporté celui de sa mère.

Elle remonte le plaid qui couvre ses genoux et ferme les yeux.

*

Sa rencontre avec Claire se confond, dans son souvenir, avec la rentrée des classes et le préau de Sainte-Jeanne-de-Chantal. Elle attend, solitaire, l'ouverture des portes quand elle voit s'approcher une grande fille aux yeux verts, au visage parfait, qui lui lance:

— Tu entres en seconde? Tu es nouvelle?

Astrid approuve.

— Je débarque de Nice. Je ne connais personne.

— Moi, je viens du Nord: Lille. Mes parents ont déménagé. Et je ne connais pas un chat dans cette boîte.

Elles se présentent en riant:

— Astrid Cornu.

— Claire Cauvilliers.

Elles se serrent la main un peu bêtement. Ce dialogue est interrompu par la sonnerie. Elles rejoignent la file des secondes. Direction, une salle de classe du premier étage où elles se retrouvent assises l'une à côté de l'autre.

Cette amitié recouvrira toute leur scolarité. Bien vite, une troisième copine les rejoint: Agnès, une ancienne qui a un an de plus et qui vient d'une famille d'enseignants catholiques originaires d'Ille-et-Vilaine. À seize ans, Agnès est déjà une femme. Non pas une beauté, cependant. Elle est maigre, anguleuse. Mais elle a les traits fins et elle sourit de façon coquette, en plissant ses yeux bleu-gris. Elle ne fait aucun effort pour s'habiller. Elle se montre plus sérieuse que les deux autres dont le seul sujet de discussion tourne autour des boums et des garçons. Elle, Agnès, semble rêver du prince charmant et d'un beau mariage. Mais les trois amies s'entendent bien et partagent des fous rires.

Astrid, à cette époque, souffre de sa petite taille. Son père lui répète que c'est idiot car elle a, dit-il, *du sex-appeal à revendre*. Il parle en connaisseur. Cela dit, il adore sa fille. Il la gâte. Il lui offre des vêtements élégants, à la pointe de la mode. Pourtant, elle continue de se juger moins jolie que Claire. Elle a tort. Astrid est une brune magnifique aux cheveux coupés court, aux grands yeux sombres, dont la voix teintée d'un léger accent méridional fait fondre les garçons. En fait, elle est très *flirt*, comme on dit alors. Et elle n'hésite pas à se vanter d'une prétendue expérience sexuelle.

Parce que sa mère a divorcé et qu'elle a grandi dans un milieu déstructuré, elle s'est prise d'admiration pour la famille unie de Claire qui demeure son amie préférée. Astrid a baigné dans le milieu chaotique du *show-biz* où évolue son père et elle rêve d'un foyer uni, d'un père rentrant au bercail après sa journée au bureau et d'une mère responsable. Elle aurait aussi voulu avoir des frères et des sœurs. Elle vit mal le drame qui a séparé ses parents et s'efforce de le chasser de ses pensées. D'autant qu'il a succédé à des années de disputes parfois violentes, qui l'ont marquée à jamais.

Lucien Cornu, le père d'Astrid, est réalisateur de cinéma. Plusieurs de ses films ont eu du succès. Il produit aussi des spots publicitaires dont certains font date aux yeux du public. Cet homme élégant est grand amateur de femmes – d'où l'échec de son mariage. Après le divorce, la mère d'Astrid a tout fait pour mettre de la distance entre sa fille et son ex – *un dépravé*, disait-elle. Mais Lucien a réussi à rester proche de sa fille par le jeu du droit de garde et il a continué de la couvrir de cadeaux. Astrid juge son père comme un homme merveilleux évoluant dans un milieu fascinant – contrairement à sa mère, une Méridionale conformiste qui a honte de son accent. La jeune fille a hérité de son père un jugement très sûr. À Sainte-Jeanne-de-Chantal, elle arbore des tenues dernier cri qui font pâlir d'envie ses copines Claire et Agnès, lesquelles ont des parents atteints de radinisme, sans parler de leur classicisme révoltant.

Dès le divorce prononcé, Martine, la mère d'Astrid, s'est mis en tête de se remarier. Lucien lui versait une pension convenable et il descendait régulièrement voir sa fille à Nice, mais elle n'était pas satisfaite dans le rôle de l'épouse bafouée. Elle réussit à mettre la main sur un publicitaire parisien, le président d'une agence de communication, filiale française d'un grand groupe américain. Le monsieur avait une maison à Port-Grimaud et venait souvent sur la Côte. Il rencontra Martine dans un dîner à Saint-Tropez chez des amis communs, et une idylle se noua. Ils décidèrent vite de se marier et d'aller habiter à Paris où ledit publicitaire possédait un petit hôtel particulier dans le XVIIe qui avait jadis appartenu à Sarah Bernhardt. Certaines femmes ont le chic de toujours mal choisir leurs partenaires. La mère d'Astrid s'était immédiatement amourachée de ce dernier qui en était à son troisième mariage et était un coureur invétéré, largement autant que son premier mari, Lucien Cornu. Elle avait été éblouie par cet homme séduisant, brillant, très élégant et, de surcroît, baratineur en diable. Une personnalité complexe. Aristocrate par son père issu d'une vieille lignée du Languedoc, juif par sa mère – héritière de riches distributeurs new-yorkais – c'était un caméléon. Il s'adaptait instantanément aux couleurs de ses interlocuteurs. Il était, selon les besoins, français ou américain, chrétien ou juif. Avec Martine, il avait sorti le grand jeu – celui du comte de Laruelle –, ce qui avait impressionné la dame de modeste origine. Elle avait d'abord connu un mode de vie féerique avec ce nouveau mari : voyages sous tous les cieux, séjours dans des palaces, cadeaux nombreux et de bon goût. L'homme savait y faire et était réellement amoureux, comme toujours au commencement d'une idylle. Cela ne devait pas durer, car il avait vite été repris par ses démons.

La petite Astrid a mal vécu de voir sa mère se remarier. Elle a montré au nouveau venu toute l'hostilité et toute l'arrogance dont une ado est capable. Mais Laruelle, qui savait s'y prendre avec le beau sexe, a su apprivoiser sa jolie belle-fille. Astrid, de surcroît, était ravie à l'idée de monter bientôt à Paris. Laruelle y avait un hôtel particulier avec une chambre pour elle.

Peu à peu, les choses ont semblé se stabiliser.

Un été, la famille s'en va passer l'été sur la côte, dans la belle villa de Port-Grimaud. Le bateau de Pierre mouille au pied de la maison. Lui-même est un homme particulièrement énergique, qui chaque jour propose une nouvelle façon de s'amuser. Le temps est superbe, la mer est chaude, le yacht de quinze mètres confortable. On cabote le long de la côte. On fait la traversée jusqu'à la Corse. On se baigne en pleine mer. Pierre est à la barre, et il sait piloter un voilier. Martine passe le plus clair de son temps sur le pont, à bronzer *topless*. Astrid, bientôt, fait la même chose, tandis que le bateau glisse sur les vagues, sous un soleil ardent. À leur retour à terre, c'est le drame. Trois existences brisées, un nouveau divorce, une enquête, un procès, le retour à Nice, Martine malade, opérée, le décès de Laruelle…

Astrid traverse ces événements comme une somnambule. En fait, elle se réfugie dans les études, réussit son bac avec mention, intègre Sup de Co et prend ses distances avec sa mère. Son père lui loue un vaste studio à Paris.

Après les études supérieures, Astrid intègre l'équipe de son père et apprend le métier de producteur. Elle devient bientôt l'assistante de Lucien Cornu qui meurt dans un accident d'hélicoptère alors qu'il est en repérage au Monténégro – l'appareil heurte une ligne à haute tension. Quelques mois plus tard, Astrid a une aventure avec Paul Pariteau, un des dirigeants de la société – un bellâtre beaucoup plus âgé qu'elle, mais qui sait faire l'amour et se montrer attentionné. Elle l'épouse. Pour lui, c'est une excellente affaire car sa femme est majoritaire dans la société LC Production. Pour elle, ce sera bientôt la déconvenue. Intellectuellement, Paul est *court*. Professionnellement, il n'a pas d'envergure. Astrid s'ennuie. De plus, les affaires périclitent. Elle hésite un temps : quitter Paul et prendre seule le pouvoir, ou quitter la société. Refusant de briser son couple, elle opte pour la seconde solution. Elle entre dans une agence de publicité, gravit les échelons, prend la direction de l'entreprise, puis décide de fonder sa propre agence. Le succès est au rendez-vous. Entre-temps, LC Production a déposé le bilan. Paul, la soixantaine passée, doit s'inscrire au chômage. Désormais, c'est elle, Astrid, qui fait vivre le couple. Paul glisse dans la dépression, vieillit. Prenant prétexte de ses obligations professionnelles, Astrid cède à quelques aventures discrètes.

Un soir, lors d'une soirée organisée par un des clients de l'agence, elle tombe sur Éric et Claire. Les deux anciennes copines de pension tombent dans les bras l'une de l'autre. Comme souvent les Méridionaux, Astrid aime la Bretagne. Et lorsque Claire l'invite à venir fêter le fameux anniversaire à Kerjagou, elle accepte avec joie.

Et maintenant que la fête est finie, elle en veut à Paul de n'avoir pas su se montrer à la hauteur. Quel crétin ! C'est à se demander si elle ne devrait pas envisager le divorce avant qu'il ne soit trop tard pour refaire sa vie.

*

À l'approche de Trégastel, le moteur change de rythme et Astrid se réveille. Paul, entre-temps, semble être revenu à de meilleurs sentiments. Il a besoin aussi de se faire pardonner son attitude ridiculement hostile.

— Bien dormi ? s'enquit-il gentiment.

— Tu redeviens aimable ? répond-elle en s'étirant.

— J'ai peut-être des raisons d'être tendu.

Lui en veut-il d'avoir marivaudé toute la soirée avec les invités ?

— Tu m'en veux ? dit-elle. Parce que je plais ?

Il se tait. Elle hausse les épaules et reprend :

— Tu n'es pas fier d'avoir une femme que les hommes admirent ?

Elle comprend alors que Paul se moque de ces flirts sans importance. Il a l'air abattu.

— Qu'est-ce qu'il y a ? interroge-t-elle. Parle.

Il reste silencieux encore un moment, puis répond dans un murmure :

— Tu ne m'as pas demandé comment s'était passée ma visite, cet après-midi.

— Je suis navrée. L'ambiance, tout ça. Je n'y pensais plus. Bon, alors ? Le docteur avait les résultats de tes examens ?

— Cancer de la prostate, soupire Paul. C'est grave. Le toubib ne m'a rien caché. Il m'hospitalise à la Pitié-Salpêtrière mardi.

Astrid, ébranlée, accueille une pointe de culpabilité.

— Je suis vraiment désolée. Je ne pouvais pas me douter…

Elle s'en veut de son propre égoïsme. Elle a honte d'avoir profité de la fête sans se soucier une minute des fameux examens. Paul est un homme faible, vieillissant, peu brillant – mais c'est son mari.

— On va se battre, déclare-t-elle. Te tirer de ce mauvais pas.

Elle échafaude déjà des plans d'action :

— Je vais appeler Martine Lefèvre. Son mari est cancérologue. Il est renommé. Il nous recevra. Il nous conseillera.

— Merci, Astrid. Merci.

Il paraît soulagé, rassuré de la voir prendre les choses en mains. Ils finissent le voyage sans plus échanger un mot.

Astrid a oublié son projet de divorce.

III

Kerjagou, août 2008

Il est plus de 2 heures quand Claire regagne sa chambre. En fille du Nord, elle a horreur du désordre et de la saleté. Elle a voulu que *tout soit nickel* avant de monter se coucher. Après que le traiteur a emporté son matériel et nettoyé derrière lui, elle a tenu à ranger, à remettre les meubles en place. L'idée lui était insupportable de découvrir au matin sa maison dans un état affreux. Éric, lui, a filé courageusement dès le dernier invité parti. Non sans reprocher à Claire son penchant pour la maniaquerie ménagère.

— Demain, je te donne un bon coup de main, chérie. Promis. Mais là, je n'en peux plus.

Les hommes…

Quant à Brigitte, sa sœur, elle s'est éclipsée aussi, sans proposer son aide. À 23 heures, elle disparaissait avec son mari. Tous deux ont regagné la chambre d'amis, à l'extrémité est de la maison.

Claire se démaquille, fait sa toilette. Puis, sans faire de bruit, elle entre dans la chambre où règne une semi-pénombre. Par la fenêtre à meneaux pénètrent les rayons de la pleine lune. Il n'y a ni volets, ni persiennes. Les ancêtres Lannélec s'en sont passés pendant des siècles, et ni Guillaume ni Éric n'ont la moindre envie de mettre fin à cette tradition. De sorte que la pièce baigne dans une clarté blafarde. Claire gagne facilement le lit ancestral où Éric dort, ronfle et rêve peut-être, un léger sourire accroché aux lèvres. Elle sourit aussi, indulgente. *Il a encore trop bu, sûrement.* Elle se glisse sous les draps. Elle perçoit la chaleur animale de son mari qui remue un peu, grogne, mais continue de dormir.

Il ne reste plus à Claire qu'à attendre le sommeil. Cependant, elle est nerveuse. Cette chambre n'a pas changé depuis des siècles, et elle croit y sentir la présence des femmes qui l'ont précédée, cette chaîne de maîtresses de maison dont elle a tant entendu parler. Éric fait souvent allusion à la dernière d'entre elles : Maud, sa mère. Elle a beaucoup marqué Éric, mais aussi Guillaume. Il y a également Diane, l'épouse de Guillaume. Et surtout Anne, la première femme du père d'Éric, une héroïne de la Résistance dont la région célèbre la mémoire chaque année, le 18 juin. Le whisky consommé dans la famille, du Cardhu douze ans d'âge, rappelle le cadeau fait à Anne, après la guerre, par un parachutiste britannique qu'elle a caché dans le souterrain de Kerjagou. Les Lannélec et leur passé ! Les Lannélec et leurs traditions ! Éric et plus encore Guillaume ont tenu à transmettre à Claire la généalogie familiale. Ils sont remontés jusqu'au fameux croisé qui a fait serment, par-devant le sultan Saladin, d'appeler Saladin chaque premier fils des générations à venir, en remerciement d'un geste de miséricorde. Quand Amaury est né, on a imposé à Claire de baptiser l'enfant Amaury, Saladin, Marie. Il fallait voir la tête du prêtre parisien, quand on lui a communiqué les trois prénoms du bébé, dont un d'origine islamique.

Ce passé est beau, et cependant lourd à porter parfois. Heureusement, Éric a un esprit cartésien. Il admet que les choses ne sont pas toujours simples pour elle. Avec Guillaume, c'est plus compliqué. Il est attaché à l'histoire. Claire redoute de le voir endoctriner le jeune Amaury, un être sensible et imaginatif, prompt à s'enflammer au récit des exploits accomplis par ses ancêtres. Il sait qu'il deviendra un jour marquis de Lannélec. Il adore l'histoire du croisé, le chevalier Hervé – sa captivité chez les Sarrasins, son échec à réunir en France la rançon exigée par Saladin, son retour en Palestine où il est revenu se constituer prisonnier au péril de sa vie, au risque de l'esclavage. Mais ce qui fascine le plus Amaury, c'est la noblesse du grand Saladin qui gracie le captif tout en lui faisant jurer qu'à chaque génération le premier mâle de la famille portera son nom. Cette scène est illustrée par un imposant tableau du XIXe siècle, de style pompier, accroché dans la grand-salle de Kerjagou et dont le cadre est orné des armes de la famille, avec la devise : *Semper Fidelis.*

Claire et Guillaume s'en sont expliqués. D'accord pour inculquer à l'enfant l'histoire de la tribu et le respect de ses valeurs, mais non à un conditionnement passéiste qui pourrait engendrer un déterminisme dangereux. Guillaume, qui lui-même a souffert d'un père par trop normatif, se plie à une forme de neutralité. Mais c'est plus fort que lui. Devant l'enthousiasme de l'enfant, il se prend vite au jeu. Il fait le récit de la défaite de Hattin, où les Francs sont battus par les mahométans. Il sait jouer de sa voix, créer un suspense. Amaury est fasciné. Mais Claire s'inquiète : en ce début de XXIe siècle où tout s'accélère, où les vieilles structures craquent, où la technologie s'emballe, n'est-ce pas une folie que de pousser un adolescent à admirer une épopée du XIIe siècle ? *D'un autre côté*, se dit-elle, *Guillaume lui fait admirer Saladin, un grand chef musulman.* Il préside également une association d'aide aux harkis et à leurs descendants. Il a des amis arabes, il comprend l'islam. N'est-ce pas un bel exemple pour Amaury ? N'est-ce pas une leçon de tolérance, à l'heure où l'islamisme radical fait des ravages et où les Français inclinent à voir dans tout musulman un terroriste potentiel ?

Le sommeil ne vient pas. Claire a trop chaud. Éric a omis d'ouvrir la fenêtre. Elle se lève avec précaution. Elle entrebâille le carreau. Elle s'assied un moment sur le coussiège. De là, on a une vue plongeante sur la terrasse et l'étang. Ce soir, la lune répand sur le domaine une lumière crue. Mais, par endroits, subsistent des zones très obscures, presque noires. Pour Claire, ces lieux sont familiers et chargés de mystère, hors du temps. Une chouette effraie hulule – c'est un cri étrange, répétitif. Mais Éric et Guillaume n'ont cessé de la rassurer : ces rapaces nocturnes vivent entre les greniers et le grand chêne. Ils participent à la magie de la nuit bretonne qui envoûte toujours les hôtes de la maison quand les longues soirées d'été cèdent la place aux ténèbres, mère des légendes celtiques.

Claire, en chemise de nuit près de cette fenêtre entrouverte, a maintenant presque froid. Mais elle se sent protégée par la maison puissante aux murs épais – ce ventre maternel, cette matrice qui a formé au fil du temps la famille de son mari. Elle y a toujours été heureuse. Elle s'y sent bien.

Le léger ronflement d'Éric lui parvient. Elle repense à cette inquiétude de l'avenir qu'elle a ressentie tout à l'heure. Elle peut sourire à présent de ces craintes infondées.

Sa première visite chez les Lannélec ! Elle s'en souvient. Elle était avec sa mère, cousine de Maud issue de germaine. En vacances dans la région, Mme Cauvilliers a emmené sa fille à Kerjagou par un bel après-midi d'été. La jeune femme s'est laissé émerveiller. Un château de conte de fées perdu au bout de la Bretagne, au fond des bois. Quelle demeure romantique ! Et cette tante éloignée, si belle ! Elle deviendrait un jour sa belle-mère, et elle ne la reverrait plus de son vivant.

L'hiver suivant, Claire a rencontré Éric à Paris chez des amis communs originaires du Nord. Le coup de foudre ! Ont suivi quelques mois d'un flirt de plus en plus aventureux. En avril, Éric propose à sa petite amie de venir passer un week-end à Kerjagou. Claire a grandi dans les principes rigoureux de la bourgeoisie catholique lilloise. Autrement dit, elle est vierge. Elle sait qu'accepter cette invitation, c'est consentir à sauter le pas. Pourtant, elle n'a pas une hésitation. Elle a vingt-deux ans. Elle aime Éric. Il n'est que temps de jeter sa vertu aux orties.

C'était en juin 1988. Elle revoit comme si c'était hier cette merveilleuse journée de printemps où Kerjagou brillait pour elle de tout son éclat. Les genêts jetaient des touches d'or dans le vert sombre de la lande, et tous les arbres fruitiers étaient en fleurs. De légers nuages blanc et rose égayaient le verger. Le gazon de la terrasse et la prairie où paissaient les chevaux de Guillaume arboraient une herbe drue, neuve, d'un vert tendre. Quoi de plus beau que la Bretagne à cette époque de l'année ! Ils s'étaient aimés dès leur entrée dans la chambre d'Éric, une pièce donnant au sud inondée de soleil. Par la fenêtre grande ouverte, leur parvenait le gazouillis des oiseaux qui semblaient s'en donner à cœur joie…

Éric a su la prendre avec douceur et tendresse. Depuis, leur entente physique et sentimentale ne s'est jamais démentie. Innocents tous les deux, ils n'ont pris aucune précaution et

Claire s'est retrouvée enceinte. Puis Maud, la mère d'Éric, a quitté ce monde.

C'est seulement après l'enterrement que la jeune femme a dû annoncer la nouvelle à sa propre mère. Mme Cauvilliers était une femme de la vieille école, pétrie de préjugés provinciaux. Elle s'en est étranglée de fureur et Claire a traversé des jours difficiles. Éric, pendant ce temps, allait s'ouvrir à son frère aîné. Guillaume, compréhensif, a avancé l'idée d'un mariage discret à Kerjagou. Le deuil qui venait de frapper la famille ne justifiait-il pas un mariage dans l'intimité ? Claire a gardé au cœur le souvenir de l'émouvante cérémonie qui a marqué le début de son attachement à Kerjagou. Elle éprouve aussi beaucoup de gratitude envers Guillaume, son beau-frère si ouvert, si gentil. Quant à sa mère, après la fureur initiale, elle a fini par se réjouir à l'idée de voir sa fille devenir un jour marquise de Lannélec et propriétaire d'un superbe manoir. Kerjagou ne vaut-il pas un écart de jeunesse ? Ainsi va la bourgeoisie.

Éric était sorti de l'École centrale de Paris pour commencer une carrière d'ingénieur dans un grand cabinet anglo-saxon. Son domaine touchait à la stratégie et à l'organisation. Il s'est vite découvert plus intéressé par la finance que par la technique. Puis, voulant changer de voie, il a réussi à intégrer la prestigieuse Wharton University – le *nec plus ultra* de l'enseignement supérieur américain. Claire l'a suivi aux États-Unis où ils ont vécu deux années de bonheur. Au retour, Éric était anglophone et doté d'un excellent diplôme. Il n'a eu aucun mal à se faire recruter par une banque d'affaires au sein de laquelle il ne lui restait plus qu'à gravir les échelons. Claire, de son côté, s'occupait de la petite Mathilde – le fruit du péché. Mais elle s'était initiée au droit américain. Elle n'a pas tardé à entrer dans le cabinet d'avocats dont elle est désormais une associée. Amaury est arrivé un peu plus tard. *So far, so good*, comme a l'habitude de dire Éric – jusqu'ici, tout baigne.

Claire se prend à sourire en pensant à ce tic de son cher mari. Non, à la réflexion, sa seule inquiétude fondée se rapporte à Mathilde. Dans huit jours, elle part à son tour pour les États-Unis. Alors qu'elle n'a que dix-neuf ans. Mais elle en a tellement envie ! Elle a harcelé son père jusqu'à ce qu'il lui obtienne un stage dans la filiale new-yorkaise de sa banque. Mathilde logera chez des amis, et le Français qui dirige la filiale a promis de veiller sur elle. Pourtant, Claire ne peut s'empêcher de se tourmenter. Sa Mathilde, si belle et encore tellement *enfant* ! Elle l'imagine déjà perdue dans cette ville immense, redoutable. Elle accueille aussi un sentiment de nostalgie. Elle ne s'est encore jamais séparée de sa fille. Adieu les étés en famille. Puis c'est Amaury qui ne manquera pas de vouloir partir. *Qu'adviendra-t-il d'eux*, songe Claire tristement, *quand ils vivront seuls dans ce grand manoir vide* ? Une consolation se fait jour cependant : l'espoir d'y voir gambader demain une heureuse descendance.

Mais Claire est résolue à ne pas se laisser envahir par les idées noires. Du reste, le sommeil commence à la gagner. Elle se lève, ouvre la fenêtre plus grande et regagne le lit conjugal où elle se couche avec précaution, avant de s'endormir rapidement.

IV

Paris, août 2008

Guillaume a quitté discrètement Kerjagou aux aurores. Il aime à se lever tôt et à rouler à la fraîche. À 13 heures, il est à Paris où Florence l'attend en préparant le déjeuner.

En tablier, elle remue un sauté de veau qui mijote doucement. Même en cuisinière, elle est tellement séduisante ! À soixante-dix ans passés, elle a toujours son corps de jeune femme. Bien sûr, ses épais cheveux autrefois bruns ont un peu blanchi, mais cela ne fait que mettre en valeur sa peau mate de Méridionale et ses yeux d'un bleu étonnamment clair et limpide.

— Alors, chéri ? dit-elle en se laissant embrasser sans lâcher sa cuiller en bois. Cette réception ?

Il est ravi de la retrouver, elle toujours si attirante. Puis, en bon macho, il passe à table où le couvert est mis.

— Formidable. Très bien organisé. Claire est une excellente maîtresse de maison.

— Tu t'es amusé ?

Il sait quel sens donner à la question. Florence ne peut s'empêcher de nourrir des soupçons…

— Comme un fou, déclare-t-il. L'ambiance était gaie. J'ai retrouvé plein d'amis de la région. Et puis, il y avait Astrid Cornu. Quel numéro !

— Astrid Cornu ?

— Tu ne vois pas qui c'est ? La patronne de Magic Link, une petite affaire de pub plutôt créative…

— Une concurrente, alors.

— Elle a bien mené sa barque.

— Elle est comment ?

— C'est une battante. Et une séductrice. Elle sait faire du charme et rester drôle en même temps.

— Dois-je m'inquiéter ?

— Bien sûr que non. Allons ! Tu me connais.

Elle se met à rire :

— C'est parce que je te connais que je m'inquiète.

— Je suis un coureur à la retraite. Tout le reste, c'est de l'histoire ancienne… Je t'aime et tu le sais.

Guillaume et Florence sont devenus amants quelques mois après la disparition de Maud. Ils se connaissaient depuis longtemps et leur relation, peu à peu, s'était empreinte de tendresse et de sensualité. Au fond, il était normal qu'ils se retrouvent au lit tôt ou tard. Ils avaient alors une petite cinquantaine. Ils ne souhaitaient pas se marier – Florence était divorcée. Au début, ils ont même gardé leurs appartements respectifs. C'était important pour elle car elle accueillait le week-end son fils trisomique – il vivait le reste de la semaine dans un établissement spécialisé. Cette situation s'est prolongée dix ans. Puis le fils de Florence est mort. Elle en a conçu un immense chagrin. Guillaume était présent, attentionné. Il a fini par la convaincre de quitter cet appartement où trop de souvenirs lui rappelaient le fils disparu. Elle est venue s'installer chez lui.

Florence fait régulièrement un voyage dans les Cévennes où elle préside une association fondée pour venir en aide aux parents d'enfants trisomiques. Elle a hérité des Peyrolas, ses grands-parents maternels. Leur propriété de Beauvoir lui est revenue. Elle conserve aussi une ferme, le mas Loubreyroux, qui lui sert là-bas de pied-à-terre. Quant à Guillaume, il part pour la Bretagne un week-end sur deux, même s'il a abandonné à Éric la gestion du domaine. Il dirige son agence de publicité, la S2L. Il a toujours à ses côtés une vieille complice du nom de Gisèle Sebag. L'un et l'autre se reposent de plus en plus sur un jeune directeur général prénommé Christophe. Guillaume, en outre, s'occupe de son association Demain les harkis, tout en prenant un peu de recul – il supporte mal les querelles byzantines qui divisent les descendants de ces Algériens mal intégrés, rejetés par un pays qu'ils ont fidèlement servi.

À ses moments perdus, Guillaume s'attelle à une chronique romancée de l'histoire de sa famille – une œuvre interminable. Ce livre a-t-il la moindre chance d'intéresser les générations futures ? Il est le premier à en douter. Mais il se sent comptable de cette mémoire devant ses ancêtres. Enfin, il lui arrive d'accompagner Florence dans les Cévennes. La région lui plaît par sa beauté austère et il aime voir Florence dans son élément naturel. Il devine qu'elle trouve sur ces terres sa propre vérité – ses racines, le fondement de sa foi. Florence pratique sa religion modérément. Elle est d'un caractère libéral. Mais le protestantisme lui est essentiel.

Elle n'aime que les Cévennes, dit-elle. C'est ainsi qu'elle explique son peu d'attirance pour Kerjagou. Elle n'a pas envie de jouer les châtelaines. Sa culture réformée, comme elle dit, l'a rendue allergique aux décors trop passéistes. Cependant, on ne peut dire que Guillaume fasse preuve d'une religiosité fanatique. Il va à l'office le dimanche, mais sans se sentir tenu, comme il dit, « d'aller pointer son ticket de messe systématiquement ». Il est croyant, attaché à la personne du Christ, mais l'Église lui inspire de la méfiance. Il est hostile aux grands appareils, qu'ils soient militaires, religieux ou étatiques. Guillaume est un individualiste, un franc-tireur.

Du reste, il n'a jamais rien imposé à Florence. Il devine que la fameuse « allergie » a des causes plus profondes qu'un simple phénomène lié à l'éducation. Il a commis l'erreur de lui avouer qu'il avait eu dans sa jeunesse une liaison avec Maud, sa belle-mère. Et qu'Éric n'était pas son demi-frère, mais son fils, tout simplement. Florence n'a porté aucun jugement sur ces amours coupables. De quel droit ? Cependant, elle souffre de penser que cette passion s'est déroulée dans les murs de Kerjagou. Dès qu'elle remonte l'allée du domaine, elle est saisie de jalousie. Guillaume le sait. Il s'abstient d'aborder le sujet. L'affaire reste un secret qu'ils partagent tous les deux.

— Comment vont Mathilde et Amaury ? dit-elle.

Guillaume est tiré de sa rêverie.

— Tes neveux, ajoute Florence.

Elle appuie un peu trop sur ces mots. *Tes neveux…*

— Mes petits-enfants, tu veux dire. Superbes. Mathilde est une vraie beauté.

Il hésite, puis ajoute :

— Incroyable, comme elle ressemble à Maud. Mêmes cheveux acajou. Même regard mordoré. C'est une gosse très douée. Claire dit qu'elle n'a pas un caractère facile.

Il se met à rire, sans voir que ces développements agacent Florence.

— Quant à Amaury, c'est un vrai Lannélec. Tout le monde dit qu'il me ressemble. Un enfant adorable – denrée rare, de nos jours. Il se passionne pour l'histoire de la famille, pour Kerjagou.

Il se tait. Florence apporte le plat. Elle emplit les assiettes.

— J'essaie de lui faire découvrir notre saga, poursuit-il. De lui apprendre les valeurs. Tout en évitant de le conditionner, bien sûr. « Souffler sur les braises du passé pour éclairer l'avenir. » Qui a dit ça ? Bismarck ? Claire redoute que ce passé ne devienne un peu envahissant.

— Je la comprends.

— Je pense l'avoir rassurée sur ce point.

Ils mangent en silence leur sauté de veau. Florence a fini la première.

— Que font les enfants, cet été ? demande-t-elle.

— Amaury part pour un mois chez un ami. Et Mathilde va à New York. Un stage dégoté par Éric.

— Elle n'est pas un peu jeune ?

— Si. En tout cas, c'est mon opinion. Claire a la même, j'ai l'impression. Mais la petite a su embobiner son père, tu peux lui faire confiance. Pas question de m'en mêler.

Il hausse les épaules et enchaîne :

— Éric, quand il a décidé quelque chose ! Une vraie tête de mule. De toute façon, tout est déjà programmé. Trop tard pour dire quoi que ce soit.

Florence est pensive. Depuis la disparition de son fils, elle s'est attachée à Mathilde et Amaury. Éric et Claire apprécient la disponibilité de Guillaume et de sa compagne, toujours prêts à s'occuper de leur progéniture quand ils partent en voyage. D'ailleurs, les enfants aiment aller voir l'oncle et la tante.

Florence admire chez Claire des qualités intellectuelles et morales. Elle la considère comme une fille bien. Elle imagine aisément que cette perspective new-yorkaise doit la mettre dans tous ses états. Mais que faire ? À quoi bon épiloguer davantage ?

Mieux vaut concentrer ses pensées sur l'agréable voyage en Crète qu'elle s'apprête à faire dans quinze jours avec Guillaume.

— Le sauté de veau t'a plu ? dit-elle.

— Quelle question, répond Guillaume.

En effet, son assiette est parfaitement lisse et nettoyée.

*

Contrairement à ses confrères publicitaires, Guillaume a l'habitude d'arriver au bureau vers 8 h 30. Il aime ce moment de la journée où les locaux sont vides et le téléphone, muet. Il en profite pour s'organiser et pour réfléchir au calme. Christophe Chenard, le jeune directeur général débauché du groupe Havas, se pointe, comme il dit, sur le coup de 9 heures. Il reste tard au bureau, cela dit. Et, le soir, il a souvent un dîner d'affaires. Guillaume est content de lui. Le garçon, certes encore un peu tendre, ne manque pas d'intelligence. Il a du cœur à l'ouvrage. Et il sait diriger une équipe. La société S2L a renoué avec les bons résultats, après un passage difficile. Le rêve secret de Guillaume, ce serait de voir Amaury prendre un jour les rênes de la maison, mais encore faut-il que son « neveu » ait les qualités requises, et surtout l'envie de faire ce métier.

Guillaume croise le regard d'Olivier dont le portrait repose en face de lui, telle une icône, sur une console chargée de livres. Olivier : le frère de Florence. C'est avec lui que Guillaume et Gisèle ont fondé l'agence autrefois. Olivier s'est donné la mort. La blessure est toujours là, dans le cœur de Guillaume.

À 9 h 30, il reçoit Christophe dans son bureau et épluche avec lui les dossiers en cours. En fin de matinée, Gisèle débarque de Tanger où elle va chaque mois passer une semaine. Elle possède là-bas une superbe villa mauresque et contemporaine à la fois. Un vrai palais des *Mille et Une Nuits* avec son jardin odorant. Le Maroc, pour Gisèle, c'est comme les Cévennes pour Florence : le lieu de ses racines. Gisèle vient d'une famille de pieds-noirs. Elle aime à renouer là-bas avec son enfance maghrébine.

Cependant, elle arrive stressée. Est-ce la fatigue du voyage ? Christophe s'éclipse. Gisèle se laisse tomber dans un fauteuil.

— Un problème ? demande Guillaume.

— Pas de problème. Du retard. Des embouteillages. Rien que de très classique.

Elle allume une cigarette et tire nerveusement quelques bouffées.

Guillaume la devine contrariée. Il la pratique depuis quarante ans. Mais il ne veut pas la brusquer. C'est une créative, une personnalité sensible qui aime une certaine finesse dans les rapports humains. Les gens trop directs, elle les a en horreur. Elle préfère de loin les sous-entendus et le non-dit.

Guillaume l'enveloppe d'un regard affectueux. Il revoit la petite juive rencontrée à Alger pendant son service militaire – un chat maigre au beau visage ensoleillé. Le temps, hélas ! a fait son œuvre. Les femmes méditerranéennes, qu'elles soient juives, kabyles ou arabes, inclinent à prendre du poids avec l'âge.

Gisèle soupire, écrase sa cigarette.

— Bon, d'accord, dit-elle. C'est un coup dur.

Guillaume attend la suite.

— Martin Pauliac m'a appelée en *off*.

— Le directeur marketing de L'Or ?

— Tu connais un autre Martin Pauliac ? C'est foutu. On n'aura pas le lancement de leur prochain parfum. Il s'est battu pour nous, mais le couperet de la direction est tombé. Ils prennent l'autre agence.

Guillaume n'a pas suivi ce dossier de près. C'est Gisèle qui l'a géré. Mais il sait que c'était une affaire importante, une chance de mettre un pied dans le groupe LVMH.

— Qui est l'agence concurrente ?

— Magic Link, répond Gisèle. Une petite boîte. Mais créative. On était à égalité !

— Pourquoi on a perdu ?

— Un coup bas de la boss. Une certaine Astrid Cornu. Elle est allée leur raconter qu'on était ici en perte de vitesse. Une boîte dirigée par des vieux ! C'est ce qu'elle a dit. Par des vieux et par un novice. C'est *fair play*, tu ne trouves pas ? En plus, elle a fait un numéro de séduction au patron de Dior. Elle a sorti le grand jeu, apparemment. Il paraît que le pauvre gars était liquéfié par le charme de cette garce. C'est comme ça qu'elle a emporté le morceau.

— Drôle de coïncidence, dit Guillaume, figure-toi que j'ai rencontré cette Astrid avant-hier en Bretagne. Une réception là-bas. En effet, c'est une sacrée séductrice. Je l'ai trouvée brillante, attirante même. Et tu viens me dire qu'elle était en train de nous scier.

— Tu t'es fait rouler dans la farine, mon vieux.

— J'aurais sans doute fait pareil, note bien. Elle n'allait pas me dire qu'elle avait passé la semaine à me débiner pour avoir le marché.

— Tu es trop indulgent avec les femmes, Guillaume. En tout cas, moi, je lui réserve un chien de ma chienne. Elle ne s'en tirera pas à si bon compte.

Gisèle reste une bête de combat, alors que Guillaume a vu au fil des ans son agressivité s'émousser quelque peu. Faut-il le regretter ou s'en réjouir ? Après tout, Gisèle et lui restent complémentaires, et c'est le principal.

Deuxième partie

Déchirure à New York

« Mon bel amour, mon cher amour, ma déchirure,
Je te porte dans moi comme un oiseau blessé. »

Aragon

V

Paris, Kerjagou, New York, fin août 2008

Kerjagou profite d'une belle arrière-saison et les bois disparaissent dans un léger brouillard. Claire apprécie d'être seule avec son mari qui, pour une fois, a pris de vraies vacances. Amaury, après le camp scout, est parti s'installer chez un ami au Pays basque. Mathilde a commencé son stage de trois semaines à New York où elle est hébergée chez des amis, les Darell-Smith. Claire s'inquiète pour sa fille mais essaie de ne pas trop penser aux dangers susceptibles de la menacer dans cette métropole immense, lointaine.

Ce samedi soir, Claire et Éric sont invités à dîner chez des voisins. Ils doivent y retrouver la bande d'amis qu'ils ont vue tout l'été à l'occasion de repas, de randonnées et de balades à vélo. *Tous les ragots ayant été épuisés au cours de l'été, ils ne devraient pas avoir grand-chose à se dire de plus*, songe Claire en enfilant une robe noire.

Le téléphone sonne.

— Éric ! crie-t-elle depuis la salle de bains. Réponds, s'il te plaît !

Il est en bas. L'espace d'un instant, elle se demande s'il va décrocher. Puis la sonnerie s'interrompt. Claire finit de se préparer – ses bijoux, un dernier coup de brosse dans les cheveux, un peu de laque, un nuage de parfum. Elle prend son sac dans la chambre, et descend l'escalier en pensant : *Encore le bureau. Ils pourraient quand même lui ficher la paix le samedi soir.* Elle l'entend qui raccroche. Elle le rejoint dans l'entrée. Elle le trouve nerveux. Elle l'interroge du regard.

— Mathilde, répond-il.

Le cœur de Claire se met à battre plus fort.

— Un problème ?

Il hausse les épaules.

— Pas vraiment. Enfin, je ne sais pas. Je l'ai trouvée bizarre, surexcitée. Elle m'a raconté une histoire… Je n'ai presque rien compris. Elle parlait si vite.

— Mais qu'est-ce qu'elle a dit ?

— Son boss, un jeune cadre de la banque, un Américain…

— Quoi ?

— Il la drague et ça la perturbe. Écoute, je pense l'avoir rassurée. Je lui ai dit qu'on sortait dîner, là.

— Je la rappellerai demain, dit Claire, anxieusement.

Dans la voiture, ils se taisent. Éric est absorbé dans ses réflexions. Il finit par dire en secouant la tête :

— Quand même. Elle avait l'air drôle. Je crois que je vais avancer mon voyage à New York. Je devrais pouvoir y faire un saut d'ici huit jours. Dis-le-lui, quand tu l'auras demain au téléphone. Si un type l'embête, j'en parlerai au directeur de la filiale.

Claire acquiesce. Elle n'est pas rassurée par ce qu'elle vient d'entendre. Ce n'est pas dans le caractère d'Éric de se faire du souci pour rien. Il est plutôt du genre à ne pas trop chercher à savoir, à éviter les aspects douloureux de la vie. Quand Claire évoque avec des amies un deuil, un accident de santé, un problème rencontré par un de leurs proches, il lui arrive souvent de murmurer, sarcastique :

— Ça y est, c'est le quart d'heure qui saigne…

S'il avance la date de son déplacement aux États-Unis, c'est qu'il a eu l'intuition de quelque chose. Il sait, comme Claire, que Mathilde cache une vraie fragilité derrière son côté brillant et séduisant. Elle n'a pas toujours les pieds sur terre. Elle a même suivi une courte thérapie pour ça.

La propriété de leurs amis n'est pas loin. Claire se laisse entraîner dans le tourbillon des conversations, et oublie ce coup de téléphone contrariant. Elle boit quelques verres. Au retour, elle va se coucher avec un léger mal de tête.

À cause du décalage horaire, elle sera obligée, le lendemain, d'attendre la fin du déjeuner pour passer un coup de fil à

New York. Les amis qui hébergent Mathilde sont des gens chaleureux. Ils se disent ravis de cette jeune compagnie dans leur maison. Puis Claire parle à Mathilde et elles ont une conversation parfaitement normale.

Éric s'est fait des idées, se dit Claire en raccrochant.

*

À cette époque, le Méridien est pratiquement une enclave française dans la ville de New York. Installé dans le hall, Éric savoure une Budweiser. Il apprécie ces bières américaines : elles sont légères et se laissent boire facilement.

Il a besoin d'un peu de détente après cette journée fatigante. Dès son arrivée à New York, il a enchaîné les rendez-vous et déjeuné d'un sandwich dans la voiture avec chauffeur qui le transportait chez un client à Newark, New Jersey. La rencontre s'est bien passée. Il y aura une affaire bien juteuse à la clé. Le business amuse Éric comme le Monopoly l'amusait quand il était enfant. Il aime l'argent, c'est un fait. Moins par goût de la possession que pour la liberté qu'il procure – envie d'entreprendre, de créer, de prendre du plaisir.

Il est maintenant 19 heures – 1 heure à Paris. Mathilde franchit à son tour la porte du Méridien. Éric est envahi par un sentiment de tendresse et de fierté. Sa fille est longiligne, élégante – un futur mannequin, comme l'a fait remarquer l'autre jour Astrid, l'amie de Claire, avant d'ajouter incidemment :

— Je pourrai l'aider, si elle choisit cette voie.

Mais Éric a d'autres ambitions pour Mathilde.

Une seconde plus tard, elle se pend à son cou. Ému, attendri, Éric est submergé par le feu roulant des questions : Amaury ? Maman ? La fin des vacances ? Kerjagou… Tout en répondant, il songe qu'elle n'a pas mauvaise mine.

— Allons dîner, dit-il. J'ai retenu une table pas loin. On y va à pied ? Ça me fera du bien. Je commence à accuser les effets du *jet lag*.

— Quel type de cuisine ? demande Mathilde en riant.

— Italienne.

— Génial. Ça me changera des sandwichs de la cantine.

— La banque ne vous nourrit pas bien ?

— Pas terrible. Tes amis les Darell-Smith sont adorables mais leur bouffe est plus que moyenne.

Elle lui donne gentiment le bras et ils parcourent une distance de deux ou trois blocs. Éric ne manque pas de remarquer les regards que les passants lancent à sa fille. Il se sent presque rajeunir, à l'idée de marcher dans les rues de Manhattan en compagnie d'une aussi attirante jeune femme.

Le bistrot offre un décor romain version new-yorkaise : lumières tamisées, tables rapprochées, brouhaha. Les serveurs sont d'authentiques Italiens. Ils font des voltiges dans la salle et hurlent les commandes dans un sabir mêlant l'anglais à leur propre langue.

Éric regarde Mathilde se régaler. En vieux routier des négociations d'affaires, il préfère attendre le moment propice pour mettre le sujet sur la table. L'occasion se présente au dessert, quand elle commence à parler de sa vie au bureau – les photocopies, les dossiers à classer, le café des patrons…

— Comment ça se passe, avec eux ?

— Si je n'étais pas ta fille, ils me traiteraient comme quantité négligeable.

— Et ce type qui t'embêtait ?

Mathilde change de tête. Elle se rembrunit. Elle hésite à répondre.

— Tu peux me dire, tu sais. Je suis là pour ça.

— C'est mon chef direct, soupire Mathilde en repoussant son assiette d'un air oppressé. Trente ans. Célibataire. Il me met en boîte. Genre plaisanteries vaseuses, tu vois…

— Des remarques déplacées ?

— Limite.

Clairement, Mathilde est angoissée par la situation. Éric insiste :

— C'est tout ?

— Non. Je me suis aperçue qu'il me suit quand je rentre chez les Darell-Smith. Si je me retourne, il se planque derrière un arbre, une voiture.

— Tu as peur ?

— Oui.

Un éclat de détresse passe dans ses yeux.

— Je ne sais pas ce qu'il me veut.

Éric lui prend gentiment la main.

— Tu sais ce qu'il te veut, chérie. Tu le sais très bien. C'est un grand classique : le cadre qui a envie de sauter sa stagiaire.

— C'est un sale type.

— Réfléchis, mon cœur. Il ne va pas te violer en pleine rue. Tu habiterais un quartier paumé, je pourrais comprendre. Mais là, dans le coin le plus élégant de New York… Si ça se trouve, ça l'excite, de te suivre comme ça. Mais il ne m'a pas l'air bien méchant. Sinon, le mal serait déjà fait.

Éric a le sentiment que Mathilde s'apaise. Il ajoute :

— Je suis sûr que tu ne risques rien. Mais si jamais il venait à t'embêter, tu m'appelles aussitôt. OK ? Je téléphonerai à Mainguet, le directeur de la filiale. Le gars sera convoqué et on mettra les choses au point avec lui. Ici, tu sais, on ne plaisante pas avec le harcèlement sexuel. Mais on n'en est pas là. Sois rassurée.

Éric la raccompagne en taxi. Ils s'embrassent tendrement. Au moment de se séparer, Éric lui glisse deux billets de cent.

— Dors bien, dit-il. Je garde le taxi pour rentrer à l'hôtel.

*

— Alors ? demande Claire.

Éric vient de regagner Paris. Claire est en robe de chambre. Elle l'attendait pour aller se coucher.

— Des conneries de jeune fille, dit Éric. C'est son chef de service. Franchement, une stagiaire comme Mathilde, c'est tentant d'essayer de se la faire. Non ? Bon, cet idiot s'y prend comme un manche. S'il s'imagine qu'il va la séduire en la suivant dans la rue…

Claire n'est pas complètement rassurée.

— Je suppose que je dois faire confiance à ton jugement, vu ton expérience en tant que séducteur.

— Aucune inquiétude à avoir, chérie. Des émois de nymphette, c'est tout. Ça lui passera.

— C'est bien que tu sois allé voir sur place.

Il la prend dans ses bras. Elle se blottit contre lui. Éric a violemment envie de sa femme, tout à coup. Et Claire, qui n'a rien contre, laisse elle-même glisser sa robe de chambre.

*

Dix jours ont passé. Éric ne rentrera pas du travail avant 23 heures : il doit s'occuper des *due diligences,* comme les Américains appellent les audits qui précèdent une acquisition. Claire aussi s'est attardée au bureau. De retour à la maison, elle dîne sur le pouce, range la cuisine, prépare ses affaires pour le lendemain et se met au lit avec un livre. Mais, au bout de cinq minutes, la sonnerie du téléphone interrompt sa lecture.

— Madame de Lannélec ? Ici Robert Mainguet.

Le cœur de Claire cesse de battre. Robert Mainguet dirige la filiale new-yorkaise de la banque Livry-Cohen.

— Puis-je parler à Éric, je vous prie ?

— Il n'est pas encore rentré. Il est chez un client.

— Son portable est sur répondeur.

— Ils sont sur un dossier difficile…

— Auriez-vous la gentillesse de lui demander de me rappeler dès son retour ?

Claire raccroche lentement. Elle est mal à l'aise. Mainguet avait l'air inquiet. *Y a-t-il un problème avec Mathilde ? Non. Il me l'aurait dit. Il doit s'agir d'une question professionnelle.* Elle essaie de se replonger dans son livre mais elle n'arrive plus à lire. Elle prend la télécommande et allume la télé. À l'écran se déroule une émission politique insipide. Pourquoi Éric ne rentre-t-il pas ?

Il est 23 h 30 et elle lutte contre le sommeil, quand elle sursaute au bruit de la porte d'entrée. Dès qu'Éric pénètre dans la chambre et ôte sa cravate d'un air fatigué, elle l'informe du coup de fil de Mainguet.

— Je le rappelle tout de suite, dit-il en jetant un coup d'œil à sa montre. Il est quoi à New York ? 17 h 30… C'est bon. Dors, si tu es fatiguée.

— Je préfère attendre. Au cas où il y aurait un problème avec Mathilde.

Éric est déjà en train de chercher le numéro.

— Robert ? Ici, Éric. Que se passe-t-il ?

Claire ne peut entendre ce que dit Mainguet. Elle voit l'expression de son mari s'assombrir. Éric est soucieux, subitement. Il répond par de courtes phrases :

— Oui, je te remercie... C'est gentil de ta part... Oui, bien sûr... On va l'accueillir... Absolument. En tout cas, merci pour tout, Robert, j'apprécie. À bientôt...

C'est un homme catastrophé qui raccroche.

— Qu'est-ce qu'il se passe, Éric ? C'est Mathilde ?

— Elle rentre. Elle a sauté dans un avion. Elle débarque demain matin.

— Mais pourquoi ?

— Elle n'a donné aucune explication.

— Ce Mainguet t'a bien dit quelque chose !

Ils vont dans le séjour où Éric se laisse tomber dans un fauteuil, et résume la situation, telle que la lui a décrite son collaborateur new-yorkais. Ce matin, Mathilde a demandé à voir la responsable des ressources humaines. Elle semblait perturbée. Elle a été reçue tout de suite. En pleurant, elle a expliqué à son interlocutrice qu'elle venait d'apprendre la mort de son grand-père paternel – un parent, a-t-elle précisé, auquel elle était très attachée. Crise cardiaque. Elle devait rentrer à Paris sur-le-champ.

— Apparemment, poursuit Éric, ils ont tous gobé cette fable. Mainguet m'a même présenté ses condoléances.

— C'est tout ce qu'il t'a dit ?

— Il l'a vue avant son départ pour l'aéroport JFK. Il dit qu'elle avait l'air complètement déboussolée.

Claire pleure. Elle sait combien sa fille est fragile de personnalité. Cette thérapie n'aura pas servi à grand-chose, finalement. Et Mathilde est majeure désormais ; une psychologue pour enfants ne pourra rien faire pour l'aider.

Claire a sorti un mouchoir de sa robe de chambre. Elle se tamponne les paupières.

— Je n'ai pas le courage d'appeler les Darell-Smith ce soir, dit-elle. On avisera quand elle sera là. Tu viens te coucher ?

Ils ne dormiront guère.

Quel avenir la vie réserve-t-elle à leur petite Mathilde si brillante, si belle, si prometteuse ?

VI

Paris, septembre 2008

Mathilde a pris le vol Air France du soir. Comment cette enfant, dans l'état où elle est, a-t-elle pu se rendre à l'aéroport, acheter un billet, se plier aux formalités d'enregistrement ? Voilà qui restera un mystère pour Éric et Claire. Quoi qu'il en soit, il est 6 heures quand elle sonne à la porte. Ses parents se précipitent pour ouvrir. Mathilde a les cheveux sales, le teint blême, l'air hagard. Quand ils essaient de l'embrasser, elle les repousse. Puis elle entre dans une phase de surexcitation. Elle s'agite, tient des propos incohérents. Elle donne le sentiment d'avoir des hallucinations.

Éric et Claire échouent à la calmer. Elle revient sur l'histoire de ce chef qui la suit dans les rues. Elle pense que les Darell-Smith sont de mèche avec lui. Du reste, elle a entendu des voix suspectes dans l'appartement.

Que faire ? Ni Éric ni Claire n'osent la contredire. Ils se contentent de hocher la tête d'un air compréhensif. Ils lui préparent un thé, des tartines. Mathilde continue de débiter des élucubrations. À la fin, sa mère réussit à l'entraîner dans la salle de bains. La jeune fille consent à se déshabiller, à entrer dans la baignoire. Elle paraît se calmer. Elle veut bien aller dans sa chambre, se mettre au lit. Elle s'endort aussitôt.

Claire rejoint Éric dans la cuisine. Ils font du café. Claire pleure. Il la prend dans ses bras. C'est samedi. Claire murmure qu'elle va partir pour le marché. Éric reste à la maison – pour monter la garde.

Mathilde ne se montrera pas avant l'heure du déjeuner. Elle n'a pas faim. Vient ensuite un long après-midi d'abattement. Éric et Claire se relaient auprès d'elle, tentent de la réconforter. Rien n'y fait : leur fille s'enferme dans un horrible mutisme. Le soir, les parents décident de se coucher tôt car la journée les a éprouvés. À peine sont-ils au lit que Mathilde se réfugie auprès d'eux. Elle se glisse sous les draps comme une toute petite fille. Elle est en larmes. Elle implore ses parents de lui expliquer ce qui lui arrive.

— Papa, j'ai peur, j'ai tellement peur…

Éric, d'ordinaire si sûr de lui, est complètement perdu devant la détresse de sa fille chérie. Comment la sauver de ce délire ? Il l'ignore, lui qui a l'habitude de mobiliser son esprit rationnel pour trouver des solutions à tout. Il ne peut que prendre Mathilde dans ses bras, et tâcher de la consoler.

De quel mal souffre-t-elle ?

La question ne cessera plus de les hanter les jours suivants, alors que la malheureuse oscille entre abattement et surexcitation. De temps à autre, une parenthèse se produit. Oubliant alors les crises qui la déchiraient un instant plus tôt, elle s'enferme dans le déni. Pour Claire, le diagnostic ne fait bientôt plus de doute : Mathilde est atteinte d'une maladie mentale.

Consulté, le médecin de famille évoque une « dépression ». Mais Claire sait qu'il n'en est rien. Elle a déjà rencontré des personnes dépressives : rien à voir avec les symptômes de sa fille. Elle appelle la psychologue qui s'est chargée de la thérapie de Mathilde enfant et se heurte à un mur d'insensibilité :

— Mathilde est majeure, madame. Si elle souhaite me voir, elle sait où me trouver.

— Vous la connaissez… Dites-moi au moins ce que je dois faire…

— C'est impossible. Question de déontologie.

Claire perçoit une nuance de reproche dans le ton employé par cette femme. Doit-elle se considérer comme responsable de ce qu'il arrive à sa fille ? La thérapeute consent finalement à lâcher un conseil :

— Voyez de ma part le Dr Panicotte, médecin psychiatre.

Le Dr Panicotte ne pourra les recevoir avant une semaine. Pour les Lannélec, le cauchemar se poursuit. Claire et Éric sont obligés de se rendre à leur travail, de faire bonne figure devant les collègues et les clients. Claire, rongée d'angoisse, continue de plaider au Palais. Elle a beau avoir organisé une garde alternée avec sa femme de ménage, elle redoute un drame.

Mathilde semble avoir perdu tous ses repères. Elle peut se montrer violente. Elle subit une véritable descente aux enfers. Il lui arrive de quitter la maison sans crier gare, et il faut alors arpenter les rues de Neuilly et les allées du bois de Boulogne pour tâcher de retrouver sa trace et pour la retrouver, elle, prostrée au fond d'un bosquet à proximité du Racing, le club privé dont Éric et Claire sont membres. Ou bien Mathilde s'en va errer des nuits entières dans Paris. Pourquoi ? Est-ce une façon de fuir ses démons intérieurs ? Les parents sont à bout. Ils n'ont personne à qui s'ouvrir de leur peine, de leur épuisement.

Le cabinet du Dr Panicotte se trouve non loin de la salle Pleyel. Le lieu est glacial, comme le praticien lui-même. Panicotte les écoute et ne dit mot. Il interroge Mathilde qui ne se livre guère. Il n'a pas de commentaire. Il prescrit un traitement.

Les remèdes restent sans effet. Panicotte double la dose. Mathilde ne va pas mieux. Elle dort davantage, voilà tout. Mais ses symptômes ne la lâchent pas – un chapelet de peurs irraisonnées, de crises clastiques, de fugues et de périodes durant lesquelles elle demeure prostrée, muette, abattue et complètement absente. Lors d'une nouvelle visite chez le psychiatre, Claire s'emporte :

— Dites-nous ce qu'elle a !

Panicotte lui jette un regard peu amène, avant de répondre d'un ton réticent :

— Difficile à dire, à ce stade. Ces pathologies peuvent prendre diverses formes. Leur donner un nom n'est pas évident.

Il penche en faveur d'un établissement fermé accueillant des jeunes atteints de troubles psychiques. On les soigne, ils poursuivent une scolarité… Claire et Éric ne peuvent se résoudre à une pareille solution. Placer leur enfant dans une maison où elle sera confrontée à des malades issus de milieux difficiles, à des déséquilibrés, à des drogués, à des fous ! Ils ont des haut-le-cœur quand ils imaginent Mathilde obligée de fréquenter de tels gens. N'y a-t-il pas, en plus, un risque de contagion ? Ils ne disposent d'aucun diagnostic, et le médecin s'est révélé un être antipathique, indifférent à leur malheur.

*

Durant un épisode de lucidité, Mathilde a décidé subitement de reprendre ses cours à la fac de droit. Mais elle se révèle bientôt incapable de suivre le moindre enseignement. Elle n'arrive même plus à prendre des notes. Son écriture a doublé de volume. Les phrases sont heurtées, désorganisées. Le contenu est dépourvu du moindre sens. Que faire ? Toujours la même lancinante question tourmente Claire et Éric. Trouver une autre activité que les études ? Ils mettent le sujet sur le tapis avec Mathilde qui réagit par une bouffée régressive. Puisque c'est comme ça, elle va reprendre ses études depuis le début, depuis la sixième, ce qui lui permettra, dit-elle, de se remettre à niveau, de tenter la fac à nouveau et, partant, de recouvrer son équilibre. Claire et Éric sont effondrés. Mathilde ne veut plus en démordre. C'est elle-même qui se lance dans une campagne de coups de téléphone aux directeurs d'établissements scolaires renommés – Sainte-Marie, La Tour, Lübeck. À dix-neuf ans, elle essaie d'obtenir une inscription en sixième. Et, comme elle se heurte à un mur, elle répète jusqu'à l'obsession, d'une voix monocorde, exaspérante :

— Je veux rentrer en sixième, je veux rentrer en sixième, je veux rentrer en sixième…

Entre-temps, on annonce à Éric que la République a décidé de le récompenser pour ses succès à l'international. Le ministre de l'Industrie lui remettra la médaille de chevalier de la Légion d'honneur. La cérémonie est prévue au ministère. Toute la famille sera au rendez-vous. Au moment du départ, Mathilde est souriante. On peut espérer une soirée sans problème. Mais, soudain, l'esprit de la jeune fille déraille.

– Je veux rentrer en sixième, je veux rentrer en sixième…

Le désarroi s'empare d'Éric qui voit venir la catastrophe en présence de ses employeurs, de ses amis et du ministre en personne. Il interroge Claire. Laisser Mathilde toute seule dans l'appartement ? Impossible. La décision est prise : elle sera de la fête.

Au ministère, Éric surveille sa fille du coin de l'œil. La bombe va-t-elle exploser ? La décoration est remise, les discours prononcés. Éric prend sur lui et fait bonne figure. L'assistance a sous les yeux le cadre enjoué, le récipiendaire comblé d'honneurs et de succès. Mais, intérieurement, il a le cœur serré. Il ne peut s'empêcher d'observer à la dérobée sa petite malade au regard vide, à l'esprit détraqué.

Finalement, l'événement s'est achevé sans incident. Le soir venu, Éric et Claire tombent dans les bras l'un de l'autre, comme saisis d'une bouffée d'espoir.

VII

Cévennes, octobre et novembre 2008

À la demande de Claire, Guillaume et Florence emmènent Mathilde en voyage dans les Cévennes. On est en semaine, il fait beau et il n'y a pas grand monde sur l'A10. Au volant de sa BMW, Guillaume se sent rajeunir. C'est comme s'il revivait l'époque lointaine où il partait en vacances avec sa femme et sa fille, Diane et Angélique. Il conduit bien, mais sans trop respecter ces limitations de vitesse qu'il vit comme une atteinte à sa liberté.

Il se met bientôt à fredonner des chants militaires. Florence sourit : elle sait combien la guerre d'Algérie l'a marqué. Quand il entonne ces airs du passé, elle sait qu'il revit des épisodes de ce conflit aujourd'hui tellement décrié. Il repense au Maghreb, à ses paysages, aux odeurs, aux populations arabes, kabyles, juives, berbères. Il repense aussi à ses harkis. Sa mémoire a gardé d'innombrables traces des combats, de la peur, de la camaraderie et de la mort.

Il pose la main sur la cuisse de Florence qui s'est rapprochée. C'est un geste de tendresse – et de propriété. Ils s'entendent bien. Ils partagent le sentiment de s'être trouvés après des années de galère, et beaucoup de peines de cœur.

À l'arrière du break, Mathilde se tient silencieuse, serrée dans un châle. Elle ne semble pas mécontente ni nerveuse. Les puissants remèdes la rendent passive. Éric la trouve *ralentie* – c'est son mot. Florence se tourne vers elle, lui sourit. Le visage de la jeune fille s'éclaire. En dépit de tout, elle apprécie la compagnie de l'oncle et de la tante. Florence essaie d'amorcer un dialogue, sans succès. Mathilde répond, mais du bout des lèvres. Elle n'a pas envie de parler – peut-être n'en a-t-elle pas la possibilité…

Guillaume, intérieurement, est catastrophé par ce qui arrive à sa « nièce » et petite-fille. Cette enfant qui ressemble tellement à Maud ! Il repense à cette Légion d'honneur, à cette cérémonie où il s'attendait au pire. Mais tout s'est bien passé, en définitive. Lui-même, Guillaume, a été décoré en raison de ses états de service en Algérie. Il a été blessé au combat, laissé pour mort… Il est fier d'Éric, fier que cette médaille créée par Napoléon Ier récompense une septième génération de Lannélec. Mais la fête a été quelque peu gâchée, évidemment, par le spectacle qu'offrait Mathilde – ce visage blême et figé, ce regard vide. Elle est encore belle, en dépit de son état psychique, mais le désespoir se lit sur ses traits et accentue, aux yeux de Guillaume, la ressemblance qui unit l'adolescente à sa grand-mère Maud – Maud dévastée par le chagrin lors de sa rupture avec Guillaume.

Florence doit superviser des travaux dans sa propriété de Beauvoir, puis participer à l'assemblée générale de son association. C'est volontiers qu'elle a accepté que Mathilde les accompagne dans les Cévennes. Guillaume a approuvé en citant un proverbe : « Changement de pâturage réjouit les veaux ». Lui et Florence savent que Claire et Éric ont besoin d'avoir les mains libres pour organiser leur déménagement.

Car ils ont décidé de quitter Neuilly pour le VIIIe arrondissement, où leur nouveau domicile disposera de superbes pièces de réception. Éric, qui a l'habitude de recevoir ses clients étrangers dans son club, le cercle Interallié, sait que beaucoup d'entre eux, notamment les Russes et les Arabes, apprécient d'être accueillis *at home* quand ils séjournent à Paris pour traiter des affaires importantes.

Si l'on préfère éloigner Mathilde, c'est aussi parce que Claire redoutait que sa fille ne fasse une crise en voyant se vider sa chambre. De retour des Cévennes, la jeune fille aura la surprise de découvrir le nouvel appartement, et surtout sa jolic chambre bien aménagée, sans avoir eu à souffrir de ce chantier angoissant qu'est toujours un changement de domicile.

*

À l'heure du déjeuner, ils ont dépassé Clermont-Ferrand. Mathilde, apparemment, apprécie que l'heure des repas soit respectée. Sinon, elle s'angoisse. Florence a prévu un pique-nique. Ils choisissent un endroit où la vue est superbe sur la chaîne des Puys. Le paysage rappelle à Guillaume la publicité de l'eau minérale Volvic dont son agence a le marché. Le déjeuner se passe dans la bonne humeur. Mathilde est détendue.

Ils atteignent Beauvoir dans la soirée. La propriété appartenait jadis à Suzanne Peyrolas, la grand-mère maternelle de Florence. La famille possédait aussi une coutellerie et un pied-à-terre parisien : tout a été revendu. Mais Florence a tenu à garder cette vieille bâtisse où elle a passé une partie de son enfance, où elle retrouve aussi le souvenir de son frère, Olivier.

Florence et Guillaume occupent l'ancienne chambre de Suzanne, une pièce qui donne sur la montagne et d'où l'on entend les remous du Gardon, le petit torrent qui coule au pied de la maison. Mathilde s'installe dans la chambre de jeune fille de Florence, en compagnie des vestiges de l'enfance – ours en peluche et poupées Barbie. Elle paraît contente. Elle va se coucher immédiatement après le dîner. Pour l'heure, elle ne présente aucun des symptômes inquiétants décrits par Claire : agressivité, propos incohérents et hallucinations auditives. Elle apprécie même que Florence vienne l'embrasser dans son lit, comme on procède avec une fillette pour la rassurer. Mathilde serre très fort sa tante dans ses bras.

La semaine se passe sans encombre. Mathilde lit un peu, elle regarde la télévision. Guillaume l'emmène tous les jours faire une promenade dans la garrigue. La nature y est préservée, pleine de senteurs, et l'on y découvre parfois, au détour du chemin, d'étonnants paysages, des lointains que le soir bleuit, des vallées profondes surveillées par un dieu tutélaire appelé le mont Aigoual. Mathilde apprécie ces randonnées mais la fatigue lui vient vite. Elle prend alors la main de son « oncle », qui en est attendri. Il aimerait tant pouvoir lui dire qu'il est en fait son grand-père ! Mais c'est impossible, bien entendu.

Le jour où Florence se rend à Saint-Étienne-de-Riols pour assister à sa réunion, Guillaume part avec la jeune fille faire une excursion en voiture. Ils visitent Florac et Mende. Mais

Mathilde est d'humeur sombre. Elle est oppressée. Au retour, elle est frigorifiée. Elle s'enveloppe dans un châle et va se blottir dans le fauteuil voltaire avec un livre. Au grand soulagement de Guillaume, Florence est de retour à l'heure du dîner. La réunion s'est bien passée. L'association reçoit de nombreuses demandes de prise en charge de familles d'enfants trisomiques.

Guillaume écoute Florence raconter sa journée. Il admire sa beauté, son énergie. Tout à l'heure, il la prendra avec passion ; et dans ses bras, cette femme d'apparence si réservée acceptera de libérer toute la sensualité dont elle est capable.

*

À Nîmes, Florence emmène Mathilde consulter une thérapeute du nom de Viviane Poumergue. La psychanalyste, arborant un chaleureux sourire, demande à voir seule la patiente. Florence va se promener en ville.

Viviane est une vieille amie. Elles se sont connues enfants, dans un cours privé protestant de cette même ville. Entre elles, le contact n'a jamais été rompu. Viviane a vécu un temps à Paris où elle est devenue une psychanalyste de renom, avant de retourner dans sa région natale. Elle a épousé sur le tard un chirurgien nîmois. Florence a tenu à lui faire voir Mathilde car elle redoute une erreur de diagnostic. En effet, depuis leur arrivée dans les Cévennes, elle a le sentiment que l'état de la jeune fille est moins grave qu'il n'y paraît quand on écoute les descriptions catastrophiques des parents. Elle soupçonne aussi les médicaments d'y être pour quelque chose. Quand elle a parlé de son intention à Guillaume, il l'a approuvée.

Florence, d'ordinaire, aime à se promener dans les célèbres jardins de la Fontaine, à s'attarder au temple de Diane et à la tour Magne. Mais elle a hâte de connaître la réaction de Viviane, de savoir comment s'est passée cette première consultation.

C'est Viviane elle-même qui vient lui ouvrir.

— Mathilde, dit-elle, est dans la salle d'attente.

Elles vont parler dans le bureau de Viviane, une pièce typique plongée dans une demi-pénombre, meublée d'objets étranges, suggestifs. Viviane écarte le rideau pour donner un peu de lumière.

— J'irai droit au but, déclare-t-elle. Pour moi, le diagnostic n'est pas le bon. Ce n'est pas une névrose, mais une psychose. Sa crise d'adolescence est d'autant plus violente qu'elle est tardive. Et son traitement la perturbe. C'est une forme de camisole chimique. Je vais te donner l'adresse d'un collègue et ami à Paris. Il est à la fois psychiatre et psychanalyste. C'est un bon ! Je pense qu'il confirmera mon diagnostic. Si j'étais toi, je ferais vite, avant que le traitement ne l'ait trop abîmée.

— Ce n'est pas à moi de décider. Je suis venue te voir de mon propre chef. Mathilde est la nièce de mon compagnon. Ses parents décideront. J'espère qu'ils ne prendront pas mal ma démarche…

— Florence, montre-toi persuasive ! Il y va de la vie de cette jeune fille. Elle est intelligente, gentille, ravissante. Ce serait un gâchis, à mon sens, de persévérer dans cette voie.

Le soir, Guillaume écoute les explications de Florence. Sa réaction est vive :

— Il faut faire vite, oui. Mais surtout, habilement !

Il connaît Éric. Bien que fin négociateur, il peut se montrer abrupt dans ses rapports privés – surtout quand son frère est impliqué.

— Je vais les appeler, propose Florence.

— Non. Mieux vaut leur parler en tête à tête. Toi, parle à Claire d'abord. Entre femmes. Ensuite, on avisera.

Sa proposition est la suivante : Florence et Mathilde vont remonter à Paris d'urgence, par le premier train. Lui en profitera pour aller à Mazamet voir ses harkis.

— D'accord, dit Florence, à présent convaincue.

*

En route pour le Tarn, Guillaume est à la fois heureux et inquiet. Il se réjouit de retrouver ses vieux compagnons de combat, ces harkis qu'il a eus sous ses ordres en Algérie, et que l'on a « ramenés » en métropole en 1962 pour qu'ils ne soient pas massacrés lors de l'indépendance. Ils sont installés avec d'autres supplétifs de l'armée dans la région de Castres-Mazamet. La plupart des anciens, les *chibanis* – le mot signifie vieux en arabe – ont, hélas, disparu. Mais les enfants sont restés unis. Et ils se sont bien intégrés. Pourtant, d'inquiétantes informations sont parvenues aux oreilles de Guillaume, selon lesquelles de jeunes musulmans, parfois enfants de harkis, se radicalisent et partent pour le Proche-Orient dans l'intention de faire le *djihad*. Le département de l'Hérault est particulièrement affecté par le phénomène, notamment la ville de Lunel. Guillaume doute que les gosses de ses harkis soient menacés par ce fléau, mais on ne sait jamais.

Il a un autre souci : la situation de l'économie internationale. La crise dite des *subprimes*, le krach boursier, la faillite de Lehman Brothers : tout cela n'augure rien de bon pour les affaires et Éric pourrait s'en trouver affecté. Bien que travaillant pour une banque, il n'est pas directement concerné par cette tourmente, mais sa propre société, la Livry-Cohen, une firme de taille moyenne, pourrait se révéler fort vulnérable. Il ne faudrait pas qu'Éric, déjà durement affecté par la maladie de sa fille, rencontre à présent des problèmes professionnels et vienne à perdre son job.

Guillaume est optimiste de nature, mais ce n'est pas sans une pointe d'anxiété qu'il roule vers l'ouest à travers des paysages aux éclats chatoyants.

VIII

Paris, novembre 2008

Claire, après que sa fille est rentrée à l'improviste des États-Unis, a vécu des semaines éprouvantes. Toutes ces nuits passées à rechercher la malade dans Paris, ou à l'attendre interminablement ! Sans parler des insomnies nées de l'angoisse après les crises. Heureusement, l'affaire du moment la distrait de ce souci. Le nouvel appartement sera bientôt prêt. Ce sera un logement vaste, lumineux, avec de grandes fenêtres sur le boulevard Malesherbes. Les chambres donnent sur une cour intérieure. Chacun des enfants aura la sienne et elles seront séparées par celle des parents.

Mais Claire n'est pas au bout de ses inquiétudes. Quelles répercussions la maladie de sa fille aura-t-elle sur l'équilibre familial ? Elle se demande comment Amaury prend la chose au fond de lui. Elle épie ses moindres réactions, de crainte qu'un problème n'apparaisse chez son garçon aussi. Mais Amaury a un comportement normal. Il travaille à l'école. Il est patient avec Mathilde.

— *So far, so good,* murmure Éric à l'oreille de sa femme, pour la rassurer.

S'il a eu tendance, naguère, à négliger sa famille pour aller jouer au grand Monopoly des affaires, il tient visiblement à se rattraper. Il épaule Claire autant que possible. Et il ne se plaint pas, bien que cette épreuve l'attriste cruellement.

Il est heureux que Mathilde soit dans les Cévennes : enfin, on respire un peu. Il aide Claire pour la décoration de l'appartement – il a hérité de Maud, sa mère, un goût prononcé pour les beaux intérieurs. Il admire le courage de sa femme : il a compris qu'elle ne se laisserait pas abattre, et qu'elle ferait tout pour sortir sa fille de cette situation. Claire est concrète, elle aime l'action et le milieu dans lequel elle a réussi. Certaine que son métier l'aidera à tenir psychologiquement, elle est résolue à s'y investir autant que l'état de Mathilde le lui permettra. Cependant, si les choses venaient à s'aggraver, il faudrait qu'elle travaille à temps partiel. Et comment exercer la profession d'avocat à temps partiel ? Est-ce seulement possible ?

Quant au mot « folie », il n'est jamais prononcé.

*

Pendant l'absence de Mathilde, Claire reçoit un appel d'Astrid à qui elle avait donné son numéro le soir de l'anniversaire à Kerjagou. Astrid l'invite à passer à son agence.

Claire la trouve élégante, comme toujours, dans son tailleur Hermès très femme active. Astrid lui propose de faire avec elle le tour des locaux à la décoration design et épurée. Elle lui présente ses collaborateurs.

— Ma plus vieille amie, dit-elle aux uns et aux autres.

Astrid a prévu qu'elles déjeuneraient tranquillement, toutes les deux, dans la salle de réunion. On leur apporte des plats commandés chez un traiteur. Claire s'amuse de voir son amie jouer ainsi les PDG. Elle note qu'Astrid s'intéresse beaucoup à elle-même et assez peu aux autres. Elle appartient à cette catégorie de gens qui font les questions et les réponses. Et puis elle a l'air de vouloir lui en mettre plein la vue avec sa belle entreprise, ses employés et son traiteur. Sans doute a-t-elle été impressionnée par le manoir de Kerjagou. À présent, elle veut lui rendre la pareille, lui montrer qu'elle n'est pas en reste. Lasse de la voir étaler sa réussite, Claire décide de prendre la conversation en main.

— Tu te rappelles qu'on a parlé d'Agnès, cet été ? Eh bien ! je me suis mis en tête de retrouver sa trace.

Astrid fait la moue, comme si elle n'en voyait pas l'intérêt.

— J'ai demandé à mon assistante, poursuit Claire, d'effectuer une recherche sur Paris. Ses parents y vivaient à l'époque.

— Elle a trouvé quelque chose ? demande Astrid d'un ton indifférent.

— Il y a des Leguern dans l'annuaire, mais aucun qui corresponde à la famille d'Agnès. Elle a enquêté aussi en Ille-et-Vilaine. Mais des Leguern, il y en a plein. C'est un nom breton assez répandu. On a fini par laisser tomber…

— Dommage, soupire Astrid, sans conviction.

On leur sert un café. Claire allume une cigarette, puis reprend :

— Et toi ? À part ton travail ?

— Ça va. Je sors beaucoup. Je fais de la gym, du golf. Je voyage – des congrès, tout ça. Un petit week-end à droite, à gauche. Je ne me plains pas. J'ai une vie sympa.

— Et ton mari ?

Astrid se rembrunit.

— Paul ! Que veux-tu que je te dise ? Un naufrage…

Elle a un triste sourire.

— Le *Titanic*, dit-elle, mais sans l'orchestre. Il a un cancer. C'est grave. Il a commencé à sombrer après avoir déposé le bilan de l'affaire créée par mon père. Un échec. Il ne s'en est pas relevé. Il avait un peu plus de cinquante ans. Il n'a rien retrouvé. Au début, il jouait au golf, il courait les expos, sortait avec ses copains. Mais peu à peu, je l'ai vu s'enfoncer. Il supportait mal d'être entretenu par moi. Il a perdu son intérêt pour ce qu'il aimait avant : la lecture, les voyages, les musées. Il s'est mis à faire des insomnies. Il s'est replié. Il ne voulait plus voir personne… Et ce traitement, à présent ! Ça n'arrange rien.

On vient leur servir un autre café. Quand elles sont seules à nouveau, Astrid reprend :

— Le sexe, je ne t'en parle même pas. Plus rien au pieu non plus.

Elle a un petit rire faussement désinvolte.

— Écoute, à toi, je peux le dire. J'ai eu besoin d'aller voir ailleurs. Je m'offre des petits bonheurs passagers, excitants. Dans mon milieu, ce n'est pas difficile…

Claire est choquée, mais elle ne veut pas se montrer prude.

— Ton mari sait que tu le trompes ? dit-elle.

— J'imagine qu'il s'en doute. Il n'en parle pas.

— Au chômage, malade, cocu. Ça fait beaucoup.

Astrid prend un air dur. Elle hausse les épaules.

— J'aurais préféré avoir une vie comme la tienne, tu sais. Un mari brillant, des enfants. Ça s'est goupillé autrement. Il me semble que j'ai des excuses, non ?

— Pourquoi ?

— Je t'expliquerai. Un jour. De toute façon, je me suis mariée trop jeune, sur un coup de tête. Il y a eu erreur sur la marchandise, en plus. Et je ne pouvais pas avoir d'enfants. Encore un problème. Mais bon. C'est comme ça.

Un silence s'établit. Claire ne sait que dire, devant la détresse de son amie. Une collaboratrice vient chercher le plateau du café, repart. Astrid, à son tour, allume une cigarette.

— Longtemps, j'ai songé à divorcer. Mais avec ce cancer… Je n'ai pas eu le cœur de le plaquer. J'essaie de l'aider. Il n'a pas le moral. Il ne se bat pas vraiment. Il se laisse couler, en fait.

Claire regagne le bel appartement du VIIIe arrondissement, perdue dans ses pensées. Elle aussi vit un drame. Mais elle, elle a Éric, elle a un mari pour faire face, un mari qui l'aime. Au final, le sort d'Astrid est peu enviable, en dépit de sa brillante réussite.

*

De retour des Cévennes, Mathilde va mieux. Elle a bonne mine, elle semble détendue. Elle paraît même heureuse de retrouver sa mère. Le nouvel appartement lui plaît, sa chambre aussi. Claire se dit qu'elle a bien fait d'éloigner sa fille et de la confier, comme elle dit avec un reste de conformisme, à sa « belle-sœur ».

Claire et Florence partagent un moment ensemble, parlent des Cévennes.

— Merci, dit Claire.

— Oui, elle va mieux.

— C'est même spectaculaire.

— Guillaume s'est beaucoup occupé d'elle. Il l'emmenait en randonnée dans la garrigue. Voyant qu'elle faisait des progrès, je l'ai moi-même emmenée à Nîmes, une fois. Je lui ai montré les arènes, la Maison carrée, les jardins de la Fontaine…

— Ça l'a intéressée ?

— Tu sais, les ados…

Elles rient. Puis Florence reprend :

— J'en ai profité pour rendre visite à une amie, Viviane Poumergue. Elle est psychanalyste. Je lui ai parlé de Mathilde, évidemment. Alors Viviane m'a proposé de la voir seule à seule.

Les deux femmes se taisent un instant.

— Et ?

— Viviane s'étonne que ta fille soit suivie par un psychiatre et qu'il l'assomme de médicaments. Pour elle, c'est une violente crise d'adolescence. Violente et tardive. Elle préconise une analyse sérieuse, avec un bon professionnel. Elle m'a donné le nom d'un confrère parisien, psychanalyste et psychiatre.

Elles allument des cigarettes, et fument quelques minutes en silence. Claire réfléchit, puis reprend :

— Je vais en parler à Éric. De toute façon, il n'y a pas grand risque à prendre l'avis d'un autre médecin.

Elles finissent leurs cigarettes. *Mission accomplie*, songe Florence. Puis, en écrasant son mégot dans le cendrier :

— Je vais devoir y aller.

Elles s'embrassent. Florence note que Claire est soulagée. Au fond de l'appartement, on entend la chanson d'Alain Souchon : « Foule sentimentale ».

— C'est Mathilde, dit Claire. Tu vois, elle écoute de la musique. C'est bon signe, non ? Encore merci.

*

Guillaume craignait une réaction négative de la part d'Éric, mais c'est le contraire : il est enthousiaste à l'idée de consulter un autre psychiatre. Il trouve réconfortant de penser que sa fille souffre peut-être d'une difficulté passagère. Claire, elle, montre davantage de prudence. Son intuition maternelle lui souffle que c'est trop beau pour être vrai. Mais elle est convaincue que cette piste doit être explorée. Ne pas le faire, ce serait même une faute.

Les Lannélec prennent rendez-vous avec le Dr Fachette, le collègue suggéré par Viviane Poumergue. L'homme est installé rue de Villiers – ce n'est pas loin de chez eux. Il a la soixantaine. Il est débonnaire et plein d'empathie. Il invite Claire et Éric à parler, en relançant habilement leurs propos. On devine que ce praticien sait écouter et se forger une opinion à partir de ce qu'il entend. À la fin de l'entretien, il hoche la tête et conclut :

— Un cas assez classique, me semble-t-il. Ce sera long, mais je pense qu'on devrait pouvoir aider votre fille à recouvrer son équilibre. Envoyez-la-moi.

Il ajoute :

— Nous devrons tous coopérer. Et je dois vous prévenir : il y aura des moments difficiles à traverser. Mathilde devra arrêter les médicaments dès le début de sa thérapie. Il y aura un sevrage, donc, avec tout ce que ça implique : angoisse, crises, violence. Les effets du manque, n'est-ce pas ? Mais peu à peu, les choses rentreront dans l'ordre et le travail de fond pourra commencer.

L'opération risque de coûter cher, car Fachette est une célébrité dans son domaine. Mais c'est pleins d'espoir qu'ils quittent son cabinet. Dès le lendemain, Mathilde consent à rencontrer ce nouveau praticien.

*

Claire appelle Florence pour la tenir au courant et lui témoigner sa gratitude après l'initiative nîmoise. Puis Éric demande à parler à Guillaume, et Claire lui passe le combiné.

— Merci ! dit Éric. L'espoir revient. Et c'est grâce à vous.

— C'est Florence qu'il faut remercier.

Il demande après un temps :

— Et les affaires ? La banque ? Des inquiétudes, avec cette crise ?

— Livry-Cohen est une banque d'affaires, non de dépôt. Et la maison a toujours joué la prudence. Mais tout est ralenti. On fait le dos rond en attendant des jours meilleurs.

— Ça me rassure, Éric.

— Et tes harkis ? Florence a dit à Claire que tu avais fait le voyage de Mazamet.

— Un accueil chaleureux, comme toujours. Je redoutais que leurs fils ne se fassent endoctriner par des imams et ne partent faire le *djihad*, mais ce n'est pas le cas, apparemment. Tout le monde est au travail. Cette communauté a été épaulée par d'anciens officiers, les capitaines Tenas et Janville – des saints ! Ce n'est pas le cas de tous les harkis. Beaucoup ont été parqués dans d'horribles camps, comme Rivesaltes, lequel avait déjà servi du temps de Vichy. Après, ils sont partis pour les banlieues où rien n'était prévu pour les aider. Ils subissaient même le mépris et la discrimination des autres Algériens qui les traitaient de collaborateurs – c'est toujours le cas, du reste. Le chômage, la drogue... Je vais te dire, Éric, je serais un de ces jeunes, je pourrais être tenté d'aller me battre au soleil, en terre d'Islam, et de vivre une aventure plus gratifiante que la grisaille quotidienne des banlieues françaises...

Éric éclate de rire.

— Dieu merci ! Tu n'es pas un jeune Arabe. Ni même un jeune tout court.

— L'avenir m'inquiète, tu sais. On est en train de fabriquer une bombe à retardement, et nos politiques ne font pas grand-chose pour la désamorcer...

Les deux hommes raccrochent.

Guillaume reste à méditer dans son fauteuil. Où va le monde ? Telle est la question.

Troisième partie

Les trois amies

« On dit beaucoup que les femmes sont volages
en amour, mais on ne dit pas assez combien
elles ont de constance et d'amitié. »

Gaston, duc de Lévis (1764-1830)

IX

Paris, mars 2009

Le cancer a emporté Paul, le mari d'Astrid, en quelques semaines. Devenue veuve, Astrid a besoin de voir du monde, et Claire en particulier. Souvent, elles bavardent autour d'un verre ou se retrouvent à l'heure du déjeuner. Claire est toujours émerveillée par le dynamisme et la vitalité sensuelle de son amie. Astrid apprécie la gentillesse de Claire et son raffinement bourgeois. Leurs discussions, peu à peu, se sont approfondies. Elles parlent encore et toujours d'Agnès. Claire a évoqué ses soucis avec Mathilde, sans trop insister cependant, car Astrid, pense-t-elle, n'aime guère s'attarder sur les aspérités de l'existence; on dirait qu'elle n'apprécie que les gens en forme, dont l'existence est un enchaînement de réussites.

Aussi Claire est-elle étonnée, un soir où elles prennent un verre au bar du Plaza, de l'entendre lui demander des nouvelles de Mathilde.

— Ça ne s'arrange pas?

Claire accepte de se livrer. Avec qui d'autre partager ce fardeau, hors de la famille?

— Aucune amélioration, dit-elle sombrement. J'ai même l'impression que ça s'aggrave.

— Mais elle a quoi, au juste?

— Si je le savais. Une maladie mentale, mais les médecins ne nous disent pas grand-chose. Psychose? Névrose?

— Quelle est la différence?

— La névrose, c'est quand la personnalité est perturbée. Mais le malade peut vivre normalement. Ça vient de conflits conscients. Ça se traite: la thérapie, l'analyse. La psychose, c'est bien plus grave. C'est une affection mentale dont le patient n'a pas conscience, ou pas entièrement. C'est la perception de la réalité qui est atteinte. Ça se soigne en… en psychiatrie…

— À l'asile ?

Claire soupire. Elle boit une gorgée de son cocktail.

— Ça ressemble à une psychose, dit-elle en reposant son verre. Mathilde a commencé une analyse, il y a quelques mois avec le Dr Fachette.

— J'ai entendu parler de lui. Il soigne une de mes clientes. C'est une autorité.

— Je sais. Mais ça n'avance pas. Et même, ça se dégrade.

Astrid éprouve un fort élan de pitié pour son amie. C'est un sentiment qu'elle n'a guère l'habitude de ressentir, mais le récit de Claire fait écho à ses propres souffrances, à ces frustrations venues de l'enfance qu'elle a toujours cachées sous le vernis de la femme active et dynamique.

— Tu sais, dit-elle, tu peux m'en parler. Je suis ton amie.

*

Si les choses se sont bien passées au début, Mathilde n'a pas tardé à s'opposer à cette thérapie avec le psychanalyste.

— Je ne suis pas malade, disait-elle. Alors pourquoi aller voir ce médecin ?

Elle se plaignait aussi :

— Ça ne sert à rien. Il est assis, là, derrière moi, et il ne dit pas un mot. Il vous pique votre argent et me fait perdre mon temps.

Claire se sentait obligée de l'accompagner à chaque fois rue de Villiers en voiture.

À l'issue de la deuxième séance, Fachette avait voulu revoir Éric et Claire et son diagnostic s'était trouvé confirmé : grave crise d'adolescence compliquée de problèmes archaïques.

Le sevrage, d'autre part, était éprouvant. Fachette les avait prévenus, mais ils n'avaient pas imaginé que ce serait une telle horreur. Le fameux manque avait des effets terribles. Les médicaments continuaient d'agir par effet retard. Et si Mathilde recouvrait son acuité intellectuelle et un certain dynamisme, elle se montrait agressive et instable. Bientôt, c'est la surexcitation qui a dominé chez elle. Chaque journée déversait son lot de désagréments, auxquels succédaient des crises d'angoisse et des accès clastiques.

Éric et Claire savent maintenant que ce cauchemar risque de les détruire, eux aussi. Ils ressentent de plus en plus le besoin de se protéger, de protéger Amaury. Au début, tout le monde se serrait les coudes, mais au fil des mois, des tensions sont apparues. Chacun s'est mis à reprocher à l'autre d'être responsable de la situation.

Ainsi, Claire est à présent soupçonnée par son mari d'avoir été une mère trop sévère.

— Tu l'as cassée, déclare-t-il.

Mais Claire aussi a des griefs à opposer à Éric : elle juge qu'il s'est montré trop laxiste, voire démagogue, de toute façon trop absent du foyer. Claire, pratiquement, a dû élever seule ses deux enfants…

— Qu'est-ce que tu racontes ? s'énerve Éric. On était heureux, non ?

Ils en viennent à explorer leurs hérédités respectives. La tante maternelle d'Éric, par exemple, n'était-elle pas une femme dépressive ? Et cette cousine germaine de Claire, qui s'est donné la mort… Pourtant, aucun des cas qui refont surface ne présente la moindre analogie avec l'état de Mathilde. Et la généalogie ? N'y a-t-il pas quelque chose à trouver de ce côté ? L'ascendance des deux tribus remonte à plusieurs siècles et elle est documentée. Mais, là encore, aucun des deux n'arrive à incriminer les origines de l'autre. Et le Dr Fachette lui-même les dissuade de chercher une explication aux problèmes de leur fille. Cette affection, dit-il, est certainement multifactorielle, peut-être génétique, peut-être liée à l'environnement familial, très probablement archaïque.

— Quoi qu'il en soit, il est vain d'interroger les parents et l'hérédité…

— Mais votre pronostic, docteur ? dit Claire, anxieuse.

— J'avoue que je ne suis pas optimiste. Le travail que Mathilde fait ici améliore son état, mais suffira-t-il à la guérir ? L'avenir le dira.

— Pensez-vous qu'il faille arrêter ?

— Bien sûr que non.

Au sortir de ce rendez-vous, Éric et Claire ont renoncé à s'incriminer mutuellement et même à explorer leurs origines familiales respectives pour tâcher d'y trouver des défauts. Mais ils sont effrayés par ce qui attend Mathilde. Fachette préconise qu'elle soit retirée du foyer familial, car une malade de ce genre peut se révéler destructrice, tant pour le couple parental que pour les frères et les sœurs – Amaury, en l'occurrence. Claire a précisé que son fils ne montrait aucun symptôme, qu'il avait une personnalité équilibrée et qu'il travaillait à l'école, mais la sagesse populaire ne conseille-t-elle pas de se méfier de l'eau qui dort ?

En effet, même s'il n'en laisse rien paraître, Amaury est perturbé par la situation. Petit, il a beaucoup admiré son aînée. D'autant qu'elle débordait d'affection envers lui. Les désordres mentaux dont elle souffre, il ne les comprend pas. Ces crises d'angoisse insoutenables, ces fugues, ces accès de violence ! La détresse de ses parents aussi lui est insupportable. Il redoute l'avenir. Que va-t-il advenir d'eux ? Il ne cesse de se poser la question, sans s'ouvrir à personne de l'anxiété qu'elle fait naître en lui. À l'âge où l'on rêve de conquérir le monde et de découvrir l'amour, il est jeté dans l'incertitude et n'a d'autre solution que de se réfugier dans le travail scolaire.

*

Éric et Claire ont trouvé pour leur fille un vaste studio dans le XVIIe arrondissement, à un quart d'heure à pied de chez eux. Mathilde, ravie à la perspective de quitter le nid familial, prend plaisir à meubler avec sa mère son nouveau logement. L'endroit, il est vrai, est agréable. Il donne sur un square paisible, ensoleillé. Est-il possible d'espérer une amélioration due à un changement de vie ?

Claire lutte bravement, sans jamais se plaindre. Elle ressemble à une louve qui se bat pour sa progéniture. Elle a sacrifié en partie sa carrière en décidant – un crève-cœur pour une femme comme elle – de ne plus travailler qu'à temps partiel. Et elle est consciente du fait que cette épreuve lui a durci le caractère. Elle n'est plus vraiment la même. Elle a perdu de sa douceur. Sa tendresse naguère si profonde l'a désertée. C'est le prix à payer pour ne pas craquer. C'est aussi pour elle une source de crainte supplémentaire : combien de temps Éric supportera-t-il la présence à ses côtés d'une femme toujours plus dure, plus lointaine, plus fermée ?

Elle se dit parfois qu'elle a de la chance, dans son malheur. Eût-elle appartenu à un milieu modeste, que serait-il arrivé ? La situation serait inextricable, financièrement parlant. Son choix de travailler à mi-temps, par exemple, aurait été catastrophique pour le ménage. Une bonne part du salaire d'Éric est engloutie par l'analyse de Mathilde.

Éric ne fuit pas ses responsabilités. Si dur à porter que soit son fardeau, il demeure loyal. Lui aussi a conscience d'être privilégié. Il gagne de l'argent. Son métier continue de le passionner. Il voyage. New York et Hong Kong sont autant d'occasions de s'évader, de fuir une existence insupportable. Mais, même au loin, même à des milliers de kilomètres, la douleur est présente : *Ma fille est folle*, songe-t-il souvent dans la solitude de sa chambre, au trentième étage d'un palace dominant les lumières de la ville. Il pense aussi à Claire : *Quelle épouse admirable*. Lui en veut-elle de s'absenter ainsi, en la laissant seule avec la charge de Mathilde ? Mais au fond, n'est-on pas toujours seul, quoi qu'on fasse, où que l'on aille ?

*

Claire et Astrid se revoient au café à l'heure du thé. Elles se parlent. Ou plutôt, Claire parle et Astrid écoute – la belle Astrid autrefois si dure, à présent si généreuse.

— Tu sais, Claire, je vous admire, Éric et toi. Le courage qui est le vôtre !

Elle a les yeux embués. Elle est envahie par une compassion sincère. Les deux amies échangent un sourire. Puis Astrid reprend d'une voix brisée par l'émotion :

— Moi aussi, je vis une tragédie. J'en ai honte, d'ailleurs. C'est pourquoi je ne suis pas encore prête à t'en parler. Mais un jour, tu sauras tout.

Claire est stupéfaite. Une tragédie ? Jamais elle n'avait soupçonné qu'Astrid, la brillante et dynamique Astrid, pût vivre une tragédie.

X

Paris-Kerjagou, avril 2009

À Pâques, les Lannélec ont prévu d'aller à Kerjagou. Les vacances scolaires, cette année-là, coïncident avec les fêtes religieuses. Elles débutent le samedi 11 avril, veille du dimanche pascal. Christophe Bocard, un condisciple d'Amaury à Sainte-Croix de Neuilly – ils sont en classe de seconde – se joindra à eux. Claire ne s'est pas opposée à cette invitation car elle estime que le petit Bocard est *un garçon bien élevé.*

Claire part en voiture avec les garçons. Éric prendra le train demain pour les rejoindre.

Tout en conduisant, Claire se tourmente à cause des événements de la veille au soir. Alors qu'elle préparait le dîner, Amaury est venu dans la cuisine et lui a parlé de son ami Christophe.

— Tu sais qu'il va quitter Sainte-Croix à la fin de l'année ?

— Première nouvelle. Ses parents déménagent ?

— Non. Ils le mettent en pension à Abondance, dans les Alpes. Le veinard !

— Comment ça, le veinard ? Vivre éloigné des siens...

— Il va faire du ski tout l'hiver, maman. Et les sports de montagne toute l'année !

— Je ne comprends pas, a dit Claire, sentant venir un problème. Pourquoi Abondance ? Pourquoi la pension ?

— Pour des raisons de santé, maman. Il a les bronches trop fragiles pour vivre à Paris. C'est le médecin qui l'a dit.

— Je ne savais pas.

— Bon, ça, c'est la raison officielle. La vérité, c'est qu'il est fou de ski. Il n'est heureux que dans les Alpes. Il a réussi à convaincre ses parents de l'envoyer là-bas.

Claire était stupéfaite. Elle a regardé son fils dans les yeux, cherchant à savoir où il voulait en venir. Puis elle a enchaîné :

— Je comprends que tu sois triste. C'est un très bon ami pour toi. Vous vous verrez aux vacances.

— Ce n'est pas la même chose, maman.

— Je sais bien, mais…

Le garçon s'est jeté à l'eau :

— Je veux partir avec lui. Mettez-moi en pension à Abondance, s'il vous plaît.

Claire a dû s'asseoir pour accuser le coup. L'idée de se retrouver seule avec Mathilde sur les bras lui faisait horreur. La réplique est sortie presque toute seule :

— Il n'en est pas question, Amaury ! Tu n'as pas les bronches fragiles, que je sache. Tu as la chance d'être dans la meilleure classe de Sainte-Croix et tu as de très bons résultats ! Tu ne vas pas sacrifier tout ça pour aller faire du ski !

Amaury a essayé d'insister, mais elle l'a mal pris, et l'a envoyé dans sa chambre. Le soir, au lit avec Éric, elle a mis le sujet sur le tapis. De toute façon, elle n'aurait pas pu dormir avec ces pensées en tête. Et elle a eu la surprise de s'apercevoir qu'Éric ne voyait pas d'un mauvais œil l'idée de mettre Amaury dans cette pension.

— L'internat, tu sais, ma chérie, c'est excellent pour les garçons. Il faut bien les sortir des jupes de leur mère. C'est un bon moyen.

— Qu'est-ce que tu racontes ? a dit Claire, déstabilisée.

— Moi, c'est en pension que je suis devenu adulte.

Éric a réfléchi, puis ajouté :

— Là n'est pas l'essentiel, du reste. On se demande souvent comment il vit la maladie de sa sœur. Tu imagines ce qu'il ressent ?

— Il n'a pas l'air d'aller mal…

— Il garde ses souffrances pour lui, c'est tout. Mais tu crois qu'il est heureux de te voir affronter Mathilde ? Cette succession de crises, c'est un enfer pour lui…

— Comment tu le sais ?

— C'est mon fils. Je sais ce qu'il éprouve. C'est un miracle qu'il ait bien réagi jusqu'ici. Mais il se réfugie dans son travail scolaire, en fait. C'est son seul moyen d'échapper à ce climat délétère. Et, puisque tu me demandes mon avis, je pense qu'il a raison de vouloir aller en pension. Il sent peut-être qu'il est sur le point de craquer. Et s'il vient à craquer, alors ce n'est pas *un* enfant en difficulté que nous aurons, mais *deux*.

Claire était totalement déconcertée.

— On va réfléchir, a conclu Éric.

Et il s'est tourné de l'autre côté.

Claire a longtemps gardé les yeux ouverts. Puis elle a éteint la lampe de chevet. Mais le sommeil tardait encore à venir. *Et si Éric avait raison ?*

Cependant, l'idée de voir son fils quitter la maison lui donnait des tremblements dans tout le corps.

XI

Paris, septembre 2009

Quelques mois plus tard, le hasard veut qu'Astrid tombe sur Agnès Wurtz à l'exposition Dubuffet du Centre Pompidou. Mme Wurtz, désormais, habite Paris, après avoir longtemps vécu à Strasbourg. Elle enseigne les lettres dans une école privée. Et elle aime l'art contemporain. D'où sa présence à Beaubourg ce jour-là.

— Et ton mari ? demande Astrid.

— Martin a préféré rester à la maison, devant son match de rugby.

Astrid n'est pas seule. Elle est venue voir l'expo avec un ami homosexuel, galeriste de renom, qui a eu la surprise de voir les deux vieilles copines se jeter dans les bras l'une de l'autre. Pour les laisser à leurs retrouvailles, il s'éclipse poliment. Et, comme c'est la belle saison, Astrid et Agnès vont s'installer à la terrasse d'un café.

— J'ai fait carrière dans la pub, résume Astrid. Une carrière brillante, je ne crains pas de le dire.

— Mes compliments. Tu as des enfants ?

— Non. J'ai épousé un homme plus âgé que moi. Il a été emporté par un cancer…

— Je suis désolée. Moi, c'est moins glamour. Plus traditionnel, disons. Études de lettres. Puis je me suis mariée. Mon mari, Martin, est alsacien. Il est cadre supérieur. Nous avons deux enfants – deux garçons.

Astrid sourit, non sans une certaine condescendance. Mais elle a déjà l'esprit ailleurs, semble-t-il. Elle se lève.

— Je dois y aller. Ça m'a fait plaisir de te revoir. Tu devrais appeler Claire. Elle m'a dit qu'elle avait essayé de retrouver ta trace – en vain.

— J'aimerais bien la revoir, moi aussi.

Astrid, ayant sorti de son sac une carte de visite, la retourne pour griffonner deux numéros de téléphone.

— Ceux de Claire, dit-elle. À la maison et au bureau.

— Au bureau ?

— Elle est avocate. Appelle-la plutôt l'après-midi. Ou le soir. Le matin, elle n'est pas libre en général. On se fait signe ?

Agnès la regarde s'éloigner.

Quoi qu'elle en dise, elle n'a pas eu un parcours si banal, pour une petite provinciale de Redon. Ses parents, des enseignants catholiques, ont été mutés à Paris quand elle était en troisième. C'est ainsi qu'elle s'est retrouvée inscrite à Sainte-Jeanne-de-Chantal – un établissement convenable et de bonne obédience – où elle a rencontré ses deux amies. Sans être laide, elle traînait alors un physique passe-partout. Elle se sentait heureuse dans leur petit trio. Elle adorait leurs innombrables fous rires. Mais c'est à Claire, surtout, qu'allait son affection, son amitié. Du reste, l'année suivante, voyant que la Niçoise, comme elles l'appelaient, ne se présentait pas au lycée, elle n'en a éprouvé aucun regret. Elle en a profité pour se rapprocher de Claire encore davantage. Puis Claire, après le bac, est partie pour Londres et sa *finishing school,* et la vie les a séparées.

Agnès s'est épanouie dans les études de lettres. Son physique a changé.

— Tu te remplumes, lui disait sa mère.

Un bon coiffeur a su tirer le meilleur parti de ses cheveux autrefois sans éclat. Elle a perdu ce teint de cire qui lui donnait, adolescente, un air souffrant et déprimé. Elle est devenue séduisante. C'est ainsi qu'elle a plu à Martin Wurtz, un bel homme aux épais cheveux dorés, mi-Alsacien, mi-Allemand, qui lui a fait la cour en déployant un puissant accent germanique. De culture protestante, il partageait les valeurs d'Agnès. Et il était issu, lui aussi, d'un milieu d'enseignants. Le père, René Wurtz, avait un caractère difficile – ses élèves l'appelaient « la Saucisse », traduction de son nom. La mère était une Allemande d'Offenburg. La famille avait connu des conflits familiaux qui avaient perturbé l'enfance de Martin, lequel avait vu se briser le mariage de ses parents alors qu'il n'avait que huit ans. Sa mère était retournée en Allemagne. Martin s'était retrouvé à cheval entre les deux pays, les deux cultures. À dix-huit ans, il avait choisi la France et pris un studio à Strasbourg. Puis il était monté faire Sup de Co Paris.

Agnès a été fière qu'un garçon brillant et séduisant s'intéresse à elle. Mais elle a perçu rapidement que Martin, sous des dehors agréables, cachait de profondes blessures. Elle lui a apporté la tendresse qui lui avait manqué enfant. Très vite, elle s'est retrouvée enceinte, au grand dam du père de Martin qui l'a traitée de gourgandine et a refusé de la rencontrer. Ute, la mère de Martin, s'est montrée plus libérale. Quant aux parents d'Agnès, ils ont été horrifiés d'apprendre que leur fille attendait un bébé – une faute, comme ils disaient. Martin s'est engagé à reconnaître l'enfant et à épouser Agnès. Le mariage a donné lieu à une cérémonie simple, œcuménique, coprésidée par un prêtre et un pasteur.

Le couple s'est établi à Clichy, dans une chambre de bonne que Martin avait louée. C'est là qu'est né le petit garçon. La vie était difficile. L'argent manquait, en dépit de l'aide consentie par la famille. Après la fin de ses études, Martin est entré comme vendeur aux brasseries Kronenbrau, à Strasbourg, dans le quartier de la Robertsau. Martin se rapprochait ainsi de sa mère. Agnès est devenue professeur à Notre-Dame-de-Sion.

Martin a gravi les échelons. Il est devenu inspecteur des ventes, puis directeur pour la région Est. Un second fils est né. Et tous les membres de la famille, finalement, ont trouvé des terrains d'entente et des raisons de se rapprocher.

Les seuls problèmes venaient de Martin : son travail l'obligeait à voyager souvent, de sorte qu'Agnès a dû élever ses garçons toute seule.

— Les gosses, disait-il, ce n'est pas mon truc.

D'autre part, il désertait le temple, ce qui contrariait sa femme. Agnès, qui n'avait jamais tourné le dos à sa religion, avait d'abord cru que leur œcuménisme familial suffisait à combler les besoins spirituels de Martin, avant de se rendre compte que la vérité était tout autre : les religions l'emmerdaient ; le dimanche, il préférait retrouver ses amis et boire des bières avec eux.

Martin ayant obtenu une importante promotion, la famille est venue s'installer à Paris, dans un bel appartement. Les enfants étaient inscrits dans de bonnes écoles. Martin continuait de voyager beaucoup. Agnès et lui ne sortaient que rarement. Martin aimait arborer les signes ostentatoires de sa richesse : sa Rolex en or, sa Mercedes, et Agnès ne faisait aucun commentaire sur ce point, quand bien même elle ne manquait pas d'y voir une touche de vulgarité. *Sans doute était-ce une façon*, pensait-elle, *de compenser les souffrances et les humiliations de ses jeunes années.*

XII

Paris, septembre 2009

Agnès, appelant un dimanche après-midi, est tombée sur la messagerie. Deux heures plus tard, Claire la rappelle.

— Je n'y croyais plus ! dit-elle. Tu habites Paris ?

— Depuis six ans déjà.

Rendez-vous est pris pour déjeuner dans le quartier de la Madeleine. Les deux amies s'étreignent, intimidées autant qu'émues. Claire reconnaît à peine l'adolescente austère de Sainte-Jeanne. Agnès, de son côté, est impressionnée par la beauté épanouie de Claire. *La classe de cette grande bourgeoise !* se dit-elle.

Dans la conversation qui s'ensuit, Claire s'efforce de ne pas trop faire étalage de sa belle réussite professionnelle et familiale. Elle se montre simple et affectueuse. Agnès raconte sa *faute*, les années difficiles, quand elle et Martin étaient étudiants, puis Strasbourg, l'ascension sociale et enfin Paris.

— Tes parents ? demande Claire.

— Papa est mort. Maman s'est remariée. Avec un Breton…

— Que tu n'apprécies pas trop. Je me trompe ?

— Non. Tu ne t'es jamais trompée.

— Tes enfants font de bonnes études ?

— Oui. Les Mines, Maths sup… Et toi ? Tes enfants ?

Claire hausse tristement les épaules. Elle parle un peu de Mathilde, mais sans s'étendre outre mesure. Elle fait allusion aux ambitions d'Amaury :

— La finance ! Il essaie de marcher sur les traces de son père.

— Ce n'est pas un domaine qui nous fait rêver, nous les femmes, mais les hommes aiment ça, dit Agnès. Mon mari adore.

— Qu'est-ce qu'il fait ?

— Directeur général. Gros salaire. Il a tendance à calquer son mode de vie sur celui des dirigeants de la grande consommation. En plus, son père nous a laissé beaucoup plus d'argent que prévu. C'était un vieux grigou. Il cachait bien son jeu. Bref, on est à l'aise. Martin tient sa revanche de provincial.

— Tu es très belle, dit Claire en admirant la toilette d'Agnès. Sincèrement.

— Quelle évolution ! C'est ce que tu veux dire ?

— Ado, tu étais un peu timide.

— La vie a fait son œuvre.

Elles partagent un rire plein de gaieté, chargé de souvenirs.

— Vous êtes dans quel quartier, maintenant ? demande Claire.

— Trocadéro. Je me suis habituée. Je suis prof à Lübeck désormais – tu sais, l'école privée du XVIe arrondissement. C'est près de chez moi. L'ambiance est bonne.

— Tout va très bien, alors, dit Claire.

Une ombre de tristesse passe dans son regard.

*

Mais tout ne va peut-être pas si bien, dans la vie d'Agnès.

Martin, d'abord, lui donne du souci. Il entretient avec l'argent une relation qu'elle n'approuve pas. Il aime tout ce qui est voyant, tape-à-l'œil. À cause d'un besoin de reconnaissance surdimensionné, sans doute, qui le pousse à s'identifier aux riches, aux puissants. Il est allé jusqu'à prendre des cours de diction pour tâcher de perdre son accent alsacien, sous prétexte que ça faisait plouc. Mais, surtout, Agnès se demande maintenant si elle ne s'est pas trompée en le considérant comme un mari aimant et fidèle. Après tout, il a toujours été bel homme, et c'est encore plus vrai maintenant qu'il a réussi et pris tellement d'assurance. Et il est souvent en voyage ! Que fait-il, quand il est au loin, riche, puissant, séduisant ? Ne s'offre-t-il pas des aventures ? Agnès n'a aucune preuve concrète. En principe, elle n'a même aucune raison de soupçonner quoi que ce soit. Pourtant, elle ne peut s'empêcher de ressentir de la jalousie quand il se montre galant avec les femmes. Du coup, elle éprouve elle-même l'envie d'être belle et de s'offrir des toilettes coûteuses. Cependant, elle n'ira pas jusqu'à être infidèle. Ce défaut-là n'est pas dans sa nature.

Denis, son fils cadet, est aussi pour elle un sujet d'inquiétude. Sa mère lui a fait cette remarque :

— Ton garçon file un mauvais coton.

Ce garçon aux yeux clairs, à la belle tignasse blonde qu'elle a tellement cajolé et gâté ! Son petit chéri. L'enfant sur lequel tout le monde s'attendrissait.

Reçu au bac avec la mention très bien, il a fait une excellente Maths sup, même s'il lui arrivait d'avoir des crises d'angoisse et de doute, au point qu'elle se demandait s'il avait choisi la bonne voie. Depuis quelque temps, les choses semblent compliquées pour lui. Il passe par des phases de travail intense auxquelles succèdent des épisodes de découragement, d'accablement même. Il s'enferme alors dans sa chambre et rumine des idées noires. Agnès s'interroge. Denis a-t-il le niveau, voire la résistance physique qui permettent d'affronter la concurrence inhumaine générée par le système des concours ? Peut-être n'est-il pas fait pour la compétition extrême, telle qu'elle règne dans les classes préparatoires.

Quand elle a confié ses préoccupations à Martin, il a réagi par un haussement d'épaules.

— Ce système des concours est absurde. On les gave comme des oies. Alors ils craquent. Bon. On verra bien. Pas la peine de s'affoler.

Agnès sait fort bien que Martin, comme souvent les hommes, a horreur des problèmes. Il n'aime que ce qui marche bien. Et il a tendance à se cacher la tête dans le sable. Mais elle, la mère, est convaincue qu'il y a un souci. Son instinct le lui dit haut et fort.

Et si le pire advenait ?

XIII

Novembre 2009

La Toussaint 2009 voit la tribu Lannélec se réunir à Kerjagou. Comme chaque année, les uns et les autres ont répondu à l'appel de Guillaume qui fait désormais figure de patriarche. C'est lui le « chef de nom et d'armes », comme on disait jadis. Du reste, il prend ce rôle au sérieux. Il insiste pour que tout le monde réponde à l'appel. Son propre grand-père considérait la Toussaint comme la fête la plus importante de l'année. Cette opinion était assez peu catholique, en un sens, car l'Église estime que Pâques et la Résurrection constituent les vrais moments forts de la vie chrétienne. Mais en Basse-Bretagne, au cœur du Finistère, on perpétue le culte des morts et, dans les milieux populaires, c'est à voix basse que l'on évoque l'*Ankou*, le serviteur, l'ouvrier de la mort, dont l'effigie sculptée orne les calvaires et les ossuaires. Jadis, il collectait dans sa charrette grinçante les âmes des défunts. Malheur aux vivants qui entendaient l'horrible bruit de sa charrette : ils passeraient bientôt de vie à trépas… Guillaume lui-même ne peut s'empêcher de frissonner, aujourd'hui encore, en pensant à l'Ankou, au passeur d'âmes.

La sécularisation de la Bretagne a porté un coup d'arrêt sensible aux légendes et rites funéraires, mais il n'est que de voir les églises et les cimetières autour de Kerjagou, à la Toussaint : l'empreinte de l'héritage celte et de son culte des morts est encore présente dans la pratique religieuse. Les Lannélec ont beau être devenus des Parisiens, ils sont restés, comme leurs fermiers, attachés à cette fête.

Éric et Claire arrivent en voiture, avec Mathilde et Amaury. Guillaume est déjà là. Florence est allée dans les Cévennes fleurir la tombe des Peyrolas, et surtout celle de son frère, Olivier.

Le lendemain, Kerjagou voit débarquer Angélique et sa famille. Angélique est la fille de Guillaume. Elle a épousé un médecin lyonnais. Ils ont deux enfants – Ghislaine et Pierre. Ghislaine est elle-même mariée à un Jacques de Saint-Eudes, et mère de deux petites merveilles de quatre et deux ans.

Les liens, peu à peu, se sont resserrés entre Angélique et son père. À la mort de Diane, la femme de Guillaume, la jeune Angélique a été confiée à ses grands-parents maternels – les très conformistes Boisroussard. Ces derniers ont tout fait pour éloigner la petite de son père, dont ils jugeaient les mœurs trop libres et le métier trop *corrupteur*. Mais, aussitôt devenue adulte, elle n'a eu de cesse de renouer avec lui, cet homme si gai, si séduisant, toujours prêt à la couvrir de son affection, d'une tendresse dont les Boisroussard étaient avares. Son mariage avec le chirurgien obstétricien Pierre Bergeaud a achevé la mue. Aux yeux des Boisroussard, on pouvait être militaire, haut fonctionnaire, à la rigueur banquier, mais en aucun cas médecin ou dentiste – des métiers de roturiers. Bergeaud a beau être brillant, sympathique et issu de surcroît de la bonne bourgeoisie lyonnaise, rien n'y a fait. Les Boisroussard l'ont regardé de haut. Angélique l'a senti. Elle l'a mal pris. Elle n'avait dès lors plus d'autre idée que d'apprendre à connaître son père. Guillaume, lui, a ouvert les bras au talentueux médecin promis à un bel avenir. De sorte qu'Angélique et les siens ont pris l'habitude de fréquenter Kerjagou. Elle s'entend bien aussi avec son *oncle* Éric et avec Claire : tous appartiennent à la même génération. Claire et Éric sont du reste heureux d'accueillir Angélique et ses enfants.

À trois jours de la Toussaint, le manoir retentit des cris des enfants. Les repas sont joyeux – même si l'on fête les morts. Guillaume adore voir revivre son cher Kerjagou. Il a déjà emmené Amaury faire le tour de l'étang.

Ces deux-là forment une paire de véritables amis.

*

Mathilde, qui a bien supporté le voyage en voiture, se montre normale le premier jour. Elle paraît contente de revoir Kerjagou. Claire se prend à espérer que le séjour se passera sans encombre. Il vaudrait mieux, car elle a la charge de tenir la maison, d'arrêter les menus, de faire les courses… Même si chacun y met du sien, elle se sent responsable de la bonne marche des choses.

Hélas ! dès le petit-déjeuner du deuxième jour, Mathilde prend sa mère à partie :

— Il a fallu que vous m'obligiez à venir dans ce trou ! Il n'y a rien à faire, ici.

Claire sent que sa fille est stressée. Elle sait par cœur tous les symptômes de son mal. Elle rassemble sa patience.

— Ton père va au bourg tout à l'heure. Il t'emmènera faire les courses. Vous prendrez un café. Ça te changera les idées.

Mathilde la coupe :

— Ce bourg de merde peuplé de ploucs.

— Une charmante petite ville, au contraire. Avec une belle église et un joli calvaire. Il y a des maisons anciennes et des bistrots sympas…

— C'est nul.

Elle quitte la cuisine en claquant la porte. Éric, qui rentre des bois, arrive au même instant.

— Un problème ?

— Une nouvelle crise.

Il se mord la lèvre.

— Elle a pris ses cachets ?

— Je crois. Avec son café.

— Où est-elle ?

— Je l'ai entendue remonter dans sa chambre.

— Je vais lui parler.

La chambre de Mathilde est livrée à un indescriptible désordre. En vingt-quatre heures, elle a réussi à la transformer en un capharnaüm abominable où flotte une âcre odeur de tabac. Éric a pourtant interdit que l'on fume dans la maison. Mais il se force à garder son calme, à rester gentil.

— Ça ne va pas ? dit-il doucement.

— Au contraire. Ça va très bien. Mais pour maman, tout est toujours parfait. Moi, je m'emmerde à Kerjagou. J'en ai marre. Il pleut tout le temps. Il n'y a rien à faire. Ce pays de ploucs !

Elle ajoute après un temps de silence :

— Je veux rentrer à Paris.

— Tu sais bien que c'est impossible.

— Mets-moi au train.

— C'est hors de question.

— Alors, sors de ma chambre.

En dépit de ses résolutions, Éric sent monter la colère.

— Je te prie de me parler poliment. Je suis ton père. Tu me dois le respect. Et tu dois respecter aussi les consignes. J'avais dit, on ne fume pas. C'est dangereux. Il y a trop de boiseries, de matériaux secs, inflammables.

Mathilde ricane :

— Qu'elle crame, ta bicoque !

— Mathilde, tu te rends compte de ce que tu dis ?

Elle hausse les épaules, puis répète, l'air buté :

— Je veux rentrer à Paris. Je m'en fous, de ton manoir à la con !

Comme il ne répond pas, elle enchaîne :

— Puisque tu vas faire des courses, ramène-moi donc des cigarettes.

— Tu as fumé deux paquets depuis hier, dit-il en secouant la tête. Ça suffit. Pas plus d'un paquet par jour, j'avais dit...

— Tu es méchant !

Il se tait. Mathilde semble hésiter, puis elle s'empare du paquet resté sur sa table de nuit. Elle file par la porte ouverte. Éric l'entend dévaler l'escalier. En bas, la porte claque.

Éric regarde par la fenêtre le paysage sous la bruine. Mathilde est sortie sans imperméable ni chapeau.

Mais que faire ?

À l'heure du déjeuner, la famille s'apprête à passer à table. Comme de coutume, Claire a sonné la cloche qui porte loin et s'entend jusqu'au fond des bois.

Pas de Mathilde.

Éric, inquiet, gêné aussi, propose de prendre l'apéritif, histoire de gagner du temps. Guillaume dit :

— Elle m'a demandé la permission d'emmener promener Odin.

Odin, c'est son labrador, un chien encore jeune, encore fou. Les anecdotes fusent autour de l'animal. Chacun a à cœur de ne pas laisser s'établir le silence.

C'est alors que Mathilde reparaît. Elle est trempée. Ses cheveux dégoulinent. Son corsage lui colle à la peau : on voit son soutien-gorge à travers. Elle promène sur sa famille un regard provocateur.

— Tu as rentré Odin au chenil ? demande Guillaume.

— Il a filé, répond Mathilde.

Guillaume fronce les sourcils.

— Je t'avais pourtant dit de le garder en laisse. Avec moi, il ne se sauve pas, mais quand c'est quelqu'un d'autre, il a tendance à fuguer.

— Il tirait sur la laisse, déclare-t-elle. Alors je l'ai libéré. Et il est parti.

Guillaume s'abstient de laisser exploser sa colère. Éric est dans l'embarras.

— Je suis navré, énonce-t-il. On ira le chercher après le déjeuner. On va le retrouver.

— Tu es gentil, soupire Guillaume. Il rentrera de lui-même dans deux ou trois heures. Mais je n'aime pas qu'il s'en aille comme ça. C'est une mauvaise habitude. Quand il revient, il est dans un état épouvantable. Et je ne veux pas qu'il se mette à chasser seul, à poursuivre les chevreuils. C'est mauvais.

Éric hoche la tête.

— Je comprends…

Puis, s'adressant à Mathilde :

— Va te changer. Tu nous rejoindras quand tu seras présentable.

— À table ! lance Claire depuis la cuisine.

Chacun s'installe. Et le repas se déroule comme s'il ne s'était rien passé.

*

Le jour de la Toussaint, la porte de la chambre d'Éric et Claire s'ouvre brutalement à 7 heures. Ils viennent de se lever. Elle est en robe de chambre, lui encore en pyjama.

Mathilde est au seuil de la pièce, le visage blême, la chevelure en bataille, l'air hagard, mauvais.

— Je veux rentrer à Paris ! s'écrie-t-elle. Vous me gardez prisonnière, ici.

Claire, prise de court, tente de réagir calmement :

— Ne t'inquiète pas, ma chérie. Après la messe et le cimetière, on déjeune et on rentre à Paris.

— Ne me racontez pas d'histoires ! Vous essayez de m'amadouer ? Je veux aller à la gare tout de suite ! Je sais que vous me séquestrez. Vous ne voulez pas que j'aie une vie normale, que je travaille ou reprenne des études...

— Ça recommence, soupire Éric, effondré.

La journée d'hier, déjà, a été un enfer. Et une honte. Après l'incident du chien et le déjeuner, Mathilde a disparu pour ne rentrer qu'à la nuit tombée. C'est un fermier, Thomas Kersulec, le petit-fils de l'ancienne fermière, qui l'a ramenée à Kerjagou. À en croire ses explications, la jeune fille a été prise en stop par des cultivateurs qui l'ont reconnue. Elle a passé tout l'après-midi à traîner dans le bourg, à fréquenter les bistrots, à fumer. Avec quel argent ? demandent les parents.

— Comme vous ne m'en donnez pas, j'en ai demandé aux passants, pardi !

— Tu as mendié !

Mathilde a ricané.

Mais Éric a un sens aigu de son rang. Il redoute le qu'en-dira-t-on. La fille du château a été vue mendiant dans les rues ! Craignant que son mari ne s'emporte, Claire a repris d'un ton apaisant :

— Comment tu as pu faire ça ? On ne mendie pas...

— Ça vous emmerde, hein ? a répliqué Mathilde avec une hostilité inquiétante.

Et elle a couru s'enfermer dans sa chambre.

À l'heure du dîner, elle n'est pas descendue.

La soirée a été difficile pour les parents et pour toute la famille. Quelles souffrances endure cette jeune fille ! La famille était en pleine détresse.

Et ce matin, cette irruption dans la chambre d'Éric et Claire.

Mathilde n'a rien mangé depuis le déjeuner de la veille. A-t-elle seulement dormi ? Sa figure est effrayante. Éric lui trouve véritablement l'air d'une démente avec ses cheveux sales, sa chemise débraillée et ce regard traversé d'hallucinations.

— Arrêtez de vouloir me détruire ! hurle-t-elle soudain. Vous m'empêchez de faire des études, et en plus, vous m'enfermez dans cette prison médiévale !

Devant le mutisme stupéfait de ses parents, elle ajoute sur le même ton :

— Puisque vous tenez tellement à vous débarrasser de moi, ce sera bientôt chose faite !

Pétrifiés, Éric et Claire la voient courir vers l'escalier. Éric s'élance à son tour. Mathilde monte les marches quatre à quatre. Il la suit. Il la voit pousser violemment la porte du grenier et s'engouffrer sous les combles. Tout au fond, c'est la mansarde, avec sa fenêtre donnant sur la terrasse, quinze mètres plus bas…

Éric est sportif. En quelques enjambées, il rattrape sa fille. Il la plaque sur le plancher. La jeune fille se débat. Elle griffe Éric, lui donne des coups de pied, hurle. Il se redresse et la gifle à deux reprises.

Mathilde est sidérée. L'instant d'après, elle éclate en sanglots. La marque des deux claques se lit en rouge sur son visage.

Éric prend sa fille dans ses bras. Il la serre contre lui. Il lui murmure des paroles apaisantes. Il a honte d'avoir cédé à cet accès de violence. Mais il n'avait pas d'autre option.

Mathilde était bel et bien sur le point de se jeter dans le vide. Sinon, que serait-elle allée faire dans la mansarde ?

*

Dans la cuisine, Guillaume boit son café à petites gorgées, et s'absorbe dans ses réflexions. Il a entendu les cris, la cavalcade dans l'escalier, la course sur le plancher de la mansarde. Éric le rejoint, accablé. Il se sert du café. Les deux « frères » partagent un moment de silence. Puis Guillaume propose :

— Tu viendrais faire le tour de l'étang ?

— Le temps d'enfiler mes bottes, répond Éric.

Odin est revenu – raide de boue et de saleté. Guillaume le détache, puis attend qu'Éric les rejoigne au début de l'allée.

Peu après, ils sont à l'étang. Guillaume lance dans l'eau un morceau de bois.

— Rapporte !

Odin, fou d'excitation, se jette dans l'étang, va récupérer le morceau de bois, remonte sur la rive, dépose la proie aux pieds de son maître, reçoit une caresse. Le jeu recommence trois fois, quatre fois.

— Maintenant, le voilà propre, dit Guillaume.

Ces gestes quotidiens, ce dressage familier sont pour Éric une occasion de se détendre. Le temps est gris, incertain, mais il ne pleut pas. Les arbres n'ont plus guère de feuilles : la dernière tempête les a emportées. Le sol est humide, spongieux, jonché de brindilles. De l'autre côté de l'étang, Kerjagou dresse sa masse imposante, comme immuable. Le manoir, revêtu de son manteau d'automne gris-vert, se reflète sombrement dans l'eau. Dans cette ambiance si bretonne, marchant en silence à côté de son frère aîné, Éric a le sentiment que les choses peu à peu reprennent leur place. Il pense à sa vie heureuse avec Claire. À Amaury, son garçon si attachant, si doué. À son métier qui le passionne. À ce Kerjagou, berceau et ciment de la famille. À l'affection de son frère aîné… L'idée le traverse qu'ils auraient tort de se laisser détruire par Mathilde. Il y a le chagrin, le stress provoqué par les crises, mais il y a aussi la nécessité de tenir bon, de préserver sa joie de vivre, son énergie. Il doit à Claire, à son fils Amaury et à lui-même de demeurer un roc indestructible.

Ayant marché sans un mot, chacun suivant le fil de ses pensées, ils sont parvenus à la « queue de l'étang ». Guillaume veille à l'entretien du vieux banc. Pendant une minute, ils contemplent le paysage. Le labrador est au pied. D'un œil, il surveille son maître et de l'autre, la faune cachée dans les roseaux.

Guillaume retire sa veste de chasse, son Barbour imperméable, et l'étend sur le banc humide. Il s'assied et Éric s'assied à côté de lui. Ils échangent un sourire complice.

— La chasse ? dit Éric. Tu as fait l'ouverture, bien sûr.

— Bien sûr. Jusqu'ici, une excellente saison. Des canards, des bécasses. Odin est prometteur. Si seulement je pouvais venir chasser plus souvent ! Mais je ne veux pas laisser Florence trop seule.

Éric comprend. Guillaume enchaîne :

— Et ton boulot ?

— Ma banque est de plus en plus reconnue dans le domaine des « fusac » – tu sais, les fusions et acquisitions, comme on dit dans notre jargon. Plein d'affaires nous arrivent. On a du mal à faire face. Je suis sur un gros deal.

— Je suis fier de toi.

— C'est gentil mais je n'ai pas grand mérite. C'est un travail d'équipe. Et ton agence ?

— J'ai un peu levé le pied. J'y vais le matin désormais. Gisèle est toujours en première ligne. Notre jeune DG s'en sort bien. Je me réserve la stratégie et un gros coup de temps en temps.

— Tu fais quoi, l'après-midi ?

Guillaume se met à rire – ce qui lui plisse les yeux et le rajeunit. Il rejette en arrière sa mèche blonde.

— La vie de retraité ! Rien de fatigant. J'écris cette saga familiale. Je fais un peu de conseil. Bref, je m'occupe.

Ils poursuivent un moment encore ces échanges superficiels, et Éric apprécie que Guillaume s'abstienne d'évoquer le problème Mathilde – sujet douloureux et humiliant.

Un héron se pose sur la berge.

— Maud les prenait pour des cigognes, reprend Guillaume.

Ils rient de bon cœur. Éric est apaisé. C'était le but recherché par Guillaume.

*

Avant le départ pour la messe des morts, Guillaume interroge Amaury sur sa nouvelle école. Le jeune homme se déclare ravi : le collège, les montagnes, les copains. Il est heureux aussi d'avoir pris un peu de distance avec sa famille, devine Guillaume sans insister davantage. Il se demande si Amaury a entendu la scène de ce matin.

Mathilde, à présent, semble calmée. Cependant, elle n'ira pas à l'église. Claire comprend : l'office, les tombes, c'est une source d'angoisse pour une personnalité fragile. Mais la laisser seule à Kerjagou… Claire hésite. Elle redoute une « bêtise ». Mais, Dieu merci ! il y aura Soizic, la femme du fermier Thomas Kersulec. Elle reste pour préparer le déjeuner. Et c'est un fort tempérament. Elle ouvrira l'œil, et le bon.

L'église est noire de monde, mais le banc des Lannélec est resté vide à les attendre. Parlant à voix basse, Guillaume raconte à Claire qu'une touriste, un jour, s'est installée sur leur banc réservé ! La malheureuse ignorait le poids des traditions locales. Le père de Guillaume n'a pas hésité à la faire partir sans ménagement, sous l'œil goguenard des paroissiens.

Le service est sinistre, interminable. La visite au cimetière traîne en longueur. Quand la famille rentre à Kerjagou, la matinée est morte. Mais il reste à visiter la chapelle du manoir. Guillaume et Éric ont une triste pensée pour Maud.

Le déjeuner frugal préparé par Soizic est avalé sur le pouce, L'heure est venue de prendre la route. Mathilde s'installe sans mot dire à l'arrière de la voiture, à côté d'Amaury.

Que nous réserve Paris ? Cette question tourmente Claire et Éric. Ils ont le sentiment d'avoir en permanence avec eux une bombe à retardement.

*

Guillaume, qui ne rentre à Paris que demain, apprécie de se retrouver seul à Kerjagou. Il était heureux de les avoir tous, mais, à présent que les oiseaux se sont envolés, il est heureux de pouvoir jouir d'un après-midi et d'une soirée au calme. S'il a confié à Claire et Éric les clés des finances, il garde un œil sur la gestion forestière. Après sa sieste, il part inspecter les parcelles abîmées par les tempêtes de 1987 et 2008.

Tout en gagnant par les bois les hauteurs du domaine, il repense à Mathilde. Il ne sait pas exactement ce qu'il s'est passé ce matin. Il a seulement entendu des cris, ainsi qu'une course dans l'escalier… La pauvre fille est dans un état psychique désastreux. Elle qui ressemblait tellement à Maud, avant que les médicaments ne viennent détruire sa grande beauté ! Éric et Claire sont à plaindre, assurément. Mais ont-ils vraiment conscience des souffrances endurées par leur fille ? Ces angoisses, ces hallucinations… Il faut qu'il en reparle avec Florence.

Les fameuses parcelles sinistrées ont été boisées jadis par son grand-père, puis par son père, sur la lande et sur des terres agricoles. Ce qui était tout sauf une bonne idée. Les anciens savaient ces choses. Eux plantaient au fond des vallées, pas sur les hauteurs. Du reste, les bois qui entourent le manoir ont résisté à la tempête. Et pour cause : ils sont sous le vent. Au contraire, ces pins et ces douglas plantés au vent sur la colline ont subi les rafales. Les arbres ont été blessés, voire détruits, sur un couloir de cinq cents mètres de large. Le spectacle est sinistre. Un vrai champ de bataille. Guillaume sent remonter en lui des souvenirs d'Algérie. Un petit bois où se cachaient les *fellaghas* avait été pilonné par l'aviation, littéralement massacré. Ici aussi les troncs sont déchiquetés. On voit partout des tas de branchages. Guillaume a le sentiment d'être atteint dans sa chair…

Heureusement, les travaux de nettoyage des bois seront bientôt achevés. Il sera temps alors de réfléchir à l'avenir de ces parcelles.

Si seulement on pouvait en dire autant du psychisme de Mathilde : rebâtir quelque chose de beau sur un champ de ruines.

XIV

Paris, fin décembre 2009

Astrid est fâchée. Elle en veut à son assistante d'avoir pris une journée de RTT, comme on dit à présent. Astrid est une patronne qui aimerait pouvoir considérer ses collaborateurs comme des gens corvéables à merci. Il lui arrive cependant de rire de son propre tempérament réactionnaire.

— Comme je regrette ce bon vieux Moyen Âge ! s'écrie-t-elle parfois, en guise de provocation à l'égard du personnel.

Son succès, elle le doit non seulement à une puissance de travail hors du commun, mais aussi à sa capacité à faire travailler les autres.

— C'est ça, affirme-t-elle, le prix d'une croissance à deux chiffres : le travail.

Pour l'heure, on est vendredi et aucun rendez-vous ne figure à son agenda. Et elle aurait justement envie de prendre un bon week-end de repos. Comme le hasard fait bien les choses, c'est l'instant choisi par Claire pour téléphoner et lui dire :

— Tu me manques. Un bail qu'on ne s'est vues, non ? Tu viendrais déjeuner à la maison, demain ? Éric serait enchanté.

— Avec joie ! Je devais partir ce soir pour Londres, mais c'est annulé. Je me préparais à passer un week-end solitaire.

Le lendemain, quand Astrid se présente chez les Lannélec, c'est Amaury qui vient ouvrir. L'adolescent est beau, il ressemble à son père. Astrid l'embrasse, le prenant par surprise. Il rougit fortement.

— Maman arrive, annonce-t-il avant de s'éclipser.

La décoration du salon choisie par les Lannélec plaît à Astrid. Elle a le sentiment que son amie s'est quelque peu affranchie des conventions bourgeoises, même si elle a noté que Kerjagou continuait de transpirer le conformisme.

— Excuse-moi, dit Claire en entrant. Je finissais de préparer le repas. Le week-end, nous sommes sans personnel… Mais ce n'est pas grave : j'aime cuisiner !

Elles s'embrassent. Claire a noté qu'Astrid avait l'air d'inspecter les lieux et de se forger une opinion sur son intérieur.

— C'est Éric qui s'est occupé de tout, dit-elle.

— J'adore.

— Il a fait appel à un de ses copains, Pierre-Michel Millemottes.

— Ah ! Millemottes. Je comprends.

— Au début, je trouvais le résultat un peu froid, mais je m'y suis habituée. Et puis, j'ai essayé d'humaniser, de féminiser… Tu connais les mecs ! Ils font toujours dans le rationnel. J'ai eu à cœur d'y foutre un peu le bordel !

Elles partent dans un fou rire digne de leur adolescence.

Bientôt, Éric les rejoint. Ils prennent l'apéritif. Comme d'habitude, Astrid déploie pour séduire Éric des tonnes d'énergie et de sensualité. Éric se prête volontiers à ce petit jeu. Puis ils passent à table et le déjeuner est plein de gaieté. Éric a débouché un château-talbot 1985 : Astrid ne craint pas d'abuser. Elle ne peut s'empêcher d'accaparer la conversation, de marivauder avec Éric et même avec Amaury qui ne cesse de rougir. Claire n'est pas inquiète. Elle sait qu'Éric est fidèle. Elle trouve distrayant le petit jeu de son amie. Elle oublie complètement ses soucis.

Après le café, Éric et Amaury partent faire une partie de tennis au Racing. Claire se laisse tomber dans un grand fauteuil blanc. Astrid s'étend sur le canapé, se déchausse et replie les jambes. Elle a un peu abusé du 85, visiblement.

— J'adore ta famille, déclare-t-elle.

— J'ai de la chance. Mes hommes sont sympas.

— Et Mathilde ?

Claire prend le temps d'allumer une cigarette. Elle s'attendait à cette question. Elle regrette un peu d'avoir partagé ce souci avec elle. Elle souffle une longue bouffée de fumée.

— Ça va à peu près. Elle a déménagé. Pas très loin. Elle vit sa vie…

Astrid n'en demande pas davantage.

— Je t'envie d'avoir bâti une famille.

— Tu regrettes de n'avoir pas d'enfants ?

— Je ne pouvais pas, tu sais bien. Et, en plus, j'ai fait ce mariage stupide.

Elle ajoute avec une expression amère :

— Un type sans intérêt. Et je suis restée auprès de lui jusqu'à sa mort !

— C'est tout à ton honneur : avoir renoncé au divorce parce qu'il était perdu. Tu as quelqu'un, en ce moment ?

— Oui. Un beau mec. Il a quinze ans de plus que moi. Il fait bien l'amour. Mais nous n'avons aucun avenir…

Elle a les larmes aux yeux. Les gens qui ont un verre dans le nez s'apitoient facilement sur eux-mêmes. Claire est mal à l'aise, tout soudain. La situation commence à la gêner.

— Sois optimiste, dit-elle. Tu as ton travail. Et le bonheur est peut-être au coin de la rue.

Astrid s'essuie les yeux.

— Je ne suis plus une jeunesse, dit-elle. Quand j'aurai soixante ans, je risque d'avoir du mal à trouver des amants. Même en me faisant tirer la peau… Bref, j'ai peur de la solitude. Tu me vois, toute seule avec mon fric ?

Claire écoute en fumant.

— Chacun a son équation, répondit-elle. Je suis mal placée pour donner des conseils. Mais si j'étais à ta place, j'arrêterais de cavaler. Je chercherais plutôt un homme solide. Un célibataire, un veuf, un divorcé, qu'importe. J'essaierais de bâtir une relation durable. Tu es belle, tu as du charme et de l'argent. Trouve-toi quelqu'un que tu puisses admirer. Ça ne doit pas être si difficile, dans ton milieu.

Astrid la fixe des yeux sans rien trouver à répondre. Claire éclate de rire.

— Tu ne te marieras peut-être pas en blanc, dit-elle, mais compte sur moi : je serai là le jour des noces.

Astrid regarde sa montre.

— Il faut que j'y aille. Un vernissage. Je veux passer me changer avant d'y aller.

Elle embrasse Claire.

— Merci pour ton accueil et tes conseils, je vais y réfléchir…

Claire range le plateau du café, pensivement. Elle ne comprend pas que l'on puisse avoir une vie à ce point déstructurée, pour ne pas dire immorale. En même temps, Astrid dit avoir vécu un drame dans son enfance. De quoi s'agit-il ? Claire l'ignore. Mais peut-être est-ce ce drame qui se prolonge dans l'existence présente de son amie.

XV

Paris, janvier 2010

Les bancs sont inconfortables, dans la salle d'attente du commissariat. Éric jette un œil déprimé sur l'environnement : murs sales et décrépis par endroits, mobilier métallique portant des marques de rouille, vieux lino taché. La fonction publique française est-elle à ce point pauvre et surannée ? Dans la pièce voisine, une machine à écrire mitraille des lettres et fait entendre un son de clochette à chaque fin de ligne. Le fonctionnaire tape avec deux doigts. Il semble à peine pubère derrière sa cloison vitrée. L'air est imprégné d'une odeur de confinement, de moisi et de sueurs populaires.

Un jeune assis sur le banc à côté d'Éric se tient prostré. Est-ce un délinquant ? Ou tout simplement un ado sans ressources ? Il n'a pas l'air méchant. Hirsute, il est vêtu d'un polo sale et d'un jean déchiré.

Une demi-heure plus tôt, Éric se trouvait à la banque, dans la grande salle de réunion aux lambris de bois sombre. La pièce est bien chauffée l'hiver. L'été, on y fait circuler de l'air conditionné. Ceux qui travaillent dans ces murs portent des complets chics et leur eau de toilette est choisie avec soin…

Éric jette un coup d'œil par la fenêtre du commissariat. Manuel, son chauffeur, l'attend dans la Peugeot de fonction gris métallisé, un modèle haut de gamme. Éric pense à son argent, à sa réussite, à son statut social, à son éducation : tout cela est-il encore susceptible de lui servir à quelque chose ? S'il est ici, c'est qu'il a quelque chose à se reprocher. Mais de quoi peut-il s'agir ?

La porte s'ouvre sur l'inspecteur. L'homme est corpulent et rougeaud. C'est un flic entre deux âges. Éric se lève aussitôt. L'inspecteur le foudroie du regard.

— Ce n'est pas votre tour.

Il a pour l'adolescent un regard plus aimable.

— Viens, petit…

Le « petit » se lève et s'avance, tête basse. La porte du bureau se referme. Éric soupire. La machine à écrire continue son crépitement poussif, irrégulier, agaçant, ponctué de petits coups de cloche.

Comment tout cela va-t-il finir ?

Les dernières semaines ont été une inexorable chute dans l'abîme. Tout a commencé ce samedi où Astrid est venue déjeuner à la maison. Le repas, bien arrosé et plein de vivacité, s'est déroulé de façon agréable. Puis Éric et Amaury sont allés faire un tennis. La journée s'est finie par un dîner au Vaudeville, près de la Bourse. En rentrant, Éric et Claire ont fait l'amour.

À ce moment-là, Mathilde semblait aller un peu mieux. Elle voyait des films, des expos. Le soir, elle passait dîner chez ses parents. Puis elle rentrait dormir chez elle. Dans l'ensemble, elle était beaucoup moins agressive.

Or, ce fameux dimanche, le lendemain du déjeuner avec Astrid, les choses ont recommencé à se gâter. Le Dr Fachette avait-il réveillé d'insupportables conflits dans le psychisme de sa patiente ? Était-ce l'évolution normale de la maladie elle-même ? Quoi qu'il en soit, le climat s'est subitement dégradé. Éric et Claire ont vu leur fille céder à nouveau à des crises d'une violence inouïe. Sa haine se dirigeait principalement sur Claire, au point qu'Éric s'est demandé s'il ne s'agissait pas purement et simplement d'un *rejet* visant une mère *trop parfaite*. Il était encouragé dans cette hypothèse par le fait que Mathilde était depuis toujours assez malhabile, dépourvue du moindre sens pratique, alors que sa mère montrait au contraire des facultés d'organisation hors du commun.

Mais Éric a dû se rendre à l'évidence. Il faisait fausse route. En effet, lui aussi était bientôt la cible d'attaques aussi agressives qu'injustifiées. Mathilde était grossière, méchante. Éric se fâchait. La jeune fille revenait à la charge, essayant de ruiner l'entente qui régnait entre ses parents. Par exemple, elle tentait de persuader Claire qu'Éric la trompait. Elle faisait la même chose en sens inverse : elle disait à Éric que Claire rencontrait des hommes clandestinement. Le Dr Fachette avait son idée sur la question : c'était l'œdipe de Mathilde qui la travaillait. Œdipe ou pas œdipe, Éric ne supportait plus que sa fille nourrisse envers lui une passion qui parfois se transformait en haine.

Éric avait désormais le sentiment que les choses ne s'arrangeraient plus.

Et tout à l'heure, alors qu'il était en réunion à la banque, on lui a passé une communication. C'était un inspecteur de police du XVIIe arrondissement. L'inspecteur a insisté pour qu'Éric se présente immédiatement à son bureau.

— Mais pour quelle raison, monsieur l'inspecteur ? Je suis en pleine réunion avec mes collaborateurs…

— Votre fille, Mathilde, a déposé plainte contre vous. Je dois vous entendre pour une affaire vous concernant.

Éric n'a pu qu'obtempérer. Son chauffeur l'a transporté ici. Et depuis, il attend le bon vouloir de ce flic de quartier.

Le temps est long. Une heure au moins s'est écoulée depuis son arrivée. D'abord décidé à prendre l'affaire de haut, il ressent maintenant une sorte d'abattement. Il n'a même pas eu le temps de prévenir Claire. Il se sent vulnérable, embarqué dans une machinerie qui pourrait le broyer. Sait-on jamais, avec la justice ?

Le gamin sort enfin du bureau. Il s'en va. L'inspecteur montre de nouveau sa figure sévère, hostile.

— Monsieur Éric de Lannélec ?

Éric se lève. L'homme le dévisage puis s'efface pour le laisser entrer.

Cette pièce aussi sent le renfermé. Éric attend, debout. Le flic passe derrière son bureau, s'installe, prend son temps. Du menton, il invite Éric à prendre une chaise.

— Nom, dit-il. Prénom. Date de naissance.

Un matricule, comme à l'armée. Éric s'exécute. Puis le cauchemar commence.

L'inspecteur tire d'un dossier la plainte déposée par Mathilde. Elle reproche à son père de la harceler d'appels téléphoniques, et cela depuis plusieurs mois. Elle laisse entendre qu'Éric a un comportement ambigu à son égard, qu'il fait alterner les violences verbales ou physiques et une tendresse déplacée. Pour Éric, c'est un tissu de fantasmes, de mensonges. Des inventions destinées à le salir, et qui le salissent en effet.

— Qu'avez-vous à dire pour votre défense, avant que je ne transmette la plainte au procureur ?

Comment faire comprendre à ce cerbère que la famille vit un enfer, que ces histoires sont un tissu de mensonges nés dans un esprit dérangé ? Il devine que l'inspecteur l'a perçu d'emblée comme un nanti, un bourgeois décoré de la Légion d'honneur. Il s'imagine sans doute que tous les riches sont des dépravés.

— Alors ?

Éric ferme les yeux.

— Je vais essayer d'être synthétique. Je vous demande de m'écouter…

Le flic l'interrompt, abrupt :

— C'est moi qui conduis l'entretien, c'est clair ?

La réaction de son interlocuteur secoue Éric comme une claque, qui le réveille, lui donne envie de se battre. Il n'est pas habitué à ce qu'on lui parle sur ce ton, il réplique fermement :

— Très clair. Mais compte tenu du fait que ma fille est malade, je suis obligé pour vous répondre de vous donner les éléments du contexte. Après, c'est vous qui jugerez…

Éric se lance. Et, d'un seul coup, il retrouve cette aisance, cette capacité à convaincre qu'il a toujours montrée aux examens. Il sait trouver les mots justes, être à la fois émouvant et aller à l'essentiel… Il décrit Mathilde, sa fille chérie, brillante scolairement, gentille et facile. Puis les premiers symptômes de son mal apparu aux États-Unis, le chef qui la poursuit dans la rue, la voix qu'elle entend, le complot qu'elle imagine…

Il décrit l'enfer que sa femme et lui ont progressivement connu : les errances de leur fille dans Paris, la tentative de suicide, etc. Peu à peu, il lit dans le regard du commissaire un peu d'humanité, puis de la compréhension… Il sent que c'est gagné et sait professionnellement que, le client ferré, il faut conclure vite.

— Voilà monsieur le commissaire, je ne vais pas prendre davantage de votre temps en réfutant une à une les allégations de Mathilde… Je vais vous indiquer les coordonnées du docteur Fachette. Vous pouvez l'appeler de ma part. Même s'il est tenu au secret, sa clientèle étant adulte, il pourra vous confirmer mes dires sans rien trahir.

Le commissaire hoche la tête.

— Ce n'est pas la peine. Vous m'avez persuadé de votre bonne foi. Je vous crois, monsieur. Ce qui m'étonne, c'est l'attitude de votre fille qui paraissait normale et très convaincante.

— Je sais. Moi-même, au début, je me suis laissé prendre à plusieurs reprises. J'en ai parlé au médecin qui m'a expliqué que ces patients, quand ils entendent des voix les persécutant ou qu'ils se croient suivis, espionnés, sont totalement persuadés de la réalité de ce qu'ils vivent.

Le commissaire lui sourit. *C'est probablement, au fond, un brave type*, songe Éric. Le fonctionnaire se lève :

— Bien, je vais classer cette plainte sans suite.

Puis il ajoute gentiment :

— Excusez-moi d'avoir pris de votre temps mais…

Éric l'interrompt.

— Ne vous excusez pas. Vous faites votre boulot. C'est moi qui suis navré que la maladie de ma fille soit venue vous déranger.

Le commissaire lui tend une main qu'il serre amicalement.

— Merci de votre compréhension, dit Éric en le quittant.

Il retrouve avec bonheur son univers en se laissant tomber sur le siège arrière de la Peugeot – la voiture neuve sent bon le cuir. Il ferme un instant les yeux, puis les rouvre comme pour se réveiller d'un mauvais rêve. Son chauffeur portugais le regarde dans le rétroviseur.

— À la maison Manuel...

*

— Ce que nous voudrions, dit Claire, c'est mettre un nom sur la maladie de Mathilde.

Le Dr Fachette est dubitatif. On dirait qu'il s'interroge maintenant sur les chances de succès de cette analyse. La jeune patiente relève peut-être de la psychiatrie, finalement.

— Un nom, répond-il pensivement. C'est difficile. La psychose ne se laisse pas classer aussi aisément.

Il ajoute d'une voix monocorde :

— Je crains qu'il ne nous faille envisager tôt ou tard une HDT.

— Qu'est-ce que c'est ? demandent Éric et Claire en même temps.

— Hospitalisation à la demande d'un tiers. Elle a lieu sur avis médical, sans le consentement du malade. La procédure permettrait d'envoyer Mathilde suivre un traitement à la Grâce-Dieu, à Sainte-Anne ou encore à...

Claire lui coupe la parole :

— Mais, concrètement...

— Si vous constatez que votre fille devient dangereuse pour elle-même, ou pour les autres, vous devriez obtenir un certificat médical préconisant l'hospitalisation.

— De force ? dit Claire, épouvantée.

— *De force*, c'est un grand mot. Les infirmiers ont l'habitude. La police également. Ça se passe sans violence aucune. Quoi qu'il en soit, nous n'en sommes pas là. Je voulais vous instruire de cette possibilité. Qui peut devenir une éventualité. Voire un fait accompli. Il faut que vous le sachiez. Pour le moment, nous allons continuer la cure telle que nous l'avons commencée. Une dernière chose, toutefois...

Le Dr Fachette leur tend un document imprimé.

— Voici le prospectus d'une association d'aide, l'Anapad, où l'on s'occupe des parents qui rencontrent des difficultés avec leur enfant adolescent. Je ne saurais trop vous conseiller de prendre langue avec eux. Ils peuvent vous être d'un grand secours.

Claire note l'adresse. Elle prend rendez-vous dès le lendemain avec la responsable de son quartier, une femme à la voix agréable.

XVI

Paris, janvier 2010

Le déjeuner chez les Lannélec a perturbé Astrid.

D'abord, Claire l'a ébranlée dans ses certitudes en lui conseillant de se trouver un amant sérieux avec lequel construire quelque chose, au lieu de papillonner à droite, à gauche sans jamais s'arracher vraiment à la solitude.

D'autre part, Astrid est impressionnée par le mode de vie des Lannélec. *Un vrai spot publicitaire!* songe-t-elle, non sans quelque amertume. Car, si l'on fait abstraction de ces ennuis qu'ils rencontrent avec leur fille, il faut admettre qu'ils offrent le spectacle d'une réussite complète. Ils sont beaux, élégants, intelligents, riches. Complices, encore, après tant d'années! Leur garçon est superbe. Ils possèdent un manoir, en plus de ce bel appartement parisien.

Astrid est-elle jalouse?

En tout cas, elle ne se verrait pas s'occuper ainsi d'une adolescente perturbée. Jamais elle ne supporterait la charge d'une telle folie, un comportement à ce point irrationnel. Sans parler de la violence! Et de la méchanceté. Astrid se sait égoïste, la compassion lui est étrangère. Au fond, elle n'aime que la réussite. Pourtant, elle a accompagné son mari jusqu'à la fin…

Cependant, elle ne peut s'empêcher de songer à son amie comme à une personne qui n'a jamais pu se libérer de son penchant catholique et moralisateur. Est-ce ainsi qu'Astrid doit entendre les *conseils* de Claire? Peut-être. Pourtant, ils l'ont troublée.

Rentrée chez elle pour se changer avant son vernissage, elle promène un regard désappointé sur son duplex montmartrois.

Jamais elle ne l'a trouvé aussi triste et impersonnel. Il a été aménagé par un architecte d'intérieur en vogue. Il répondait alors aux canons de l'époque, avec un parti pris de modernisme : murs blancs, mobilier froid – verre et métal –, tableaux contemporains hors de prix mais glaçants... Cette toile de Basquiat, par exemple, qui occupe tout un mur, avec son bout de fil de fer barbelé qui jaillit d'une immense tache noire, n'exprime-t-elle pas purement et simplement l'angoisse de vivre ? D'accord, c'est l'œuvre d'un artiste célèbre. Mais quel plaisir a-t-on à contempler ses propres peurs dans un miroir ? Et puis, ce tableau ne trahit-il pas, au fond, un pur conformisme ?

— Je me suis fait avoir, murmure Astrid pour elle-même en jetant son sac à main dans un fauteuil.

Et elle repense à l'appartement des Lannélec, non moins moderne, et cependant si agréable, si chaleureux, si confortable, avec ses lampes qui créent une ambiance douce et apaisante.

Toujours s'adressant à elle-même, Astrid poursuit :

— Je n'ai même pas été fichue de me composer un foyer accueillant.

Elle a besoin d'un verre, tout à coup. Elle se sert un whisky. Elle écoute un disque. Mais sans parvenir à se détendre.

Et voilà maintenant qu'elle regrette la disparition de son mari. Oh ! elle ne l'aimait pas. Mais c'était une présence. Certes, elle a vécu sa mort comme une délivrance – la fin a été une épreuve. Après s'être obligée à l'accompagner dans ses derniers instants, elle a ressenti un fort besoin de changement et de liberté. Elle a voyagé. Elle a déménagé. Elle s'est investie encore plus dans son travail. Mais elle est lasse maintenant de cette existence superficielle. Pourquoi faut-il que les grands hôtels se ressemblent à ce point ? En définitive, c'est partout le même ennui. Et les repas d'affaires ! Que ce soit à New York ou à Johannesburg, c'est toujours la même chose, les mêmes discussions stupides dans des décors aseptisés.

Bien sûr, elle continue de se passionner pour le business, mais, là non plus, les difficultés ne manquent pas. Elle a voulu nouer une alliance avec un grand groupe de communication américain afin d'aider au développement de sa propre agence. Elle a même fini par lui céder trente pour cent de son capital. Maintenant, il exige de recevoir des rapports d'activité mensuels ! Il lui envoie des « yankees » qui débarquent de Londres ou des États-Unis – des gens hautains, méprisants, sûrs d'eux-mêmes. Elle en vient certains jours à se demander si elle est encore la patronne de sa propre boîte.

Et si Claire avait raison ? se demande-t-elle en reposant son verre.

Elle consulte sa montre. Bientôt l'heure de ce vernissage.

Elle soupire.

Au fond d'elle-même, elle le sait : chaque fois qu'elle prend un nouvel amant, ce qu'elle cherche n'est rien d'autre que « l'homme idéal ». Or, elle est toujours déçue. L'un se met à la prendre en grippe un soir où il a bu. Un autre la jette comme un Kleenex après avoir pris possession de ses charmes. Un troisième la traite de vieille peau caractérielle. Même avec son actuel amoureux, elle n'a pas grand-chose à espérer. Le résultat de ces expériences est finalement toujours le même : chagrin et désolation.

Elle prend une douche, se change, attrape son sac et ses clés. Avant de sortir, elle promène de nouveau un regard sur son intérieur.

— Il est temps de prendre des résolutions, dit-elle à voix basse.

Quinze jours plus tard, le Basquiat est vendu. Astrid est décidée, d'autre part, à ne plus se lancer dans des aventures faciles et sans lendemain. Et elle a pris rendez-vous à New York avec ses associés américains pour mettre les choses au point une bonne fois pour toutes. Les résultats de son affaire étant excellents, elle ne voit pas pourquoi elle devrait se laisser réduire en esclavage par ces gens.

Elle a l'intention d'appeler aussi un nouveau décorateur. Mais, cette fois, elle lui demandera de s'inspirer de son goût à elle, plutôt que de céder à la dernière mode. À la limite, elle téléphonera à Claire pour lui demander conseil.

Quatrième partie

Heurs et malheurs

« Les emmerdes, ça vole
toujours en escadrille. »

Jacques Chirac

XVII

Paris, mai 2010

Elles se sont donné rendez-vous autour d'un petit-déjeuner au drugstore Publicis. Quand Claire arrive, Astrid et Agnès sont déjà à l'entrée et lui font signe. Claire embrasse Astrid et prend Agnès par les épaules.

— Comment vas-tu ma chérie ?

Agnès la serre dans ses bras.

— Bien ! Et toi ma belle ?

Astrid, légèrement en retrait, les observe mais elle jalouse un peu une intimité dont elle est exclue. C'était déjà le cas au lycée. Astrid se réfugiait alors dans la conviction d'être plus expérimentée que ces deux oies blanches trop protégées. Cependant, elle est heureuse de cette réunion. C'est elle qui l'a arrangée. Chose qui n'a pas été facile.

D'abord, elle est partie pour les États-Unis, dont elle est revenue satisfaite : usant d'arguments logiques autant que de son charme européen, elle a réussi à convaincre le président du groupe de la laisser gérer son affaire à sa guise. Désormais, les visites des yankees et leurs assommantes missions de reporting seront espacées. Le boss en question était lui-même un homme séduisant, mais il avait manifestement autre chose en tête que la bagatelle avec une publicitaire française. De toute façon, Astrid avait pris des résolutions et elle entendait s'y tenir. Et le plus important, c'était d'avoir obtenu ce qu'elle était venue chercher.

Ensuite il a fallu trouver une date pour ce rendez-vous au Drugstore – chose qui s'est révélée peu facile, étant donné l'emploi du temps chargé et les obligations de chacune.

Mais Astrid est venue à bout du casse-tête et les voilà enfin réunies. Inévitablement, les souvenirs de

Sainte-Jeanne-de-Chantal occupent le début de la conversation. Les trois amies partagent même plusieurs fois des fous rires dignes de leurs années de jeunesse. Mais Astrid a prévenu qu'elle ne pourrait rester longtemps : elle a une présentation à faire à l'agence, une réunion prévue de longue date. Après avoir bu son café et grignoté un croissant, elle se lève et disparaît.

— Elle n'a pas changé, dit Agnès. Toujours sous pression, comme quand elle avait dix-huit ans.

— C'est un genre qu'elle se donne.

Agnès sourit sans relancer sur ce thème. Elle a le cœur bienveillant. Elle n'aime pas critiquer les gens quand ils ont le dos tourné.

Claire, sans vouloir ennuyer Agnès, se confie au sujet de Mathilde. Ses inquiétudes, ces derniers temps, n'ont fait que croître et embellir. En fait, elle ne croit plus que sa fille guérira jamais. Elle continue de faire comme si, mais toutes ses illusions sont tombées, et elle soupçonne fortement Éric de penser la même chose. Tout à l'heure, elle ira chercher Mathilde chez elle et l'emmènera chez le médecin. Mathilde acceptera-t-elle de venir ? Ce n'est même pas sûr. Claire doit-elle s'attendre à une crise d'agressivité, voire de violence ? C'est possible.

— Vous n'avez personne pour vous aider ? demande Agnès.

— On a ce Dr Fachette. Mais il n'arrive à rien. Il y a aussi une association…

Celle dont a parlé le Dr Fachette, justement : l'Anapad. Claire a discuté avec la responsable, Mme Chaveau, une femme ouverte et chaleureuse qui a su lui apporter quelque réconfort. Toutes les personnes qui entourent Mme Chaveau ont un proche – enfant, mari, frère, sœur – atteint d'une affection psychique. Aucune n'espère sérieusement une guérison. Tout au plus parlent-elles de stabilisation ou de légère amélioration. Cependant, le fait de partager cette peine avec d'autres a sur Claire un effet bienfaisant. L'Anapad ressemble à une bourse où l'on vient échanger ses soucis. Le thème de la psychose y est abordé franchement et en détail. Des noms de pathologies sont fréquemment prononcés : bipolarité, autisme, schizophrénie, dépression, *burn out*, etc. Il paraît que vingt-cinq pour cent de la population seraient concernés.

Agnès soupire, compatissante.

— Je suis peut-être une mère trop normative, reprend Claire. Trop exigeante. Mais je ne peux pas m'en empêcher. Et je n'accepte pas de voir sombrer ma fille. C'est au-dessus de mes forces.

Les deux amies restent deux minutes sans rien dire, puis Claire reprend :

— Et toi, alors ? Heureusement que tu n'as pas ces problèmes.

— Détrompe-toi. Denis, mon fils, me donne pas mal de soucis.

— Ton aîné ?

— Mon cadet.

— Qu'est-ce qu'il a ?

Agnès lui décrit la situation en quelques mots. Elle a senti ces derniers temps que quelque chose ne tournait pas rond. Denis était tantôt obsédé par ses études et travaillait jusqu'au petit jour, tantôt emporté dans un épisode de prostration au cours duquel on ne pouvait même plus l'approcher.

— Qu'en pense ton mari ? demande Claire.

— Martin ? Il refuse d'ouvrir les yeux. Ça fait partie du problème, je pense.

Elle ajoute :

— Si tu savais comme je me sens seule !

— Tu devrais peut-être consulter, dit Claire à voix basse.

— Mais tu dis toi-même que le psy de Mathilde n'a rien pu faire !

Agnès semble perturbée par ses propres révélations. Elle ajoute brusquement :

— Ce que je vais te dire maintenant, tu le gardes pour toi. Promis ?

— Bien sûr.

— Pas un mot à Astrid.

— Compte sur moi.

Agnès poursuit :

— L'autre jour, j'ai voulu ranger sa chambre. Et j'ai su. J'ai eu la preuve matérielle de ce que je soupçonnais.

— Quoi ? demande Claire, effrayée.

— La drogue.

— Tu es sûre ?

— Absolument sûre.

— Qu'est-ce que tu as fait ?

Agnès explique qu'elle n'a rien dit à Martin, mais qu'elle a eu une explication avec Denis.

— Il m'a avoué qu'il est très malheureux. Il a des crises d'angoisse. Et des fantasmes d'automutilation qui lui font très peur.

— Pauvre gamin, dit Claire. Tu devais être bouleversée.

— Je l'écoutais et mon cœur se serrait… Il m'a dit que pendant les vacances qu'il a passées aux États-Unis, il a été en contact avec des jeunes qui lui ont proposé du cannabis. Au retour, il n'a eu de cesse que de se procurer cette saloperie. Et après…

Agnès a du mal à continuer son récit, tant elle est oppressée.

— Après, il est passé aux drogues dures. Il prétend que ça l'aide à échapper à ses angoisses. C'est affreux. Je ne sais plus que faire. Si Martin venait à l'apprendre ! Ce serait un drame. Et tu sais quoi ? Denis me vole de l'argent pour s'acheter sa came. Tu te rends compte ? Mon fils, un voleur…

Elle a sorti un mouchoir. Elle se tamponne les yeux. Claire a pitié d'elle. Les deux amies gardent le silence. Et elles partagent une même pensée, une même interrogation : pourquoi les jeunes s'égarent-ils ainsi ? De leur temps, les garçons et les filles se tenaient tranquilles. Ils ne se réfugiaient pas dans la drogue ou dans la folie, à de rares exceptions près. D'où viennent ces fléaux ?

— J'hésite à t'envoyer chez le Dr Fachette, reprend Claire. Tu comprends pourquoi. Mais il y a cette association, l'Anapad. Tu devrais peut-être prendre contact avec eux. Ils ont une grande capacité de dialogue. Ils pourraient t'aider, t'orienter, te guider. À tout le moins, t'écouter. Puisque tu n'as personne à qui en parler, manifestement.

— Peut-être, dit Agnès, tristement.

— Ta religion ne t'aide pas ?

— Je prie. Mais sans grand effet.

— Dieu est aux abonnés absents, c'est ça ?

— C'est un peu ça, oui.

Soudain, elle prend à deux mains la main de son amie.

— Merci de m'avoir écoutée, Claire. Et de m'avoir parlé de tes problèmes. C'est bien, de s'entraider. Non ?

XVIII

Paris, début juin 2010

Quelque temps après cette conversation au drugstore Publicis, Denis est renvoyé du lycée Louis-le-Grand. Le garçon a été pris, c'est le cas de le dire, la main dans le sac : il volait de l'argent à sa professeure de maths pour se procurer de la drogue. Plus grave encore, peut-être, un médecin a diagnostiqué chez lui une affection bipolaire. Martin réagit avec peu de discernement :

— Je vais le virer de la maison, ce petit flemmard ! Lui couper les vivres ! Il va apprendre ce que c'est que la vraie vie ! Quand on n'est plus au chaud chez papa-maman…

— Je t'en prie, implore Agnès. Ne dis pas de telles horreurs ! Tu n'as donc pas de miséricorde ?

— Et qu'est-ce que c'est que cette histoire de bipolarité, en plus ? Encore une invention de psy !

Il enchaîne :

— On ne lui demande pas d'être bipolaire, mais *polar*. J'ai bossé à l'école. Son frère a bossé à l'école. Il n'a qu'à faire pareil.

Agnès est en larmes.

— Arrête de pleurnicher ! Si tu l'avais moins gâté, on n'en serait pas là.

Qu'il ait ou non de la *miséricorde*, comme dit sa femme, Martin rencontre lui aussi des difficultés depuis quelque temps. Le président de son groupe, un homme dont il était le protégé et l'obligé, a quitté la société pour rejoindre une *holding* américaine. Et son remplaçant, un financier, a pris Martin en grippe. Il multiplie les vexations à son égard, comme s'il cherchait à le pousser à son tour vers la sortie. Martin se sent de plus en plus menacé et vulnérable.

Fondamentalement, c'est un commercial. Il croit à la marque, aux vertus de l'image, au contact et à la relation humaine. Il est partisan du travail à long terme, d'une réussite acquise sur des bases solides, sur un sillon longtemps creusé… Mais il est maintenant sous la coupe de ce financier. Et, même s'il a récemment suivi une *executive MBA*, une formation haut de gamme, il craint d'être mis bientôt sur la touche, à tout le moins empêché de monter en grade.

Sa relation avec Agnès, aussi, s'est dégradée. Au fond, il la méprise un peu d'être restée ce qu'elle a toujours été : une femme simple, honnête, travailleuse. Lui a fait d'énormes efforts pour perdre son accent alsacien et pour devenir un cadre supérieur parisien. Il aurait voulu que sa femme suive ce mouvement et se mette à ressembler aux grandes bourgeoises couvertes de bijoux hors de prix, fascinées par le pouvoir et l'ascension sociale, qu'il croise dans les cocktails d'entreprise. C'est à peine s'il trouve encore sa femme désirable. D'où ces extras qu'il s'est consentis ces derniers temps, à l'occasion de ses voyages, et qui lui valent de ressentir à présent un sentiment de culpabilité.

Toujours au cours des derniers mois, il a eu le malheur de perdre sa mère, morte d'un AVC. Il la voyait peu, certes, mais c'était sa mère, et il lui était attaché. Le deuil le laisse affecté, ce qui ajoute un poids au fardeau de ses ennuis.

Ses accès de fureur et ses réactions inappropriées ont donc leur explication, et Agnès en est parfaitement consciente.

Martin, après cette dispute, ressent le besoin de décompresser. Il monte dans sa voiture et prend la direction du bois de Boulogne. Il fait à pied le tour du lac. Marcher l'apaise. Il a honte maintenant de s'être emporté. Il prend la résolution de faire la paix, de calmer le jeu et de réfléchir.

Mais, de retour à la maison, il trouve Agnès prostrée dans un fauteuil du salon, les yeux rougis par les larmes. Il se laisse tomber sur le canapé et propose :

— Viens à côté de moi.

Il donne de petites tapes à côté de lui. Agnès s'exécute. Elle se force à sourire. Puis elle implore :

— Je ne sais plus quoi faire. Si tu ne m'aides pas, je vais... Ne me laisse pas seule avec ce problème, s'il te plaît...

— Mais c'est quoi, cette histoire de bipolarité ?

— Mon amie Claire m'a suggéré de consulter une association, l'Anapad. Elle aide les parents qui ont des jeunes en difficulté. Je suis allée la voir. J'ai parlé à des femmes très à l'écoute...

— Quoi, des bénévoles ? Des mondaines qui font des œuvres de charité...

— Des femmes sérieuses, compétentes, je t'assure ! Elles aussi pensent que Denis présente des symptômes de bipolarité. Elles croient que nous devrions consulter un spécialiste.

Martin émet un grognement de frustration mêlé de mauvaise humeur. Il n'aime ni les psychiatres, ni les psychanalystes, ni les psychologues – et généralement tout ce qui commence par *psy*. Quant aux personnes qui présentent des affections mentales, graves ou non, il inclinerait à les considérer comme des *faibles*. Cela dit, quelle solution propose-t-il en ce qui concerne son fils ? Agnès lui pose la question, sans ignorer que Martin est peu intéressé par autrui.

— Écoute, répond-il, si tu penses que c'est pertinent de montrer Denis à un psy, fais-le.

— Tu ne voudrais pas m'accompagner à l'Anapad ?

— J'ai autre chose à faire ! Vas-y, toi.

— Tu n'as pas envie de t'impliquer plus que ça ?

— Je te fais confiance.

Il se tait un instant, réfléchit, puis reprend :

— Et en attendant de voir le psy ? Denis va rester à glander dans l'appartement ?

Agnès le regarde, pousse un soupir de lassitude :

— Montre-toi compréhensif...

Martin secoue la tête d'un air désapprobateur.

— Si tu crois que c'est facile...

— Et pour lui, pour ton fils, tu crois que c'est facile ?

Agnès enchaîne :

— Il a besoin de toi. Il faut que tu sois là. Que tu joues ton rôle, Martin ! Sinon, psy ou pas, la partie risque d'être perdue d'avance.

— Je vais essayer, soupire Martin.

— Je peux compter sur toi ?

— Promis.

Ce serment prononcé, il se lève et gagne leur chambre où ils ont une télévision. Il y a ce soir un important match de rugby. Et le rugby est une de ses passions.

XIX

Paris, novembre 2010-janvier 2011

Éric et Claire sont invités par Guillaume et Florence, et cette perspective est fort bienvenue car Mathilde, ces derniers temps, a multiplié les scènes et les crises, les harcèlements à la maison ou au téléphone. Claire sort épuisée de ce nouvel épisode dramatique. L'idée de passer une soirée chaleureuse la réjouit.

L'appartement de Guillaume reflète sa personnalité : un mixte de traditionnel et de contemporain. Il ne s'est jamais résolu à sacrifier les souvenirs familiaux – meubles anciens, tableaux du XVIIIe siècle, bibelots dignes d'un cabinet de curiosités. Au fond, il aime à cultiver son côté « marquis de Lannélec ». Mais le publicitaire a aussi donné libre cours à son goût des œuvres modernes, des couleurs originales et des lignes épurées. Claire connaît déjà ce logement, mais elle le trouve, ce soir, particulièrement accueillant. De plus, Guillaume et Florence ont l'air de bien s'entendre, ce qui crée de la convivialité.

Il y a un petit salon que Guillaume appelle « le bureau ». C'est à la fois une bibliothèque et une pièce où regarder la télévision. Ils prennent place sur le canapé et dans les fauteuils fauves. On parle travail. On évoque la fondation de Florence. Guillaume dit qu'il songe, à présent, à écrire un roman. Personne n'a le cœur de soulever le problème Mathilde. De toute façon, chacun connaît déjà la situation en détail.

Guillaume se lève, disparaît une minute dans la cuisine. Au retour, il apporte une bouteille de champagne et des flûtes.

— Nous avons une grande nouvelle à fêter, dit-il.

Florence se lève à son tour pour aller chercher un plateau de zakouskis. Le bouchon saute. La mousse pétille dans le cristal.

— Nous avons décidé de nous marier, déclare Guillaume. À Paris, dans deux mois.

Voyant la mine abasourdie d'Éric et Claire, il ajoute avec un rire :

— On a tout de même mis quinze ans à se décider !

Florence intervient :

— Il faut toujours prendre le temps de réfléchir.

— Mais quelle mouche vous pique ? lance Éric.

Guillaume se demande comment expliquer aux autres ce qu'il a lui-même du mal à comprendre. D'abord, il a envie de faire plaisir à sa compagne, elle dont le mariage précédent s'est soldé par un échec : il estime qu'elle mérite de jouir d'une union heureuse. Ensuite, consciemment ou non, il souhaite se mettre en règle vis-à-vis des principes que sa mère, Anne, lui a inculqués quand il était petit. Elle n'aurait guère apprécié ce concubinage prolongé. Il y a du conformisme chez cet homme, même s'il ne l'avouerait pour rien au monde…

Florence décide de voler à son secours :

— En fait, il n'y a pas de raison particulière. On a eu envie de ça.

Et elle affiche ce sourire si particulier qui plisse et illumine son beau visage.

— Pour une surprise, c'est une surprise, mais je trouve ça formidable ! s'exclame Claire.

Elle se lève pour embrasser Florence et la serrer dans ses bras. Éric paraît désarçonné. Il finit par donner une bourrade à son frère.

— Sacré Guillaume !

Ils trinquent. Les flûtes se vident. On picore les zakouskis.

— Bon ! reprend Florence d'un ton vif. Maintenant, une précision !

Tous sont surpris, et pendus à ses lèvres.

— En fait, dit-elle, c'est aussi un choix fiscal. Je souhaite laisser ma fortune à mon homme, et surtout à sa fille, Angélique. Quand on est mariés, ça diminue les frais de succession.

Éric et Claire ne savent comment prendre cette remarque. Est-ce vrai ? Est-ce une plaisanterie ?

— Tu ferais mieux d'assumer ton côté fleur bleue, dit alors Claire à Florence. Inutile de te creuser la tête pour chercher des alibis financiers. Je trouve que c'est une décision merveilleusement romantique. Tous mes compliments.

Elle lève son verre pour porter un toast.

Florence explique qu'elle s'est beaucoup rapprochée d'Angélique, laquelle fait souvent le voyage des Cévennes et s'intéresse à la fondation pour les trisomiques. Florence envisage même de lui confier un jour la présidence de l'association.

— Elle est dynamique, dit-elle. Et avec son mari médecin…

Guillaume l'interrompt :

— En fait, c'est un complot entre les deux femmes de ma vie.

Cette remarque est saluée d'un éclat de rire général.

*

L'église Saint-Pierre-de-Chaillot est pleine. Éric et Claire sont venus avec les enfants – Mathilde, une fois n'est pas coutume, se montre calme et apaisée. Angélique est là aussi, avec son mari médecin. L'assistance compte surtout des amis, dont Gisèle Sebag, l'associée de Guillaume, autrefois sa maîtresse. Des cousins bretons ont fait le déplacement, et les Cévennes sont représentées également.

La mariée porte un élégant tailleur gris clair. Guillaume fait dix ans de moins que son âge. Sous les applaudissements, il a une pensée pour Diane, sa première épouse, et pour Maud qu'il a tant aimée.

La journée se conclut par une réception au Polo de Bagatelle. Le soir venu, les mariés sautent dans un avion pour l'île Maurice.

XX

Paris, mi-avril 2011

Éric, dévoré par le stress, aperçoit dans les encombrements la voiture des pompiers qui obstrue le passage. Vite, il se gare comme il peut. Abandonnant son véhicule, il se précipite vers l'immeuble. Son cœur cogne à tout rompre sous sa veste. Il ne peut s'empêcher de murmurer une prière. *Mon Dieu, faites qu'elle s'en sorte…*

Une demi-heure plus tôt, Claire lui a téléphoné au bureau. Elle était en état de panique. Mathilde l'avait encore agressée en hurlant que ses parents essayaient de la détruire, qu'ils lui gâchaient délibérément la vie, qu'ils faisaient échouer tous ses projets… Et la jeune femme aurait ajouté :

— Puisque c'est ce que vous voulez, je débarrasse le plancher ! Et tout de suite !

Claire a prévenu les pompiers. Puis elle a sauté dans un taxi.

Éric trouve sous le porche un petit attroupement. Il se précipite dans l'escalier. En haut, sur le palier, il voit Claire défaite. Deux pompiers tentent de pénétrer dans le studio.

Ils finissent par user des grands moyens. Au bout d'une minute, la porte cède dans un craquement. Claire veut se précipiter à l'intérieur mais l'un des pompiers l'en empêche. Éric la prend dans ses bras.

— Attends ici, chérie.

Les pompiers s'introduisent prudemment. Ils craignent le gaz. Mais il n'y a pas d'odeur. Éric les suit. Le petit groupe franchit le vestibule et gagne le séjour. Ils explorent la cuisine, la chambre…

Le grand studio est vide.

Éric et Claire sont soulagés et confus d'avoir dérangé les pompiers pour rien. Éric leur fournit des explications :

Mathilde est gravement malade, sujette à des crises de plus en plus violentes.

— En fait, énonce-t-il à voix basse, elle est folle. Notre fille est malade mentale.

— Ne vous inquiétez pas, répond l'un des pompiers. On nous appelle, on intervient. Des fois, il n'y a rien, comme aujourd'hui. Tant que ce n'est pas un canular, il n'y a pas de problème.

Après leur départ, Éric et Claire restent un moment assis dans le petit séjour. Ils sont épuisés par la tension et le stress.

— J'en ai marre, soupire Éric.

— Essaie de ne pas lui en vouloir. Si elle était cardiaque, tu ne songerais pas à le lui reprocher.

Il pousse un grognement. Il regarde sa femme. La chance qu'il a, d'avoir Claire auprès de lui, toujours vaillante et déterminée à faire face.

— Cette fois, il va falloir songer à l'hospitalisation, dit-elle.

— Qu'en dit l'Anapad ?

— Ils pensent qu'il n'y aura bientôt pas d'autre option. À l'hôpital, ils feront un diagnostic. Et elle aura un traitement adapté.

— Elle n'acceptera jamais d'être hospitalisée.

— Alors ce sera la HDT, déclare-t-elle. Je vais me renseigner sur la procédure...

Ils se tournent ensemble vers le palier où retentit un bruit de pas. Mathilde apparaît sur le seuil. Elle est hors d'elle.

— Tu te rends compte de ce que tu as fait ! s'exclame Éric en se dressant d'un bond. Tu crois que les pompiers n'ont que ça à faire ?

— Arrête, Éric ! lance Claire en lui prenant le bras. S'il te plaît. Ne l'accuse pas.

Elle ajoute à l'intention de sa fille :

— Chérie ! tu nous as fait peur.

— Tant mieux ! Je vous déteste...

Elle file dans sa chambre et claque la porte.

— Il vaut mieux partir, dit Éric.

Mais Claire est rongée par l'angoisse. Laisser Mathilde seule dans cet état. Et dans cet appartement à la porte défoncée…

— J'appelle un serrurier, dit-elle.

*

Mathilde est entraînée maintenant dans une chute inexorable. Elle ne voit presque plus ses parents et, quand elle les voit, c'est pour les insulter. À en croire la concierge de son immeuble, elle passe toutes ses nuits dehors. Claire s'affole quand elle imagine ce qui pourrait arriver à sa fille, les dangers auxquels elle s'expose soir après soir.

Une légère amélioration toutefois s'étant produite, la famille est partie pour Kerjagou. Mais, une fois sur place, les fugues ont recommencé. Après avoir vomi sa haine sur les siens, Mathilde s'en va à l'aventure avec Odin, le seul être dont elle supporte la présence, semble-t-il. Au retour, elle ne va pas mieux. Elle s'en prend même physiquement à sa mère en lui jetant à la figure une bouteille de bière. Claire réussit à s'écarter à temps. Un miroir est brisé au fond de la pièce mais la catastrophe, Dieu merci, a été évitée de justesse.

— Je vous déteste ! hurle Mathilde en se sauvant.

Claire, choquée, s'assied sur un tabouret de la cuisine. Éric s'approche, la prend par les épaules.

— Cette fois, dit-elle, on n'a plus le choix. C'est la HDT.

XXI

Paris, mi-mai 2011

Claire, qui a décidé de prendre son rôle de décoratrice au sérieux, visite le nouvel appartement d'Astrid. Elle en explore chaque pièce. Elle prononce quelques conseils.

— Mais ton appréciation générale ? demande Astrid, impatiente.

— Positive, dit Claire. Peut-être un tout petit peu trop parfait. Trop stéréotypé. On se croirait dans un magazine de déco. Non ? Tu ne trouves pas ?

— J'essaierai d'y foutre un peu le bordel, répond Astrid, tout sourires.

Elle veut absolument que sa maison plaise à des gens tels qu'Éric et Claire : des bourgeois parisiens au raffinement sûr. Comme son père autrefois, elle est parfaitement capable d'engager un décorateur, un ensemblier, un architecte d'intérieur ou peu importe le titre qu'ils se donnent. En revanche, elle se sent démunie quand il s'agit d'ajouter à son décor la petite touche personnelle qui fait la différence, ce goût inné patiné par le temps qui est l'apanage, pense-t-elle, des vieilles familles. Elle se rappelle une phrase qui l'a blessée au début de sa carrière. Elle se trouvait avec le président de son agence. Elle lui présentait un projet de campagne pour une marque de joaillerie. Le patron se montrait peu convaincu. Agacé d'entendre Astrid défendre ses choix et son point de vue, il lui a jeté ce commentaire :

— Ma petite, le goût, ça ne se discute pas, ça se sent. Et toi, tu ne le sens pas. Il doit te manquer au moins deux générations.

Quelques mois plus tard, ce spécialiste du goût héréditaire était viré de l'agence. Mais la blessure faite à Astrid, elle, demeurait. Et c'est cette remarque désagréable qui lui est revenue en mémoire après le fameux déjeuner chez les Lannélec au terme duquel Claire lui a conseillé de changer de vie. Elle s'est demandé s'il n'y avait pas, au fond, quelque vérité dans le jugement négatif porté sur elle par cet homme méchant.

Cependant, elle a écouté Claire. Elle a même eu tôt fait de déménager. La chance aidant, elle a trouvé quelque chose avenue Victor-Hugo : cent cinquante mètres carrés plein sud, au cinquième étage d'un immeuble en pierre de taille. La pierre de taille confère à un immeuble un sentiment de sécurité qui n'est pas sans satisfaire Astrid, elle qui souffre encore, inconsciemment, d'avoir eu une jeunesse instable. Le Basquiat est désormais remplacé par des tableaux figuratifs.

— Bon, reprend Claire, patiemment. Tu vas commencer par m'améliorer cet éclairage. Celui-ci est trop dur. Oublie tes spots et tes lustres. Et ça manque de fleurs. Je ne sais pas, moi, laisse donc traîner un magazine... Si on allait chiner, un de ces quatre ?

Elles se promettent d'aller bientôt visiter les puces de Saint-Ouen. Puis Claire s'apprête à prendre congé.

— Bravo quand même, dit-elle en nouant son foulard.

— Écoute...

— Quoi ?

— Puisque tu es si douée, tu ne pourrais pas m'aider aussi à me dégoter un mec ?

Claire est surprise et amusée en même temps. Elle enveloppe son amie du regard. Astrid rougit. Claire note combien elle devient attirante, quand elle sort de son rôle de business woman, quand elle se montre naturelle. Astrid, en fait, est un curieux mélange de rigueur et de spontanéité féminine. Il y a l'Astrid en tailleur Chanel, à la coiffure impeccable, au maquillage sans défaut. Et puis il y a la Méridionale pleine de vie aux traits fins, aux grands yeux profonds. *Effectivement*, songe Claire, *elle mériterait d'avoir quelqu'un de bien...*

— Ça t'a perturbée, dit-elle, ce que je t'ai conseillé l'autre fois.

— Oui, je l'avoue. Sur le moment, je n'ai pas trop bien pris la chose. Mais ensuite, j'ai réfléchi. Aujourd'hui, j'aurais plutôt envie de te remercier.

— Tu es mon amie.

— Après la mort de mon mari, et même avant, j'ai fait n'importe quoi, tu sais. À présent, j'ai vraiment l'intention de me trouver un homme qui vaille la peine. Mais tu sais ce que c'est, la plupart des mecs, tout ce qu'ils veulent, c'est nous sauter.

— Si je peux t'être utile…

— Dans ton milieu, il doit bien y avoir des veufs intéressants, non ? Des célibataires, des divorcés…

— Bref, tu veux que je fasse la marieuse. Ça me rappelle ma grand-mère !

— Appelle ça comme tu veux, dit Astrid en haussant les épaules. Présente-moi des amis, des relations. L'oiseau rare se cache peut-être dans ton entourage.

— Je pourrais donner un ou deux dîners.

— Ce serait formidable !

— Attention, chérie ! C'est sans garantie.

— Je t'adore.

Elles tombent dans les bras l'une de l'autre.

Puis Claire s'en va. Dans l'escalier, elle songe que ce projet, en plus de rendre service à Astrid, l'aidera, elle, à fuir ses soucis.

XXII

Paris, fin mai 2011

Claire, à peine rentrée de son cabinet, reçoit un appel d'Aurora, la gardienne portugaise de l'immeuble où vit Mathilde. Claire en a des palpitations d'anxiété, car ils ont demandé à Aurora de les prévenir en cas d'incident. La gardienne parle vite, d'une voix forte, et s'exprime dans un sabir difficilement compréhensible. Claire croit comprendre que des occupants se plaignent. Quand ils traversent la cour, Mathilde leur jette des objets depuis sa fenêtre. Personne n'a encore été blessé, mais on court tout droit au problème sérieux. L'une des personnes concernées a d'ores et déjà décidé de porter plainte. Aurora a même vu Mathilde dans un état de surexcitation.

— La demoiselle, elle va pas bien, madame ! Pas bien du tout !

Le soir même, Éric et Claire se rendent chez Mathilde avec un jeune médecin de SOS psychiatrie. Arrivant au pied de l'immeuble, ils notent que le fourgon de la police est déjà là. Les policiers ont été appelés par le psychiatre. Ils interviendront si nécessaire, en cas de menace à l'ordre public. Le jeune docteur n'a pas l'intention, lui non plus, de se saisir physiquement de la patiente. Il est présent en qualité de conseil, pour effectuer les formalités et confirmer l'hospitalisation préconisée sur ordonnance par le Dr Fachette.

L'intervention a été programmée pour avoir lieu après le dîner, un des seuls moments, à en croire Aurora, où l'on a la moindre chance de trouver Mathilde chez elle.

Le petit groupe pénètre dans la cour de l'immeuble. Il y a de la lumière dans le studio de Mathilde. Les policiers se positionnent au pied de l'escalier. Aurora suit le déroulement de l'opération avec grand intérêt.

Éric sonne à la porte. Au bout d'un instant, la voix de Mathilde s'élève à l'intérieur :

— Qui est-ce ?

— C'est papa.

— Qu'est-ce que tu veux ?

— Parler.

Un long moment, puis ils entendent la clé tourner dans la serrure. La porte s'entrouvre. Mathilde voit soudain sa mère et le psy. Elle essaie de refermer vivement le battant. Éric passe en force et pénètre dans l'entrée. Mathilde se rue sur lui en hurlant, et le frappe. Son père tente de la maîtriser. Elle est hystérique. Les flics ont suivi et entrent en action, à partir du moment où une bagarre a commencé, ils sont en droit d'agir. Leur vue rend Mathilde folle de rage. Elle frappe le premier qui s'avance, mais déjà le second intervient. En quelques secondes, elle se retrouve maîtrisée, les mains dans le dos, menottée. Elle crie, elle hurle, injurie les agents, ses parents. Claire est effondrée, voir sa fille, sa petite Mathilde, jadis si gentille, si jolie, maintenant menottée, encadrée par la police, est une épreuve horrible pour une mère. C'est le début d'un long calvaire qu'elle assumera avec courage et dignité sans jamais se plaindre, ni pleurer. Mais de ce jour, et de plus en plus au fil des événements dramatiques qu'elle vivra, elle perdra l'innocence née d'une enfance protégée – une partie aussi de son capital de douceur et de tendresse. Elle saura faire face à des situations de plus en plus difficiles à supporter, au prix d'une dureté qui l'aidera à les maîtriser.

Cependant, les agents descendent de plus en plus difficilement une Mathilde qui crie, se débat, leur colle des coups de pied. Ils parviennent à gagner le rez-de-chaussée et emmènent leur prisonnière jusqu'au panier à salade. En deux minutes, elle y est enfermée et le fourgon démarre, direction le commissariat, suivi de la voiture des Lannélec et de celle du psy. Il s'est mis à pleuvoir, Éric s'efforce de suivre la voiture de police qui fonce dans la nuit, gyrophare allumé. La lueur bleuâtre se mêle à la pluie sur le pare-brise que balaient fortement les essuie-glaces, brouillant la visibilité. Éric, concentré sur sa conduite, ne dit mot. Claire, à ses côtés, reste elle aussi silencieuse, murée dans son chagrin.

Le fourgon arrive devant le commissariat et les deux policiers se précipitent pour sortir une Mathilde toujours menottée mais qui ne se débat plus. Un collègue vient leur prêter main-forte. Claire descend rapidement de la voiture que son mari va garer et s'engouffre à la suite des agents dans le bâtiment officiel – la pluie rendait tout cela encore plus sinistre. Éric et le psy ne tardent pas à la rejoindre. Ils trouvent Mathilde, l'air furieux, encadrée par les deux gardiens de la paix, assise sur un banc. Elle jette un regard noir à ses parents. L'atmosphère est extrêmement tendue. Quelques instants plus tard, le commissaire de police, un homme petit et ventru, après avoir examiné la scène, demande aux Lannélec et au psychiatre de venir dans son bureau. Éric et le médecin expliquent à grands traits la situation : l'état de Mathilde, l'incident du matin, les risques potentiels que représente la malade. Le commissaire écoute mais, à l'évidence, sa décision est prise : il va faire admettre cette femme dans l'hôpital avec lequel travaille habituellement le commissariat. S'ensuit une discussion technique qui dépasse un peu Éric et Claire. Ils comprennent vite que le psy est vraiment hostile à cette décision car l'hôpital en question n'est pas équipé, semble-t-il, pour accueillir des patients de ce type et s'inscrire dans une procédure de HDT. Ils retiennent simplement du débat que Mathilde serait relâchée dès le lendemain. Ce qui leur paraît impensable ! La discussion s'envenime, l'attitude du commissaire met le médecin hors de lui. C'est un garçon jeune – un type au visage carré, très sympathique. Pour qu'il se mette en colère, se dit Éric, c'est que le problème est réel.

— C'est inadmissible, gueule le psy, absolument inadmissible. Je vous garantis que si vous faites cela et qu'il y a un drame après, je convoque la presse et je lui explique votre incompétence et votre irresponsabilité. C'est de la bêtise à l'état pur !

— Je vous en prie monsieur, soyez correct !

Le commissaire est devenu cramoisi.

— Mais enfin, bon Dieu, je suis médecin psychiatre, je sais ce qu'il faut faire avec une grande malade !

Il donne un violent coup de pied dans la porte qui fait sursauter le gros commissaire. Éric et Claire son médusés et admiratifs de l'implication de ce jeune.

— Et, de toute façon, je ne bougerai pas de ce bureau avant d'être sûr que cette jeune fille soit bien emmenée à Sainte-Anne, seul établissement habilité à recevoir et à soigner des patients de ce type.

Le commissaire ne dit rien. Éric sent que le médecin vient de gagner son combat en voyant le visage renfrogné du policier qui ouvre la porte de son bureau.

— Parfait, vous l'avez voulu. Je vais rendre compte de cet incident et de votre comportement à ma hiérarchie.

— Pas de problème. Tant que vous voulez...

Les choses se déroulent ensuite rapidement. Le fourgon file dans la nuit vers Sainte-Anne, gyrophare de nouveau allumé. Il fonce dans les croisements, brûle les feux... Éric, accroché à son volant, fait de même, s'efforçant de suivre la voiture des flics – qui sont sans doute pressés de rentrer chez eux car il est déjà plus de 23 heures. Par chance, la pluie a cessé, on y voit mieux mais la chaussée est certainement glissante. Malgré le tragique de la situation, Éric s'amuse à traverser Paris à un train d'enfer et à franchir au rouge tous les croisements. C'est certainement illégal mais il ne peut se permettre de perdre la trace du fourgon. Il n'est encore jamais allé à Sainte-Anne et ne connaît pas l'adresse. Il veut aussi être là quand Mathilde sera hospitalisée. Être à ses côtés.

Le convoi arrive à l'hôpital. Une barrière s'ouvre et les véhicules pénètrent dans l'enceinte de l'établissement. Les formalités s'enchaînent. Éric sent la fatigue, effet conjoint du stress et de l'heure tardive. Tout cela lui rappelle ses classes à l'armée : la phase d'incorporation ou plutôt peut-être, se dit-il sans les avoir vécues, les procédures d'écrou lors de l'incarcération d'un prisonnier. Sinistre. À un moment, Mathilde se met à hurler, réclame un avocat, appelle au secours… l'horreur. Puis elle disparaît dans un bâtiment, emmenée de force par des infirmiers.

Éric et Claire se retrouvent de nouveau seuls dans une salle d'attente. Le temps passe. Ils ont sommeil, sont abattus. Ils finissent par être introduits dans le bureau vide d'un médecin, sans doute le psychiatre de garde. Attente encore. Puis une femme entre. Elle est jeune, plutôt jolie et sympathique. Elle se présente : la psychiatre de garde. Elle les interroge gentiment, leur explique que leur fille est maintenant hospitalisée et va être soignée. Ils ne pourront pas la voir dans l'immédiat. Il leur faudra attendre quelque temps. Elle se veut rassurante.

Ils reprennent leur voiture et traversent en silence un Paris désert. Ils sont chez eux à 1 h 30. Éric met le réveil à 7 heures, il a des rendez-vous importants en début de journée. *Business as usual*, ce qu'une Claire épuisée traduit par « la représentation continue », en ajoutant « comme au cirque ! ».

XXIII

Paris, fin mai 2011

Le bureau de Martin Wurtz est remarquable par la vue qu'il offre sur l'Ouest parisien. Ce jour-là, le panorama est splendide, enveloppé d'une brume bleutée qui en adoucit les lointains. Martin songe à cette plaisanterie : la plus belle vue de Paris est celle que l'on a de la tour Montparnasse, car on ne la voit pas... Il pense aussi au Jésus de son enfance protestante, perché au-dessus de Jérusalem et livré à la tentation. Martin se sait ambitieux, voire arriviste. Qui sait si ce n'est pas le diable en personne qui lui a offert Paris ?

Cependant, ses jours dans ce bureau sont comptés, hélas ! Du reste, il a commencé à rechercher discrètement un autre emploi. Il a une piste. Aboutira-t-elle jamais ? Rien n'est certain encore. Il se juge travailleur et intelligent. Et surtout, il possède cette intuition des dirigeants en phase avec leur marché. Le marketing est davantage affaire de bon sens que de technique. Il en a appris les codes. Il a assimilé les grandes recettes. Telle aura été la clé de sa réussite – une réussite à présent menacée.

Sa vie familiale l'est-elle aussi ? Il ne supporte pas ces ennuis avec Denis. Il a toujours voué un culte à l'effort et méprisé les faibles. Même avec les malades, il a du mal. Robert, son aîné, le comble de satisfactions. Robert ressemble à son père. Du reste, ils se comprennent à demi-mot. Pourquoi faut-il que Denis suive un autre chemin ? Voilà longtemps que Martin le juge fragile. En prépa, Denis a « explosé en vol » – selon une expression qu'il affectionne. Puis est venue la dégringolade. Et enfin ces crises, ces alternances de travail acharné et de dépression. À quoi se sont ajoutés les états d'âme d'Agnès !

La tournure prise par leur vie de famille l'énerve. Il s'efforce de ne pas le montrer, mais Denis et sa mère s'en rendent compte et en souffrent d'autant plus…

Le téléphone sonne. Martin a pourtant dit à son assistante qu'il souhaitait ne pas être dérangé. Il a un dossier important à étudier : une OPA sur un concurrent indépendant.

— J'avais demandé de bloquer les appels.

— Oui, monsieur. Mais c'est Mme Santini. Elle insiste.

— Passez-la-moi.

Finalement, il est ravi. Anne Santini est chasseur de têtes. Elle dirige un cabinet de recrutement appelé Executive Search Europe, et il a eu avec elle un contact excellent. Si elle le rappelle, c'est qu'elle est intéressée par son profil. Décidément, il sait y faire avec les dames.

— Je vous apporte de bonnes nouvelles, dit-elle. Pierre Blanchardin vient de m'annoncer que votre candidature a été retenue par le conseil de surveillance. Il souhaite un dîner. Histoire de régler certains détails. Et surtout de vous communiquer de vive voix l'accord de son groupe. L'affaire est bouclée, cher ami. Je vous félicite.

— C'est vous qu'il faut féliciter, dit Martin.

Une vague de satisfaction l'envahit. Il présidera bientôt le directoire de l'Européenne des boissons. Une superbe entreprise. Martin a toujours été bon à l'oral : manifestement, il a su trouver les mots pour convaincre Blanchardin.

Il se renverse dans son fauteuil et savoure son bonheur, le regard enfoui dans l'immense paysage urbain.

Mais les soucis familiaux ne tardent pas à refaire surface et à gâcher son plaisir. Il n'aime pas les initiatives prises par Agnès pour tirer Denis d'affaire. Il redoute qu'elle ne soit en train d'enfoncer leur fils, sous prétexte de le soigner.

Elle fréquente l'Anapad, cette même association qui soutient Claire dans ses ennuis avec la jeune Mathilde. Or, Martin est réservé sur tout ce qui est *psy*. Il pense que Denis retrouvera son équilibre quand il se décidera à faire du sport et à changer d'orientation scolaire.

— Il faut qu'il se secoue, bon Dieu !

C'est ainsi qu'il s'adresse à sa femme. Mais elle ignore ce genre de remarque. Elle a emmené Denis chez un psychiatre, le Dr Levandoski, un homme qui a su établir une bonne relation avec son patient. Denis a joué le jeu. Il apprécie ce médecin de l'âge de son père, mais avec lequel il est possible de dialoguer – ce qui n'est pas le cas avec Martin. Denis juge important de pouvoir s'exprimer librement sans encourir des reproches et des critiques. Levandoski, après l'entretien, a reçu Agnès en tête à tête. Il ne semblait pas considérer qu'elle était responsable des troubles de son enfant, et elle a apprécié de ne pas se retrouver en situation d'être culpabilisée.

— Denis souffre de bipolarité, a expliqué Levandoski. C'est grave. Nous allons tout faire pour le soigner, mais ce sera difficile. Notamment parce qu'il est dans le déni, comme la plupart des patients atteints de pathologies psychiques. Progressivement, nous allons l'amener à admettre son état, à accepter les soins, à prendre des médicaments. Mais vous devez savoir que la route sera longue, pleine de dangers.

Le docteur et Agnès sont convenus de rester en contact étroit.

Entendant ces nouvelles, Martin s'est contenté d'opiner du chef. Il n'est pas convaincu. Il estime qu'on est en train d'enfermer Denis dans ses problèmes, de le « psychiatriser ». Cependant, il n'ose s'opposer à sa femme. Du reste, leurs liens se sont distendus, ces derniers temps. Elle se rend bien compte que sa conversation est devenue pauvre et leur vie sexuelle nulle. Mais peut-il en être autrement quand une mère voit son petit sombrer… Il la trouve obsédée par les problèmes de leur fils.

Il est vrai qu'Agnès ne cesse plus de se tourmenter. Elle n'a pas tout dit à Martin, du reste. Il ne sait pas que Denis se drogue. Et le fait de laisser son mari dans l'ignorance ne fait que la torturer davantage.

Cinquième partie

Le dîner de Claire

« Que sait-il, celui qui
n'a pas été tenté ? »

L'Ecclésiaste

XXIV

Paris, fin mai 2011

En attendant ses invités, Claire inspecte une dernière fois la salle à manger. C'est Denise, la femme de ménage, qui a dressé la table avec goût : nappe brodée, assiettes blanches, verres en cristal de Saint-Louis, chandeliers aux bougies vertes, argenterie aux armes des Lannélec. Claire a toujours aimé recevoir. Et elle a les moyens de se le permettre. Elle s'apprête à aborder une soirée agréable, en dépit du malheur qui frappe sa famille. Elle n'ignore pas que certaines bonnes âmes lui reprochent, à mots couverts, son insensibilité et son manque de cœur, mais elle est sûre de son fait : il y a du courage dans le fait d'assumer les épreuves en choisissant de vivre normalement. Et Éric est de son côté sur ce point, comme sur tous les autres, du reste.

Denise la rejoint dans la salle à manger.

— C'est parfait, lui dit Claire.

Un doigt sur le menton, elle ajoute en réfléchissant à son plan de table :

— Vous n'oublierez pas de sortir le gigot du four avant de servir l'entrée…

— Oui, madame. Monsieur se charge des vins ?

— Évidemment.

La porte de la salle à manger s'ouvre sur le salon haussmannien aux moulures impeccables et sur la cheminée en marbre rouge animée, au fond, par un feu qui crépite. Les sièges et les canapés de cuir blanc y entourent une table basse rapportée de Shanghai, sur laquelle se dresse un bouquet de roses blanches qu'Astrid a fait porter l'après-midi même.

Douze convives, songe Claire, *c'est un bon chiffre*. Plus nombreux, les invités se lancent dans des apartés et c'est énervant. Elle commence à disposer les bristols portant les noms – et un titre, le cas échéant. *Guillaume, marquis de Lannélec.* Son beau-frère y tient. *Philippe Le Tannier, avocat à la cour.* Guillaume et Philippe seront là pour « noyer le poisson ». Ils serviront d'alibi à la présence d'un veuf et d'un divorcé : un banquier et un chirurgien, les deux proies offertes aux appétits de la belle Astrid. Et enfin, pour compléter le dispositif : Agnès et Martin, et une cousine de Claire, une célibataire peu affriolante ne risquant pas de faire concurrence à sa copine.

Astrid aura à sa droite l'élégant chirurgien et, à sa gauche, le roi de la finance. Martin sera en face d'elle. Elle, Claire, aura à sa droite Guillaume et, à sa gauche, l'avocat Le Tannier – un homme exquis. On a beau aimer son mari, on n'est pas insensible aux compliments et autres entreprises de séduction. Éric, lui, dînera entre Agnès et Sophie, l'épouse de l'avocat.

Après avoir allumé deux bougies parfumées, elle se laisse tomber dans un des fauteuils. Elle ferme les yeux. Elle se détend. Éric, rentré tard du bureau, finit de s'habiller – il doit se bagarrer avec ses boutons de manchettes, comme d'habitude. Claire rouvre les yeux. Les flammes dans l'âtre lui rappellent la Bretagne, les vacances d'hiver avec les enfants quand ils étaient petits. Son cœur se serre : Mathilde. La veille, elle est allée lui rendre visite à Sainte-Anne. Une horreur. L'hôpital ressemble à une ville kafkaïenne. Les ascenseurs sont de véritables cages de fer. Les malades que l'on croise ont l'œil vague et le dos voûté. Une femme errait en chemise de nuit.

Elle a vu Mathilde dans une pièce fermée. Sa fille était méconnaissable : figure blême, regard inexpressif, lèvres qui tremblent. Pourtant, elle a esquissé un sourire en voyant sa mère. Claire l'a serrée dans ses bras. La culpabilité la torturait. Elle a ensuite tenté de nouer une conversation, mais c'était peine perdue : Mathilde n'était pas en état. Peut-être à cause du traitement. Elle a apprécié, toutefois, les articles que Claire avait apportés : du linge, des vêtements, du savon, du dentifrice, de l'eau de Cologne. L'épreuve a duré trois quarts d'heure, et Claire en est sortie exténuée.

Avant de regagner sa voiture, elle a eu un entretien avec un médecin. Mathilde est soumise à un traitement de choc qui sera allégé peu à peu, quand la patiente aura recouvré un équilibre compatible avec la vie en société et le monde des vivants.

Un coup de sonnette arrache Claire à ces tristes pensées. Denise part ouvrir. Agnès et Martin. Elle, dans un fourreau noir strict et chic. Lui, dans son costume d'homme d'affaires au sommet de sa réussite. *Ils ne sont guère assortis*, songe Claire. Si Agnès respire l'authenticité, lui semble pris dans l'apparence. *Mais peut-être gagne-t-il à être connu*, pense Claire, indulgente.

Éric les rejoint. Près du feu, on leur sert des amuse-gueules et du champagne. Les autres invités arrivent presque ensemble. Astrid est la dernière à sonner. Elle porte une robe violette ultracourte. Aussitôt les mâles frémissent, tandis que les autres femelles se crispent. Un instant plus tard, Astrid est au centre d'une galaxie masculine : Guillaume, les deux esseulés et Philippe Le Tannier. Les hommes parlent fort. Leurs rires portent loin. Éric et Martin discutent à l'écart.

À table, la discussion est générale : la politique, le théâtre, les expositions. Après quelques verres de pessac-léognan 1989, le brouhaha se fait plus puissant. On cause maintenant entre voisins. Claire veille au bon déroulement de la soirée avec des gestes de metteur en scène et adresse à Denise des ordres muets.

Astrid a compris quelles étaient ses cibles. Par son propos vif et ses remarques hors du commun, elle semble les encourager à rivaliser pour elle. Claire, pendant ce temps, flirte gentiment avec l'avocat Le Tannier, un ténébreux à la voix de ténor qui sait s'y prendre pour faire fondre les femmes. Mme Le Tannier est-elle mécontente ? Difficile à dire. *Elle doit avoir l'habitude*, songe Claire en se levant pour aller jeter un coup d'œil à ses fourneaux.

À la fin du dîner, Claire et Agnès bavardent un moment à l'écart. Agnès parle de son fils, Denis, sans aller trop avant dans les détails.

— Et Mathilde ?

— Elle est à Sainte-Anne. On s'occupe d'elle.

Agnès a un frisson. Sainte-Anne : est-ce aussi le sort qui attend son fils bipolaire ?

Astrid est arrivée la dernière, elle sera la dernière à partir. Elle glisse à l'oreille de Claire :

— Le chirurgien s'est offert pour me raccompagner. Il m'attend en bas…

Le calme revenu, Éric et Claire se déshabillent dans leur chambre.

— Bravo, ma chérie ! C'était parfait. Comme toujours.

— Bravo pour ton vin. Il était excellent. Oui, c'était bien…

Éric se met à rire :

— Jacques Delaroute m'a fait comprendre qu'il attendait Astrid dans sa voiture pour la raccompagner.

— Elle a ferré un gros poisson.

— Sauf que Jacques est un coureur.

— Alors ça ne marchera pas. Elle rêve d'une relation stable.

— Elle aurait dû jeter son dévolu sur Henri de Pondiran. Les financiers sont moins drôles que les chirurgiens, mais beaucoup plus sérieux.

Il la prend dans ses bras. Il l'entraîne vers le lit. Ils font l'amour.

— Comme tu es excitée, murmure Éric.

— C'est toi qui m'excites, dit-elle.

Mais n'est-ce pas à Philippe Le Tannier qu'elle pense en s'abandonnant aux caresses de son mari ? En est-elle même consciente ?

XXV

Paris, fin mai 2011

Guillaume s'est ennuyé à ce dîner. Il s'est même agacé des efforts déployés par Philippe Le Tannier pour séduire Claire – sa belle-sœur et belle-fille. Ce coureur de jupons à la retraite a fini par mépriser la race des séducteurs. Mais, heureusement, une fois le café servi, il a pu échanger deux ou trois mots avec Astrid, comme naguère à Kerjagou. Il apprécie et même admire cette femme – son professionnalisme, surtout. Et il ne doute pas d'être apprécié en retour. À moins qu'elle ne lui fasse les yeux doux par pur opportunisme, sachant qu'il compte parmi les figures du métier.

Pour Florence, ce fut une soirée insipide. Elle a passé tout le dîner à se demander ce qu'ils étaient venus faire dans cette galère. Elle a fini par comprendre qu'il ne s'agissait de rien d'autre que de faire connaître des prétendants à cette Astrid aux jambes nues et au rire en cascade.

— En somme, dit-elle à Guillaume, on a servi de fond de sauce à un plat qui n'était pas pour nous.

Dans l'ensemble, les femmes présentes ont été déçues de voir Astrid accaparer l'attention des hommes. Et Sophie a eu en outre la contrariété de voir son mari, l'avocat Le Tannier, essayer de séduire la maîtresse de maison. Certes, ce n'est pas la première fois qu'il lui inflige cette humiliation, mais elle n'arrive pas à s'y faire. Elle songe parfois à se venger à la façon des femmes : en le rendant jaloux. Elle en aurait les moyens : elle est fort séduisante. Mais tromper son époux n'est pas dans son caractère. Alors, elle se contente de lui faire la tête pendant quelques jours, et puis tout rentre dans l'ordre.

La plus triste, la plus meurtrie, c'est Agnès. De toute façon, elle n'était pas disponible. Son fils accapare toutes ses pensées et toute son énergie. Il traverse maintenant des épisodes d'exaltation. Elle préférait presque les phases dépressives de sa maladie, quand il ne faisait plus rien et s'enfonçait dans le cafard. Elle retrouvait alors des gestes maternels, tentait de le consoler. À présent, il est gagné par un délire de toute-puissance. Il échafaude des projets irréalistes. Il veut partir pour les États-Unis et monter là-bas une entreprise dont il est certain qu'elle deviendra leader sur le marché. Il a déjà son billet pour la Californie. Il l'a brandi sous le nez de sa mère en criant :

— Papa, cette fois, va comprendre que je ne suis pas un bon à rien !

C'était l'après-midi qui précédait le dîner chez Claire. Il était évident alors qu'il ne prenait plus ses médicaments. Agnès songeait même à appeler en urgence le Dr Levandoski. C'est alors que Martin a débarqué plus tôt que prévu. Il voulait se changer avant de partir chez les Lannélec. Il n'a pas supporté les divagations californiennes de son fils. Le choc a été rude. Denis a eu des mots violents, avant de partir en claquant la porte. Martin était hors de lui et Agnès, effondrée. C'est dans cet état d'esprit qu'ils étaient partis à ce dîner : ils n'avaient pas échangé un mot pendant le trajet en voiture.

Agnès, à table, n'a pu se distraire de ses soucis. Elle jouait inconsciemment avec son porte-couteau, perdue dans ses pensées. De temps en temps, elle regardait Martin avec indifférence. Il envoyait des amabilités à Astrid, rivalisait sur ce terrain avec le chirurgien. *Deux paons en train de faire la roue*, pensait-elle. Et Astrid ! Elle se trémoussait de plaisir. Ses éclats de rire, par moments, dominaient toutes les conversations.

*

Astrid qui adorait accaparer l'attention et se faire courtiser.

Le lendemain du dîner, elle appelle Claire :

— Merci. Tu me donneras ta recette de gâteau chocolat caramel ?

— Tu plaisantes ? Secret d'État ! Comment ça s'est passé, avec le chirurgien ? Sans vouloir être indiscrète, bien sûr.

— Pas terrible, dit Astrid d'un ton déçu.

Ayant compris qu'elle avait affaire à un dragueur, elle s'était dit qu'elle allait commencer par le mettre dans son lit, et qu'elle réfléchirait ensuite à la meilleure façon de le harponner définitivement. Car il correspond point par point au profil dont elle rêve : beau, drôle, brillant et libre. Avec en plus un métier gratifiant. Mais, après l'avoir raccompagnée chez elle dans son coupé Mercedes, il l'a laissée au pied de l'immeuble. Elle qui avait espéré au moins un baiser romantique dans la voiture ! Même ce plaisir lui a été refusé.

— Bon, il m'a quand même demandé ma carte.

— Tout n'est pas perdu, alors.

— Sauf qu'il partait ce matin pour les États-Unis. Un congrès…

— Il rentre quand ?

— Pas avant quinze jours.

— Un congrès, ça ne dure pas quinze jours.

— Je sais, Claire. Mais il fait un saut en Floride après les travaux.

— Il n'a pas promis de te rappeler ?

— Si. Il a dit : « J'essaierai de vous rappeler. » Ce n'est pas le genre de phrase qui pousse à l'optimisme.

*

Les deux semaines se sont écoulées. Astrid a beaucoup pensé au chirurgien. Elle doute maintenant d'avoir été à la hauteur. N'en a-t-elle pas trop fait ? N'a-t-elle pas donné l'impression d'être en chasse ? Peu à peu, le découragement l'a gagnée. Heureusement, elle a son travail. Elle a l'habitude de s'y investir à fond. Et puis elle a la chance d'avoir dans son agenda un voyage d'affaires à Tunis.

Mais une bonne surprise l'attend au retour. Le docteur l'appelle. Le congrès s'est bien passé. La Floride aussi. Ensuite, il est allé au Canada voir son ex-femme et ses enfants. Il ajoute :

— J'ai deux places de théâtre. Qu'en dites-vous ?

La pièce est excellente. En sortant, ils vont prendre un verre au Plaza Athénée. Puis c'est encore le même scénario qui se produit : il la laisse au pied de son immeuble.

Il est charmant, agréable, et même gentil.

Alors pourquoi ne l'a-t-il pas embrassée ?

Y a-t-il déjà une femme dans sa vie ?

XXVI

Paris, début juin 2011

Le lundi suivant le dîner de Claire, Guillaume se rend au bureau. Son activité se réduit à un gros mi-temps, mais il a conservé son rituel du lundi : organiser la semaine, voir ses collaborateurs, faire le point avec Gisèle.

Or, Gisèle est absente. Elle qui débarque toujours la première, à 8 heures, comme une tornade. En principe, elle a passé la semaine à Tanger. Elle devait rentrer la veille. Guillaume interroge son assistante : elle ne sait rien. Il appelle Gisèle directement : messagerie. L'inquiétude ne tarde pas à le gagner, à mesure que la matinée avance. Difficile de se concentrer dans ces conditions. À la mi-journée, il descend acheter un sandwich qu'il mange dans son bureau.

— Toujours pas de nouvelles ? lance-t-il.

Chaque fois qu'un bruit résonne dans l'agence, il s'attend à voir Gisèle apparaître, à entendre sa voix encore teintée d'accent pied-noir en dépit des années. Et, à chaque fois, il est déçu.

Puis, vers 17 heures, c'est Élie Sebag, le frère de Gisèle, qui appelle de Tanger.

Gisèle s'est tuée, samedi, dans un accident de voiture. Élie explique :

— Elle était seule au volant. Elle rentrait de Tétouan où elle avait vu des amis. Elle s'était couchée tard. Elle a pris la route de bonne heure. On pense qu'elle s'est endormie, ou qu'elle a fait un malaise.

Guillaume est effondré. Il connaissait Gisèle depuis plus de quarante ans. Elle a été sa maîtresse au temps de l'Algérie. Puis ils ont fondé l'agence S2L avec Olivier. Il a pour elle un attachement profond. Gisèle était une amie, une complice, une partenaire, une associée.

Élie pleure à l'autre bout de la ligne. Il est venu immédiatement de Montréal pour s'occuper de tout à Tanger.

— Je saute dans un avion, dit Guillaume.

— Tu es gentil, mais ça ne servira à rien. Même non pratiquante, elle a laissé des consignes écrites : un service religieux et l'enterrement en Israël… Tu sais que sa fille, Rebecca, ma nièce, a fait son *alya*.

Beaucoup de juifs font leur *alya* en ce moment, autrement dit, retournent vivre sur la terre des ancêtres.

— Bien sûr, dit Guillaume. Rebecca est partie avec son mari.

— Ils vivent à Haïfa. Gisèle a souhaité reposer près d'eux. Alors imagine : les règles juives, le transfert du corps… Ça ne sert à rien que tu fasses le déplacement.

Guillaume ne s'imagine pas ne pas être présent à l'enterrement. Il repense à cette expression constamment véhiculée par les médias : « faire son deuil ». Quelle phrase idiote ! Pourtant, quitter ce monde sans que rien ne vienne concrétiser le départ…

— Pardonne-moi, Guillaume, je vais devoir te laisser. Cinquante mille choses à faire. On se reparlera pour la participation de Gisèle dans votre affaire. Je vais en discuter avec Rebecca. Ça m'étonnerait beaucoup qu'elle veuille la conserver.

— On verra ça, Élie.

— Encore un truc, Guillaume : Gisèle t'aimait. Tu étais l'homme de sa vie.

Guillaume essuie une larme.

— Elle était pour moi beaucoup plus qu'une associée, tu sais.

Guillaume, assommé, remet doucement l'appareil dans son berceau.

*

L'absence de Gisèle laisse Guillaume en plein désarroi. Et le chagrin ne le quitte plus. Au fond, il appréciait de former avec elle un couple platonique. De plus, cette disparition lui rappelle celle d'Olivier Loubreyroux, le troisième compère de l'agence S2L. *Sebag, Lannélec, Loubreyroux.* Il est désormais le seul survivant du groupe fondateur. Impossible pour lui de songer à leur aventure sans accueillir de cruelles bouffées de nostalgie. Jeunesse perdue, oubliée ! Et que de morts au long de sa vie : Diane, son épouse, Maud, sa maîtresse, la mère d'Éric – Éric étant le propre fils de Guillaume. Pourquoi lui, Guillaume, est-il toujours de ce monde ?

Et puis, il y a l'avenir de l'agence. Ces derniers temps, il se reposait sur Gisèle. Elle assumait toutes les responsabilités. Ce qui ne la dérangeait pas : Gisèle était née pour exercer le pouvoir. Lui réservait ses interventions aux questions stratégiques, en principe. S'il fallait monter au créneau pour gérer un client difficile, il répondait présent. Ou quand il s'agissait de récupérer un budget en perdition. En général, il se délecte des situations de crise. Mais le reste, tout le reste, c'était Gisèle désormais…

Or, l'agence s'est beaucoup développée. Le jeune directeur est bon, mais encore inexpérimenté. Résultat, Guillaume est obligé de se plonger à nouveau dans le quotidien des affaires. Du coup, il met en veilleuse certaines activités auxquelles il consacrait du temps. Ses harkis, par exemple. Et même Kerjagou. Et cependant, ça ne suffit pas. Il est incapable de tenir le rôle dévolu à Gisèle. Il n'est pas fait pour. Et « les testicules ne poussent pas à un bœuf », comme il aime à dire.

Que va devenir l'agence ? La question lui est maintenant posée.

Il a fallu restructurer le capital, après que Rebecca leur a cédé les parts de sa mère – cinquante pour cent tout de même, une somme considérable, difficile à réunir, même pour une entreprise bien développée. Guillaume n'a pas travaillé toute sa vie à ce projet pour le laisser dépérir subitement. Ou tomber dans l'escarcelle d'un grand groupe comme Havas ou Publicis.

Il restera ensuite à s'occuper du management de l'entreprise.

Quel casse-tête ! soupire Guillaume de Lannélec.

*

Il a retenu une table chez Laurent, en terrasse, sous les arbres. Ce n'est pas le restaurant préféré de Guillaume, qui est un homme aux goûts simples, mais son invitée aime le clinquant et le tape-à-l'œil. Arrivé le premier, il note que l'endroit accueille du « beau linge » comme toujours. Il voit Astrid franchir à son tour le seuil du restaurant. Elle ne le rejoint pas tout de suite : elle s'arrête plusieurs fois pour serrer des mains.

Elle connaît vraiment la terre entière, songe Guillaume.

Ils s'embrassent, sirotent une coupe, commandent leurs plats et font dix minutes de *small talk*. Puis Guillaume entre dans le vif du sujet :

— Vous avez su, pour Gisèle Sebag, n'est-ce pas ?

— Un accident de voiture, je crois.

— À Tanger. Elle avait une maison là-bas.

Astrid hoche la tête.

— Gisèle était très respectée dans la profession.

Elle ajoute avec une expression sérieuse :

— La vérité, c'est que je ne l'aimais pas trop. Si vous me pardonnez ma franchise. Elle faisait toujours comme si je n'existais pas.

— Elle avait ses mauvais côtés, comme tout le monde. Elle pouvait être dure. Mais c'était une grande professionnelle. Et elle me manque beaucoup.

— Le couple Lannélec-Sebag ! Une légende.

Elle plonge son regard dans les yeux de Guillaume. Elle sait très bien qu'il a une idée derrière la tête, et que ce n'est pas une idée sexuelle. Il est déjà pris, et il n'a pas du tout l'air en manque d'affection.

— Si je vous proposais de nous associer, dit-il, vous m'enverriez sur les roses ?

— Guillaume de Lannélec n'est pas quelqu'un qu'on envoie sur les roses.

— Elle gérait l'agence au quotidien, animait la création. Nous nous partagions la clientèle. J'avais gardé nos clients historiques. Gisèle prenait les nouveaux et se chargeait des prospections.

— Vous savez, dit-elle, j'ai ma propre agence.

— Les fusions, ça existe.

— Fusionner est une chose, avaler la concurrence en est une autre. Vous êtes un poisson beaucoup plus gros que moi.

— Il y a toujours des solutions, quand l'envie est là. Et je n'ai pas un appétit démesuré. Je pourrais vous céder une partie des actions de Gisèle, quand je les aurai rachetées.

L'araignée de mer en gelée à la crème de fenouil semble excellente. Guillaume est prêt à goûter le vin – un châteauneuf-du-pape Boisrenard blanc. Il le fait tourner, le hume, le transperce du regard. Il en boit une gorgée.

— Excellent, dit-il au sommelier.

Ce petit manège a laissé à Astrid le temps de réfléchir.

— Et avec vos associés américains, ça se passe comment ? reprend Guillaume.

— Vous savez comment ils sont.

— Le moment est peut-être venu d'essayer un bon Franchouillard de mon style. Genre facile à vivre.

Il ajoute après un temps :

— Vous n'aimeriez pas vous retrouver à la tête d'un ensemble deux fois plus gros ?

À ce point de la discussion, il sort son sourire qui plaît aux femmes, et qu'illumine son regard bleu. Astrid n'est pas insensible au magnétisme de son interlocuteur.

— Il faut réfléchir, dit-elle. Peut-être pourrions-nous former une bonne équipe, vous et moi. La fusion..., ça semble peu facile à réaliser. Mais qui ne tente rien n'a rien.

— S'il faut réfléchir, dit Guillaume, alors réfléchissez.

Plus tard au cours du repas, il propose à Astrid de mettre un cabinet spécialisé sur le sujet. Il ne leur restera plus ensuite qu'à se dire oui – ou non.

XXVII

Paris, début juin 2011

Ce dimanche est un jour important : pour la première fois, Mathilde aura le droit de quitter son étage et d'aller se promener avec ses parents dans l'enceinte de Sainte-Anne.

Mais, à la fin de la matinée, Claire a la surprise de voir Éric préparer ses affaires de golf.

— Qu'est-ce que tu fais ?

— Ça ne se voit pas ?

Il explique qu'il a prévu de jouer avec une personne dont il souhaite se rapprocher professionnellement. Ils déjeuneront sur place et feront un dix-neuf trous. Autant dire qu'ils en auront pour la journée.

— Et Mathilde ? dit Claire, déstabilisée.

— Mathilde ! Mathilde ! Tout tourne toujours autour de Mathilde ! Et mon travail, ce n'est pas important ? Vous êtes bien contents, tous, que je ramène du fric à la maison. Alors laisse-moi aller gagner ma vie...

— Pour toi, il n'y a donc que l'argent qui compte ?

Il hausse les épaules, prend son sac et sort en claquant la porte.

Claire en reste un moment abasourdie, blessée, en larmes. Après un déjeuner frugal et une courte sieste, elle décide finalement de ne pas aller à Sainte-Anne ce dimanche. Elle n'en a plus le courage. Elle ira lundi. Pour le moment, elle a besoin de se changer les idées. Elle se rend sur les Champs-Élysées. Elle entre dans un cinéma, le Balzac, où l'on donne un vieux film.

À son retour, en fin d'après-midi, Éric est là, en train de s'habiller car ils sont invités à dîner chez Pierre Cauvilliers, le frère cadet de Claire. Pierre et Ghislaine sont des gens agréables à fréquenter. Ils ont toujours des ragots à colporter car Ghislaine est assistante parlementaire, au confluent de tous les bruits qui circulent dans Paris. Pierre, quant à lui, est l'agent de change le plus drôle qui se puisse rencontrer. Durant toute la soirée, Claire continue de se distraire de ses soucis et de la culpabilité qu'elle éprouve à l'idée de ne pas être allée rendre visite à sa fille à Sainte-Anne. Après le dîner, c'est le retour à la maison. Claire et Éric se couchent sans échanger un mot.

La dispute éclate au petit-déjeuner, quand Éric demande à Claire comment elle a trouvé Mathilde.

— Je n'y suis pas allée, dit-elle. Je suis allée voir un film.

— Tu es allée au cinéma!

— Je n'ai pas le droit?

Elle ajoute:

— De toute façon, j'en ai assez d'assumer toute seule cette maladie.

— J'ai toujours été à tes côtés! s'emporte Éric.

— Qui va la voir à Sainte-Anne? Qui lui téléphone? Qui consulte les médecins, les psychanalystes, les psychiatres? Toi, peut-être? Non. Toi, tu joues au golf, tu pars en voyage. C'est moi qui me coltine tout...

— C'est ton rôle de mère, non? Moi, je gagne de l'argent. Tes jolies robes, le bel appartement, la voiture: c'est moi. Tu crois que ton salaire d'avocate suffirait à...

— Tu me dégoûtes. Tu ramènes tout au fric.

— Si je te dégoûte, je te laisse.

Il se lève brusquement et dit en repoussant violemment sa chaise:

— Je vais au bureau. Et demain, je pars en voyage. Tu auras tout le temps d'aller au cinéma.

Le voyage, prévu de longue date, emmène Éric pour quelques jours à Hong Kong, où sa banque a une filiale.

Claire entend claquer la porte d'entrée. Elle est seule avec les reliefs du petit-déjeuner.

Plus tard, ce même jour, la secrétaire d'Éric appelle Claire pour l'informer qu'il ne rentrera pas dîner. Claire passe l'essentiel de sa soirée à pleurer devant la télévision. Puis, ayant pris un somnifère, elle se couche.

Elle n'entend pas Éric rentrer. Au matin, tirée du lit par la sonnerie du réveil, elle se rend immédiatement dans la cuisine où elle trouve son mari habillé, sur le départ, en train d'avaler un café en vitesse.

— Pardonne-moi, dit-elle en le prenant dans ses bras. Les mots ont dépassé ma pensée. C'est la fatigue. Je n'en peux plus, de cette situation.

— Tu sais que je suis à tes côtés. Alors ne m'accable pas de reproches.

Il se dégage. Il se dirige vers l'entrée où l'attend sa valise. De nouveau, la porte claque. De nouveau, Claire est seule.

*

Trois jours passent. Claire, comme perdue dans le grand appartement vide, espère en vain un appel d'Éric. Et Amaury qui est loin, dans son école au fond de la Savoie…

D'habitude, Éric appelle quand il est en déplacement. Elle sait qu'il est rancunier, mais, après tout, c'est une simple querelle conjugale. Est-il possible qu'il lui en veuille à ce point ? Peut-être souffre-t-il plus qu'il n'y paraît, à cause de Mathilde.

Après plusieurs jours d'angoisse et autant de nuits sans sommeil, elle se lève le vendredi profondément déprimée. Dehors, le temps est gris, pluvieux, froid. Le programme de la journée n'a rien d'exaltant : une plaidoirie difficile dans un dossier défavorable. Ensuite, des courses. Et peut-être un saut à Sainte-Anne. La seule perspective un peu gaie est le cocktail dînatoire donné en soirée par son patron. Claire pense y retrouver des clients et de nombreux confrères du Barreau.

Le téléphone sonne dans le salon. Est-ce Éric ? Est-il revenu à de meilleurs sentiments ? N'est-ce pas plutôt une mauvaise nouvelle qui s'annonce ? Claire redoute ces appels matinaux. Elle a toujours peur qu'il ne soit arrivé quelque chose à Amaury ou à un autre de ses êtres chers.

— Allô ? Claire ? C'est Brigitte. Je te dérange ?

Brigitte : la sœur de Claire. Voilà un coup de téléphone étrange : Brigitte ne s'est jamais montrée particulièrement affectueuse. Les deux sœurs ne se ressemblent pas. Brigitte est le portrait craché de leur arrière-grand-mère maternelle. Ni l'une ni l'autre n'ont connu cette aïeule dont le portrait, cependant, ornait un mur du salon dans la maison de leurs parents. Le tableau représentait une bourgeoise du Nord à la figure peu amène. Claire ne pense jamais à sa sœur sans l'associer à cette image de leur ancêtre. Brigitte n'a pas vraiment de métier. Elle aide son mari à faire tourner une petite agence immobilière. Leur ménage vit plutôt chichement, ce qui n'a fait qu'accroître la jalousie de Brigitte à l'égard de Claire.

Leurs parents, du reste, ont toujours affiché leur préférence pour Claire qui leur renvoyait une image plus gratifiante. Mais ils sont morts à présent. Brigitte et Claire n'ont plus que leur frère cadet, Pierre. Et il y a bien longtemps que Pierre a renoncé à réconcilier ses deux sœurs.

— Contente de t'entendre, dit Claire dans le combiné. Que puis-je faire pour toi ?

— Longtemps qu'on ne s'est pas vues, tu ne trouves pas ? Je me suis dit que tu étais peut-être libre à l'heure du déjeuner.

— Écoute, Éric est justement en déplacement à Hong Kong. Pourquoi pas un déjeuner sur le pouce ?

Elles se donnent rendez-vous dans une brasserie, au fond du XVe arrondissement. Elles font le point sur leurs familles et leurs vies respectives – les enfants, le bel appartement haussmannien de Claire, le petit logement tristounet de Brigitte... Brigitte a deux fils encore célibataires dont l'un va peut-être intégrer bientôt la petite entreprise immobilière de papa et maman. Brigitte ne désespère pas de voir ses rejetons faire un mariage avantageux, en définitive.

— Après tout, ils sont beaux et bien nés. Ils ont tout ce qu'il faut pour décrocher le jackpot. Tu ne trouves pas ? Au fait, et Amaury ? Et Mathilde ?

— Amaury va bien, dit Claire, déjà lasse de ces mesquineries matrimoniales.

En ce qui concerne Mathilde, elle présente la situation avec franchise : la maladie, le traitement en cours. Elle s'aperçoit que ça lui fait du bien, de se confier sur ce sujet douloureux. Elle conclut tristement :

— Tu sais, ce genre de maladies, on n'en guérit pas. Au mieux, les médecins arrivent à stabiliser un traitement. Un jour, peut-être on trouvera le remède pour soigner la schizophrénie, mais dans l'immédiat…

Le terme schizophrénie a heurté les oreilles de Brigitte, qui s'exclame soudain :

— Ne prononce pas ce mot !

Claire est stupéfaite.

— Pourquoi donc ? dit-elle. C'est la vérité. Mathilde est schizophrène. Elle pourrait avoir un cancer, ou la sclérose en plaques. Eh bien ! Non. Elle est psychotique. Pourquoi ne pas dire les choses comme elles sont ?

— Parce que ça fait du tort à ta famille !

— Quel tort ? Je ne comprends pas…

— Tu veux que je mette les points sur les i ? Qui dit schizophrénie dit folie, non ? En criant sur les toits que ta fille est folle, tu amènes les gens à penser qu'il pourrait y avoir dans la famille un risque de démence héréditaire… Sans parler de la violence ! Les schizophrènes sont dangereux – ils défraient la chronique des faits divers. Imaginer que les gens associent notre famille à de telles horreurs !

Claire est sidérée. Elle dit en s'efforçant de garder son calme :

— Tu te trompes, Brigitte. Statistiquement, il n'y a pas plus de crimes commis par des schizophrènes que par d'autres. En fait, ceux qui passent à l'acte sont des malades qui ne sont pas soignés, ou qui ne prennent plus leurs médicaments. Un schizophrène suivi n'est pas plus dangereux que toi ou moi.

Claire marque une pause. Secouant la tête d'un air désapprobateur, elle reprend :

— Quant à ton histoire de démence héréditaire, c'est absurde. La schizophrénie n'est pas héréditaire. Elle a sans doute une origine génétique – un problème survenu pendant la grossesse, par exemple. Il y a des terrains favorables – la drogue, le cannabis. Mais il n'y a aucune transmission familiale. Tu sais très bien qu'il n'y a pas de psychotique dans notre propre famille, ni dans celle d'Éric, du reste.

Mais Brigitte est têtue :

— La question n'est pas là. Les gens sont ignorants et pour eux, le mot schizophrénie reste synonyme de folie furieuse. L'associer à ta fille nous fait du tort.

— Je suis navrée, dit Claire, mais je ne comprends toujours pas. Le tort, il est fait à Mathilde, à Éric, à moi, puisque cette épreuve nous détruit. Mais, pour toi, où est le problème ?

Brigitte hausse les épaules, exaspérée.

— C'est pourtant clair ! Je m'étonne que tu puisses ne pas comprendre. Mon mari partage complètement mon point de vue. À cause de tes propos, nos fils pourraient passer à côté d'un beau parti. Imaginons que l'un ou l'autre se lie avec une fille de bonne famille. En face, ils prendront des renseignements. Il y aura de bonnes âmes pour leur signaler une hérédité de folie furieuse chez nous. Et le mariage tombera à l'eau. C'est aussi simple que ça. Je te demande instamment, dans l'intérêt de mes enfants, de ne plus parler de schizophrénie. Si tu es obligée d'évoquer les problèmes de ta fille avec tes amis, ce que de toute façon je te déconseille, tu n'as qu'à leur dire qu'elle est en dépression, qu'elle a de légers troubles psychiques. C'est dans l'intérêt de tout le monde.

Non seulement Brigitte ne montre aucune compassion, mais elle exige un secret hors de propos en mettant en avant des histoires de mariage arrangé ! Tel était donc l'objet de ce déjeuner : faire passer un vilain message.

— Je ferai attention à mesurer mes propos, dit Claire, blessée. Comme ça, tes petits chéris pourront convoler avec des filles de ducs. Puisque c'est ce que tu veux.

Mais Brigitte est satisfaite d'avoir pu dire ce qu'elle avait sur le cœur. Claire est son aînée. Brigitte a toujours eu peur d'elle, de ses réactions. *Du moins*, pense-t-elle, *la voilà convaincue*.

Les deux sœurs se séparent froidement. Et Brigitte repart dans sa Twingo.

Claire, bien qu'avocate habituée aux situations conflictuelles, est complètement sous le choc. Elle avait cru trouver chez sa sœur un peu de réconfort : elle n'a rencontré qu'égoïsme. Sans parler de ce conformisme social stupide et dépassé. Claire, qui est une femme sensible, sort de ce déjeuner bouleversée. Dire que Brigitte et Paul se prétendent chrétiens ! Dire qu'ils vont à la messe tous les dimanches ! Ont-ils seulement réfléchi aux origines de leur religion ? Au vagabond juif appelé Jésus, qui chassait les démons de la folie et s'en prenait à la bonne conscience des nantis ?

Ayant besoin d'un café, elle entre dans un bistrot. Elle s'assied à une table isolée. Le patron de l'établissement affiche une soixantaine bourrue et une épaisse moustache poivre et sel. Autour d'elle, les clients consomment leur petit blanc.

— Qu'est-ce que je vous sers ? dit le tenancier.

Son accent bourguignon rappelle à Claire les vacances qu'elle passait, enfant, dans la propriété de sa grand-mère maternelle, près de Semur-en-Auxois. Cette maison qu'elle a adorée, aujourd'hui vendue. Claire avait un cousin à Montbard, qui s'était pris d'affection pour elle, et lui offrait des bonbons à l'anis de Flavigny.

Elle sent venir les larmes.

— Ça ne va pas, madame ?

Le cafetier. Il a de la compassion pour elle.

— Des soucis, dit-elle. Ma fille est malade…

— Les enfants ! soupire le bonhomme. Je vais vous servir un petit cognac. Cadeau de la maison. Ça vous remettra d'aplomb.

Cette manifestation de gentillesse réchauffe le cœur de Claire. Le cognac lui brûle l'œsophage et les yeux. Pensivement, elle fait tourner dans le verre ballon la liqueur aux teintes chatoyantes, d'où s'élèvent de puissants parfums.

Se sent-elle enfin mieux ? Peut-être. Mais l'angoisse est toujours tapie dans ses entrailles, prête à se réveiller quand le moral retombe. Claire songe à la culpabilité imposée aux femmes qui essaient de concilier tant de rôles : être mère, être épouse, travailler, développer ses propres talents, sa créativité…

Est-elle à la hauteur du défi que lui lance la maladie de sa fille ? A-t-elle été négligente, en ne voyant rien venir ? N'a-t-elle pas attendu trop longtemps, avant de montrer Mathilde à un psychiatre ? Avait-elle si peur d'apprendre la vérité ? Pris à temps, le mal aurait peut-être été circonscrit, limité. De toute façon, elle a toujours eu une relation difficile avec Mathilde. La mère et la fille sont si différentes ! Mathilde était une enfant rêveuse, inorganisée, « larguée matériellement », selon la formule d'Éric. La maladie n'a pas arrangé les choses : Claire s'irritait en permanence du manque d'efficacité de Mathilde, lui reprochait ses carences, ce qui ne faisait que déstabiliser la malheureuse encore davantage. Après chaque incident, Claire regrettait de s'être emportée. Elle prenait des résolutions… et ne pouvait s'empêcher de recommencer. Éric voyait cette attitude d'un mauvais œil. Comme il avait raison !

Éric… Elle s'en veut d'avoir déclenché cette bagarre idiote. Les choses ne sont pas faciles pour lui non plus. Il aime Mathilde, plus peut-être qu'elle ne l'aime elle-même. Il a vécu très douloureusement le naufrage psychique de son enfant. Il a assisté, impuissant, à la montée de la folie. Il a voulu l'aider et ne savait que faire. Lui si logique, si rigoureux, a subi le cœur serré les propos les plus incohérents, les comportements les plus erratiques. Toujours Mathilde dérivait, s'éloignait. Éric, en plus, aime les jolies femmes. Il était fier d'être le père d'un vrai mannequin qui faisait tourner les têtes. La maladie et les médicaments ont détruit cette beauté. Mathilde a grossi. Son corps s'est déformé. Son visage blanchâtre a gonflé. Son dos s'est voûté…

Quelle tristesse, quelle horreur, songe Claire à présent.

Éric ne se plaint jamais, se dit-elle aussi. Il est là quand il faut. Comment oser lui reprocher d'aller faire une partie de golf ? Il est fâché, à présent. Et il est loin. Il est à Hong Kong. Là-bas, il va la tromper peut-être. Histoire de se venger…

— Non, dit-elle à voix basse, chassant cette pensée.

Il n'est pas comme ça. Même dans un grand hôtel où les tentations ne manquent pas, il ne fera pas une telle chose.

Claire se sent abandonnée de Dieu. La perspective d'aller à Sainte-Anne tout à l'heure lui fait horreur. Elle ira voir Mathilde demain. Pour le moment, elle va rentrer. Se reposer. Dormir un peu. Ensuite, elle se fera belle pour aller à ce cocktail dînatoire.

XXVIII

Paris, début juin 2011

Le patron de Claire se nomme Ramblin. Il habite Neuilly, en face du bois de Boulogne. C'est un homme qui s'est fait lui-même. Il a commencé en bas de l'échelle dans un grand cabinet anglo-saxon. Devenu un associé brillant, il a quitté son employeur pour fonder avec un collègue américain le cabinet qu'il dirige aujourd'hui : *Ramblin-Levis Associés*. À cinquante-cinq ans, il est reconnu comme un ténor du Barreau. Son affaire compte une trentaine d'avocats, dont Claire de Lannélec. S'il est redoutable en affaires et manipulateur en société, il n'est pas dépourvu de gentillesse. Claire le considère un peu comme un père : il lui a mis le pied à l'étrier.

Le cocktail réunira les associés de la Ramblin-Levis, mais aussi des amis, des juges et nombre de clients. Sans oublier les hommes politiques : « ils peuvent toujours servir », comme dit Ramblin.

Claire, qui a passé une mauvaise journée, est déçue de s'apercevoir en rentrant qu'Éric ne s'est pas manifesté. Peut-être n'a-t-il pas eu le temps d'appeler. Peut-être est-il toujours fâché… Après s'être endormie une heure, elle se réveille déprimée. Elle a l'impression d'en vouloir à la terre entière : à sa fille, à son mari, à sa sœur. Elle se fait couler un bain dans l'espoir de s'apaiser. Puis elle prend le temps de soigner son maquillage. Enfin, elle s'habille et sort en songeant que ce cocktail lui changera peut-être les idées.

Un taxi l'emmène à Neuilly : elle sait combien il est difficile de stationner près de chez Ramblin. Surtout le soir. Elle n'a pas envie de sortir de la réception avec une voiture garée au diable. À l'entrée de l'immeuble, elle tombe sur des invités qui arrivent. Voyant son image dans le miroir de l'ascenseur, elle juge que son décolleté la met en valeur. Ses regards ont des éclats brillants. Elle a le sentiment de faire dix ans de moins que son âge. Elle arrive à produire un sourire de satisfaction.

L'appartement de Ramblin est un somptueux duplex au dernier étage. Il montre une décoration tape-à-l'œil, faite pour impressionner. Claire passe d'un groupe à l'autre, monte et redescend l'escalier, fréquente les buffets, salue et noue des conversations avec une dizaine d'invités, de confrères et d'amis. Elle mange : pas de régime, ce soir. Et puis, toutes ces merveilles qui ne demandent qu'à être goûtées ! Au bout d'une heure, elle est enfin gagnée par l'insouciance.

Mais, après plusieurs coupes de champagne, la tête lui tourne un peu. Elle a besoin de se reposer. Elle cherche un coin où s'asseoir. Elle se laisse tomber dans un fauteuil près de la bibliothèque. Presque aussitôt, une vague de lassitude l'envahit. Elle se sent ici comme une étrangère, tout soudain. Comme leurs conversations sont futiles ! Elle s'abstrait de cette réalité. Et les soucis, inévitablement, reviennent en force. De nouveau, elle broie du noir. Elle a envie de rentrer chez elle.

— Claire !

Elle relève les yeux. C'est Philippe Le Tannier, l'avocat.

— Ça ne va pas ? Tu en fais, une tête.

Elle se lève, remet de l'ordre dans ses cheveux.

— Je me reposais une minute.

— Fatiguée ?

— Je vais bientôt rentrer.

— Éric est avec toi ?

— Éric est en Asie. Et ta femme ?

— À la maison. Grippée. J'allais partir, moi aussi. Je plaide à Lille demain. Je te raccompagne ?

Dehors, la nuit est tombée sur le boulevard que longent les grands lampadaires. La fraîcheur les saisit, contrastant avec l'ambiance de la réception. Philippe offre son bras à Claire. Une aubaine, car elle craindrait de tomber ou de se tordre la cheville avec ses hauts talons. Du reste, elle est exténuée. Peut-être soûle. Ce contact masculin a pour effet de la rassurer.

Philippe lui ouvre la portière. Il s'installe au volant. Le tableau de bord s'éclaire, créant une impression d'intimité. Philippe glisse son bras derrière la tête de Claire et l'attire contre lui. Elle se laisse faire, s'abandonne. Bientôt il cherche ses lèvres, et l'embrasse avec force. Elle répond au baiser. Elle est au-delà de tout raisonnement lucide. Elle consent au contact physique, à la tendresse de cet échange. Philippe glisse la main dans le décolleté. La main se referme sur un sein. Tout en continuant son baiser, il pince légèrement la pointe du mamelon. Claire tressaille. Il cherche le ventre, maintenant. Il le caresse doucement, avant de s'introduire entre les cuisses…

— Arrête.

Elle lui prend la main, l'écarte. Mais Philippe refuse d'arrêter.

— Arrête ! répète Claire.

— On ne fait pas de mal.

— Je ne veux pas…

— J'ai toujours eu envie de toi.

Elle se détache de lui, se recroqueville sur son siège.

— Je ne sais pas ce qui m'a pris, dit-elle. C'est idiot. La fatigue, sans doute. L'alcool, les soucis…

— Voyons…

— Démarre, s'il te plaît. Je veux rentrer chez moi.

Philippe hausse les épaules, frustré.

— Comme tu veux.

Il rejette sa mèche en arrière, passe une vitesse. Le moteur ronronne. Philippe roule vite, sans parler. Arrivé devant chez Claire et Éric, il reprend ses assauts.

— Non…

— Un dernier baiser…

Elle se dégage à nouveau.

— Laisse-moi, je t'en prie, dit-elle en cherchant à tâtons la poignée de la portière.

La portière s'ouvre. Claire descend. Elle franchit en courant la porte de l'immeuble. Adossée à celle-ci, elle reprend son souffle. Elle entend dehors la voiture qui s'éloigne.

Dans l'appartement, elle se déshabille. Elle prend une douche, se brosse les dents. Elle veut se purifier de cette faute. Elle aime Éric. Elle l'aime et elle a failli le trahir ! Comment peut-on être aussi faible devant une simple bouffée de désir ? Prise de honte, elle pleure. Les sanglots l'étouffent. Elle se trouve misérable.

Pourquoi faut-il que tout aille aussi mal ?

Elle pense que cette maladie est en train de détruire son mariage, inexorablement. Les responsables de l'Anapad l'ont prévenue, du reste : rares sont les couples qui résistent à l'épreuve d'un enfant psychotique. Claire a écouté ces avertissements sans penser qu'elle était concernée. Son union avec Éric était trop solide pour être fragilisée à ce point par un accident de la vie. Elle comprend maintenant qu'elle a eu tort. Son foyer est aussi vulnérable que n'importe quel autre.

C'est sur ce constat qu'elle va se mettre au lit avec un somnifère. Mais la chimie ne lui est d'aucun secours. Les heures s'écoulent sans qu'elle parvienne à trouver le sommeil. Par moments, même, elle sanglote entre les draps, livrée à une impitoyable solitude. Alors d'affreuses visions traversent ses pensées saccagées : Éric la trompe, Éric va demander le divorce, leur famille est finie…

XXIX

Paris, début juin 2011

Le lendemain, samedi, on sonne à la porte de l'appartement. Il est 9 heures. Claire, en peignoir et chaussons, va ouvrir. C'est Guillaume, un livre à la main.

— Je te dérange ? dit-il.

— Entre. Je te fais un café.

Sur un ton d'excuse, il explique qu'il avait promis à Éric de lui apporter ce week-end un bouquin sur la gestion du patrimoine forestier : Éric souhaite optimiser l'exploitation des bois de Kerjagou.

— Je vais faire un jogging au bois de Boulogne, conclut Guillaume en déposant le livre sur la table de la cuisine. Je me suis dit que j'allais faire un saut chez vous en passant.

— Éric est en Asie. Il rentre mardi soir…

— Tu ne m'as pas l'air d'avoir bien dormi.

Elle a les traits tirés. D'énormes cernes lui mangent le visage. Elle est blême, comme souffrante.

Ils prennent le café dans les fauteuils du salon.

— Je suis mort, dit Guillaume en tournant sa cuiller dans la tasse. On s'est couchés à point d'heure. Un dîner. Je me demande si j'ai bien fait de me lever aussi tôt.

Claire boit son café à petites gorgées. Elle étudie Guillaume en tenue de jogger.

— Il fait beau, soupire-t-elle. Courir te fera du bien.

Puis un silence embarrassé s'établit. Guillaume a vraiment le sentiment d'avoir en face de lui une femme en pleine détresse. Il décide de se jeter à l'eau :

— Tu ne veux pas me dire ce qui ne va pas ? C'est Mathilde ?

Elle fait non de la tête. Il devine qu'elle est prête à se confier. Cependant elle résiste encore. Se méfie-t-elle de lui ?

— Un problème avec Éric? demande-t-il gentiment.

Elle approuve en silence. Puis elle dit en déposant sa soucoupe sur la table basse:

— On s'est disputés. Juste avant son départ.

— Ce sont des choses qui arrivent. Vous vivez sous tension à cause de ce problème. Ça vous use les nerfs et le moral... Vous traversez une épreuve terrible.

Elle pleure.

Guillaume se lève, il se rapproche d'elle, lui passe le bras autour des épaules. Claire se blottit contre lui. Il pense que les larmes briseront peut-être le carcan de l'angoisse. Elle sort un mouchoir de sa robe de chambre, s'essuie les yeux.

— Il a juste été méchant ou il t'a trompée? Il veut te quitter? Qu'est-ce qu'il s'est passé?

— C'est de ma faute, déclare-t-elle d'une voix éteinte. Je lui ai fait des reproches et il les a mal pris. Il a eu raison. En plus, hier soir, j'ai fait une grosse connerie...

Guillaume s'efforce de ne pas réagir. Il attend la suite. Il a pitié d'elle. Il est désespéré de la voir dans cet état, elle d'ordinaire si brillante, si énergique, si courageuse. Il finit par murmurer:

— Dis-moi. Je tiendrai ma langue. Promis.

— Un collègue avocat. Tu le connais. Il était au dîner...

— Tu as couché avec lui?

— Pas couché. Flirté. Je me suis reprise à temps. Mais je m'en veux. J'aime Éric, je ne veux pas le tromper.

— La fatigue, le stress, avance Guillaume. Tu ne m'as pas l'air d'avoir commis un bien grand crime.

Il resserre son étreinte pour la rassurer.

— Tu as été tentée, dit-il, et tu n'as pas cédé... Ça arrive à tout le monde. Pendant la guerre d'Algérie, j'ai vu des officiers très chrétiens torturer des prisonniers, et même y trouver du plaisir... C'est humain, la tentation. Même le Christ a connu ça. Je peux te faire une confidence, à mon tour?

Elle le regarde avec de grands yeux graves, interrogateurs.

— À vingt et un ans, j'ai commis une faute gravissime, inavouable. J'ai vraiment cédé à la tentation du mal.

Contrairement à toi, je n'ai pas su ou pas pu résister. C'est pour ça que je me suis engagé dans l'armée. Que je suis parti me battre en Algérie. Beaucoup ont cru que c'était du patriotisme. Mais non. J'ai fui ma faute. Cette faute à laquelle j'avais été incapable de résister. Mon engagement, c'était mon rachat, ma rédemption.

— Et c'est quoi, cette faute ? demande Claire doucement. Tu as volé ? Tué ? Trahi ?

— J'ai fait quelque chose de beaucoup plus grave que ton petit flirt, crois-moi. Alors, si j'ai un conseil à te donner, évite de te mettre en situation de recommencer. Et pour l'amour du ciel, pas un mot à Éric. Tu lui ferais de la peine. Sois gentille avec lui. Excuse-toi de lui avoir fait des reproches. Et tu verras, vous repartirez d'un bon pied. J'en suis sûr. Tu as quelque chose de prévu, ce soir ?

— Non, dit Claire en secouant la tête.

Elle se tamponne les yeux avec son mouchoir roulé en boule.

— Alors viens dîner à la maison. Ça te changera les idées. D'accord ?

— Je veux bien.

*

Le lendemain après-midi, elle se rend à Sainte-Anne. Elle a appréhendé cette visite, mais Mathilde lui manque. Et puis elle a envie de lui faire plaisir. Enfin, elle a besoin d'expier en renouant avec son rôle de mère. Elle veut absolument que tout rentre dans l'ordre.

Elle connaît bien l'hôpital, maintenant. Le sinistre ascenseur. L'entrée du service. La porte fermée à double tour derrière laquelle il faut attendre. Le bruit des clés. Les malades qui errent dans les couloirs.

Mais il semble que Mathilde aille mieux. C'est une bonne surprise. La démarche est plus assurée, le regard plus vif. Elle a plaisir à revoir sa mère. Claire lui donne ce qu'elle a apporté : du linge, des articles de toilette, du nougat – sa fille en raffole. Mathilde se montre touchée par ces attentions. Elles descendent au jardin. Voyant les autres patients de l'hôpital, Claire songe à la méchanceté de Brigitte, à sa façon mauvaise de parler de la folie comme s'il s'agissait d'une abomination, d'un châtiment. Souffrir du cerveau est-il plus infamant que d'avoir une affection du foie, du cœur, des poumons ?

Claire est habituée désormais à l'architecture rationnelle de Sainte-Anne. Tout est bien ordonnancé. Les espaces verts sont entretenus, les allées bien tracées. On dirait une ville étrange au cœur de Paris, une cité idéale dessinée par un passionné de logique et de symétrie. Au début, elle jugeait cet univers hostile ; à présent, elle s'y est faite.

Mathilde accepte de s'asseoir sur un banc du jardin.

C'est presque un sentiment de sérénité qui gagne les deux femmes. Après avoir bavardé un moment, elles vont à la cafétéria. L'endroit est occupé par des patients entourés de leur famille. Mathilde allume une cigarette. *Dans ce contexte*, songe Claire, *fumer est encore un moindre mal. Et si ça peut l'aider…*

Certains malades ont l'air normaux. D'autres, au contraire, semblent profondément atteints : leurs gestes sont désordonnés et leurs propos, incohérents. La science parviendra-t-elle un jour à guérir ces troubles-là ? Quant à Mathilde, au fond, elle paraît moins touchée que beaucoup d'autres. Y a-t-il là matière à nourrir quelque espoir ? Avec du temps et de l'amour, elle s'en sortira peut-être, et rentrera chez elle. Tout recommencera comme avant…

Après avoir embrassé sa fille, Claire s'entretient avec l'interne de garde, une jeune psychiatre dévouée. Il semble que l'état de la patiente se soit stabilisé. Il est possible qu'elle puisse sortir bientôt. Bien sûr, elle devra continuer d'être suivie. Mais c'est tout de même une lueur d'espoir.

Et c'est un peu apaisée, pour une fois, que Claire quitte l'hôpital Sainte-Anne.

XXX

Paris, Hong Kong, début juin 2011

Dans l'avion qui l'emporte vers l'Asie, Éric rumine sa colère, tourné vers le hublot avec une expression boudeuse.

— Merde. Elle vit de mon salaire, que je sache. Ce train de vie, c'est grâce à moi qu'elle en profite. Elle a le culot de cracher dans la soupe ! Et elle m'accuse de parler gros sous ! Elle verrait, si je lui coupais les vivres…

C'est ce reproche, surtout, qui l'a scandalisé. Le blâmer, lui, de ne penser qu'au fric !

Mais, à mesure que le vol se poursuit, l'apaisement le gagne. Il se laisse distraire par cet environnement agréable. Il aime voyager en classe affaires sur Cathay Pacific. Demain, de bonne heure, il sera à Hong Kong. Il goûte particulièrement ces moments de la vie où l'on est entre deux mondes, entre deux continents, entre deux vies… Une chance : il n'a pas de voisin. Il ne sera pas dérangé par le téléphone ou le signal des courriels. Les charmantes hôtesses ne demandent qu'à être aux petits soins. On lui sert même une coupe de champagne.

À la réflexion, la remarque de Claire sur l'argent était sûrement une phrase malheureuse, qui lui a échappé dans le feu de la dispute. Il faudra s'en expliquer. Elle fera des excuses. En revanche, l'accuser de n'être pas suffisamment impliqué dans le drame de Mathilde ! Ça, c'est révoltant. C'est la goutte d'eau qui a fait déborder le vase. La maladie de sa fille lui cause une souffrance profonde, même s'il s'efforce de ne pas la montrer. À chaque nouvelle crise, il a le cœur serré. Il aimerait l'aider à porter cette abominable croix. Mais que faire ? Il est résigné : Mathilde ne guérira jamais.

Il est vrai qu'elle lui a fait honte, à plusieurs reprises, avec ses comportements erratiques. Mais le jugement des autres compte pour lui : il est ainsi fait. Il est essentiellement conformiste. Pourtant, en dépit des humiliations, il a toujours tenu bon. Il se rappelle les sorties de son père, le marquis de Lannélec :

— Un homme, ça ne pleure pas ! Ça sait se tenir.

L'ancien officier de cavalerie avait ce genre de formules.

Éric n'a jamais laissé tomber sa femme, alors que la situation devenait de plus en plus pénible. *Manifestement*, pense-t-il, *elle ne comprend pas que je suis sensible, derrière mon apparence de PDG à succès. Je suis plus meurtri que je n'en ai l'air. Si je tiens le coup, c'est à force de volonté. Et grâce à mes dérivatifs – le travail, les voyages, le sport. Beaucoup, à ma place, n'auraient-ils pas déserté ?*

Il est résolu à mettre à profit ce voyage à Hong Kong pour réfléchir à la situation, et aux mesures qu'il convient désormais de prendre.

*

Pour l'heure, il va commencer par oublier son régime : trop de petits bonheurs lui sont proposés durant le vol. Après son repas, il s'assoupit. Hélas ! les idées noires se réveillent avec l'arrivée du sommeil. Mathilde est là, encore et toujours, avec son visage désespéré, désespérant. Elle, autrefois si belle ! Alors qu'il dort profondément, il a l'impression d'être bordé par une main féminine. Ouvrant un œil, il s'aperçoit qu'une adorable hôtesse est penchée sur lui.

— *You, cold*, dit-elle à voix basse.

Ils échangent un sourire. Celui d'Éric est chargé de gratitude. Le voilà réconcilié avec la gent féminine – sous sa forme asiatique, du moins.

L'arrivée à Hong Kong l'a toujours émerveillé : cet aéroport ultramoderne, l'amabilité des douaniers, la limousine affrétée par l'hôtel à son intention. De plus, le temps est superbe. Il est 7 heures et le ciel est d'un bleu absolu. Il fait chaud, déjà. Installé dans la Mercedes climatisée, Éric prie le chauffeur de rouler lentement car il veut profiter de l'archipel aux paysages étonnants. L'autoroute toute neuve court d'une île à l'autre. De superbes ouvrages enjambent les bras de mer où émergent d'abruptes collines boisées, semées de constructions en harmonie avec la végétation exotique. Sur les eaux flotte une armada de jonques, de porte-conteneurs et de cargos. L'énergie qui se dégage de Hong Kong est exactement ce dont a besoin un homme d'affaires tel que lui, débarquant d'un pays en déclin, ligoté par les règlements et les contraintes, gouverné par des incompétents.

Son hôtel, le Mandarin, allie le luxe et le bon goût. S'y expriment des traditions mêlées d'influences anglaises et chinoises. Les rendez-vous s'y enchaînent dès la fin de la matinée. La banque d'Éric est partie prenante d'un projet immobilier – des immeubles de bureaux et un centre commercial – qui va mobiliser plusieurs dizaines de millions de dollars. Aux réunions succèdent des dîners dans les meilleurs restaurants, parfois dans des clubs privés. Le soir, au moment de se changer, Éric a une pensée pour sa femme. D'habitude, à cette heure-là, il l'appelle, il lui raconte sa journée, demande des nouvelles de Paris. Ils échangent des baisers. Mais cette fois, la rancune se fait tenace. Alors il n'appelle pas.

Au soir du troisième jour, on inaugure un centre commercial dans lequel sa banque a aussi investi des fonds. La cérémonie est suivie d'un cocktail prestigieux car l'ensemble accueille des boutiques représentant les plus grandes marques internationales. Un dîner est prévu pour les *happy few*, cuisiné par un chef français. Éric apprécie les réceptions en smoking et robes longues. Il a l'impression d'être accueilli dans un univers factice et superficiel, mais où il n'est jamais question de maladies mentales et de graves crises de démence.

Le dîner a lieu sous une tente immense. Les tables éclairées par des bougies ont été dressées dans une forêt d'armatures métalliques enveloppées de carrés Hermès, et gonflées par de l'air pulsé. Une profusion de fleurs rend l'atmosphère encore plus féerique. Éric se retrouve entre la femme d'un dirigeant politique et une journaliste venue de Chine continentale, le

Mainland, comme disent les autochtones. La journaliste a de grands yeux sombres très séparés. Éric apprécie ses traits fins et son beau sourire.

La femme du dirigeant politique parle un anglais hésitant et elle développe des propos stéréotypés sur les rapports entre Hong Kong et la Chine. La journaliste, en revanche, maîtrise à merveille la langue de Shakespeare et a une pensée originale. Lian Zhou : c'est son nom, s'il faut en croire le carton appuyé contre son verre.

— Lian Zhou ? demande Éric d'une voix polie. Je prononce convenablement ?

— Oui.

— Le prénom, c'est Lian, n'est-ce pas ?

— Ça veut dire *Fleur de lotus*.

Elle se penche vers le carton d'Éric.

— *Lan-né-lec*, épelle-t-elle en hésitant entre l'accent anglais et l'accent chinois.

— Éric de Lannélec.

— Vous êtes allemand ? Suédois ?

— Je suis français, dit Éric, non sans une pointe de fierté.

Elle a un mouvement de surprise.

— Est-ce si étonnant ? reprend Éric.

— Avec vos cheveux blonds et vos yeux bleus... Je n'aurais pas dit français.

— En fait, précise Éric, je suis breton.

Lian Zhou plisse ses beaux yeux.

— Breton ? dit-elle. Qu'est-ce que ça veut dire ?

— La Bretagne se situe à l'extrémité occidentale de la France. Ethniquement, nous sommes des Celtes. Et donc plus proches des Anglais que des Français. Vous voyez, vous n'aviez pas complètement tort.

Ils s'interrompent le temps de laisser un serveur emplir leurs coupes de champagne. Puis Éric reprend :

— Lian m'évoque le mot *liane*.

— Ce qui veut dire ?

— Une plante qui s'enroule.

— Autour d'un arbre français, par exemple ?

— Par exemple, répond Éric, tout sourires. C'est aussi le *lien*. Ce qui attache les gens les uns aux autres. Vous travaillez pour quel journal ?

Lian, d'une voix douce, pénétrante, explique qu'elle est reporter pour le compte du *Shanghai Daily* et d'*Ideal*, un supplément consacré au *life style*. Son père est dans les affaires à Shanghai. Il préside un groupe de distribution et de logistique.

— Il est aussi membre du Parti, précise-t-elle d'un air entendu. Et proche de la municipalité autonome.

— J'imagine que ça aide, déclare Éric.

Elle a l'air de connaître tous les invités présents à ce dîner – autrement dit, le gratin du milieu économique qui règne sur Hong Kong, Shanghai et Taipei. Autour d'eux, c'est un déploiement d'habits, de robes du soir, de rivières de diamants et de montres de luxe. Ces gens sont habitués à voir l'argent couler à flots. Ils jouent sur deux tableaux : l'économique et le politique.

— Et le camarade Mao ? murmure Éric à l'oreille de Lian.

Du doigt, elle se clôt les lèvres.

— Mon fils, dit-elle, étudie à Beijing. Pékin, autrement dit. Il dit que le communisme n'existe en Chine que depuis soixante ans. Ce n'est rien, pour un pays qui compte cinq mille ans d'histoire. Saviez-vous qu'au début de votre ère nous avions une école pour former les hauts fonctionnaires ?

— Genre ENA ?

— Exactement. Alors que vous viviez encore dans les cavernes.

— Les Européens ne vivaient pas dans les cavernes au début du christianisme, chère Lian. Mais vous avez un fils à l'université ? Voilà qui me semble à peine croyable. Vous l'avez eu à douze ans ?

— Vous êtes un vilain flatteur, repartit-elle en lui donnant une tape sur la main. Comme tous les Français. Et quant à mon âge, ne comptez pas sur moi pour vous le dire.

Éric laisse une main négligente effleurer le poignet de la journaliste. Les vins français aidant, une complicité s'établit entre eux à mesure qu'ils poursuivent leur marivaudage.

— Vous venez quelquefois à Paris ?
— Ça m'arrive. De temps en temps.
— Avec votre mari, je suppose.
— Je suis divorcée.
— Je suis désolé, dit Éric en plongeant son regard dans les yeux de Lian.
Elle ne se détourne pas. Au contraire, elle a une expression passionnée.
— Ce dîner touche bientôt à sa fin, dit-il. Puis-je vous inviter à profiter de mon taxi ?
— Volontiers.
Dans la voiture, il lui caresse le genou, puis la cuisse. Lian se rapproche de lui.
— Où allons-nous ? lui glisse-t-elle à l'oreille.
Il lui donne un baiser sur la bouche avant de répondre :
— Au Mandarin.

*

À bord de l'Airbus qui vole vers la France, Éric songe à la maxime d'Ovide : « *Post coïtum, animal triste est* ». Il a le moral en berne et le corps épuisé. Et l'idée de débarquer à Roissy au petit matin le déprime.

La belle Lian Zhou a développé pour lui une sensualité qui paraissait inépuisable et des techniques amoureuses qui doivent venir directement du diable. Le monde érotique possède des contrées et des rivages qu'il n'avait pas soupçonnés. Il est vrai qu'il a épousé Claire avec dans son bagage une expérience sexuelle limitée – quelques demi-vierges de son milieu, pas plus. Ensuite, il est resté fidèle à sa femme. Dans l'éducation qui lui a été donnée, tromper son épouse est un péché.

Il est déjà nostalgique des orgasmes fulgurants enchaînés par Lian. Il a connu avec elle au Mandarin une nuit entière de volupté. À l'aube, au réveil, leurs corps étaient entremêlés. Et sa maîtresse lui murmurait des mots tendres. Elle le caressait aussi : elle voulait le faire jouir à nouveau. Puis ils ont pris une douche ensemble. Et elle est allée jusqu'à agrémenter leur petit-déjeuner de piquantes anecdotes journalistiques. Mais elle devait être au bureau de son journal à 9 heures. Ensuite, elle avait un rendez-vous à Shanghai. Et c'est finalement sans états d'âme qu'elle a pris congé d'Éric, un Français qui resterait à jamais, pour elle, un simple amant d'une nuit.

Éric, après le départ de Lian, s'est retrouvé désespérément seul. Elle lui manquait déjà. Il en aurait pleuré. Des heures durant, il a échafaudé des plans pour la revoir. Il voulait l'attirer à Paris. Il l'appellerait dès son retour – elle lui avait laissé son numéro et celui de son journal. Il se voyait déjà l'emmener dans tel ou tel restaurant de la rive gauche, au théâtre aussi. Il pensait à un hôtel, dans le quartier de l'Opéra, où il avait envie de reprendre leurs effusions érotiques. L'idée du divorce, même, l'a effleuré ! Lian consentirait peut-être à venir s'installer à Paris. Le groupe du *Shanghai Daily* avait sûrement besoin d'une correspondante permanente en France. L'espace d'un instant, il s'est demandé comment il vivrait un deuxième mariage, des enfants nés d'une autre femme en tout point différente de Claire…

C'est à ce moment-là que l'image de Kerjagou s'est imposée à ses pensées. Il a revu le manoir et tout ce qui y est associé : sa famille au sens large, son foyer, son fils, Amaury, sa fille, Mathilde. Un sentiment de honte s'est emparé de lui. Puis c'est le mal du pays qui l'a saisi : la Bretagne, l'étang et les bois qui ont formé le terreau de son enfance.

Enfin, l'heure du départ s'est approchée. L'interminable attente au terminal. Les halls immenses traversés par une foule indifférente. Les messages nasillards diffusés par les haut-parleurs. La classe affaires…

Il a pris cet avion qui venait de Tokyo. L'appareil est plein.

Bientôt, les hôtesses éteignent les lumières de la cabine. *Douze heures de vol*, songe Éric en se détournant du hublot. Peu à peu, il se laisse gagner par la fatigue. Il repense à Claire. À son dévouement. À la tendresse qu'elle a su lui donner ces derniers mois en dépit de la terrible épreuve qui frappe leur foyer. Au fond, elle a su faire face. Et avec quelle volonté ! Certes, elle a cédé quelque peu à son côté autoritaire, mais n'a-t-elle pas des circonstances atténuantes ? Il faudrait n'avoir pas de cœur pour ne pas voir qu'elle est blessée au plus profond d'elle-même. Voir sa fille adorée basculer dans la schizophrénie ! Il se rappelle une discussion qu'ils ont eue, un jour qu'elle revenait d'une conférence donnée à l'Anapad. L'orateur, un psychiatre, avait estimé que plus de quatre-vingts pour cent des familles frappées par ce fléau étaient menacées d'éclatement. En général, c'est l'homme qui quitte le foyer. Parce qu'il n'en peut plus. Parce que ses forces le lâchent…

Éric a un frisson. Penser qu'il y a quelques heures à peine il envisageait de divorcer et de refaire sa vie avec Lian ! Va-t-il rejoindre la cohorte des maris qui désertent, faute de pouvoir affronter un accident de la vie ? Faute de pouvoir supporter cette réalité qu'est la maladie d'un enfant. La trahison : il a cette attitude en horreur. Il pense à l'apôtre Pierre trahissant Jésus *avant que le coq chante*, comme dit la Bible. Lui, Éric, est-il prêt à manger de ce pain-là ?

Mon devoir est d'aimer mon épouse, se dit-il brusquement. *Quitte à accepter ses sautes d'humeur. Mon devoir est de rentrer au foyer. De veiller sur les miens.*

Un sentiment de paix se répand en lui. Cette rencontre érotique, il ne l'oubliera pas. Elle demeurera ancrée en lui. Mais elle ne mettra pas sa famille en péril.

Quand cet avion se posera à Roissy, tout sera rentré dans l'ordre.

XXXI

Paris, début juin 2011

Claire attend le retour d'Éric avec un mélange d'impatience et d'inquiétude. Grande est sa hâte de le retrouver, de l'aimer, de lui dire que tout est redevenu comme avant, mais elle ne peut s'empêcher de redouter ces retrouvailles.

Éric lira-t-il sur le visage de sa femme la preuve d'une infidélité ? La conscience chrétienne de Claire est habitée par la notion de péché. Le péché de chair, surtout, rend coupable. De sorte qu'au bureau, ce lundi matin, elle a de la peine à se concentrer. Certains de ses collègues étaient présents au cocktail Ramblin, ce qui ne fait que réveiller en elle le souvenir de sa mauvaise conduite.

Comment a-t-elle pu consentir à ce flirt lamentable ? Pourquoi s'est-elle laissé envahir par un désir qui maintenant la met si mal à l'aise ? Et Philippe Le Tannier l'a rappelée, en plus ! Il a essayé de renouer, de reprendre les choses là où elles étaient restées… Heureusement, elle a eu la force de lui faire comprendre qu'il n'en était pas question.

— Je me suis égarée. C'est le stress. La santé de ma fille, tout ça. Je suis perturbée, en ce moment. Je ne t'en veux pas. Mais il ne faut pas insister.

Elle l'a senti dépité, mais du moins, les apparences sont sauves. Ils sont fatalement appelés à se revoir. Alors autant demeurer pragmatique.

En sortant du bureau, elle déjeune sur le pouce puis passe l'après-midi à faire des courses. Non qu'il manque grand-chose à la maison, mais courir les magasins est une façon de s'occuper l'esprit. Le soir venu, elle se couche aussitôt après un dîner rapide. Elle a à cœur d'être en forme quand Éric rentrera, demain, de bon matin.

Au réveil, elle est dévorée d'impatience et d'inquiétude.

Peu après, le téléphone sonne. C'est Éric. Son avion est bien arrivé. Il l'appelle d'un taxi. Sa voix est chaleureuse.

Un moment encore et la porte de l'appartement s'ouvre. Claire se précipite. Éric la prend dans ses bras. Elle s'abandonne contre lui. Il l'embrasse. Puis il s'étonne :

— Tu pleures ?

— De joie. J'étais si triste…

— Pourquoi ?

— Tu es parti fâché ! J'ai été bête, injuste. Je me suis fait des reproches pendant tout ce temps.

— C'est oublié, chérie. Je suis heureux de te retrouver.

Il entraîne Claire dans leur chambre où ils s'aiment avec une passion revivifiée. Claire se montre d'autant plus sensuelle que les caresses de Le Tannier ont excité son désir. Éric, quant à lui, est légèrement tendu. Par comparaison avec les étreintes de Lian, il craint de trouver son épouse un peu fade. Il est heureusement surpris de la voir si ardente. Il lui glisse une phrase à l'oreille :

— Rien de tel qu'une bonne séparation pour doper les parties de jambes en l'air…

— Ne sois pas vulgaire, sourit Claire.

Elle est soulagée. Éric aussi.

La vie reprend comme s'il ne s'était rien passé.

*

Une semaine plus tard, Éric prend au bureau un appel de Lian.

Gagné par un mélange de tension et de culpabilité, il vit un quart d'heure difficile. La voix de Lian, son accent séduisant… Un violent désir s'empare de lui. Avoir Lian dans ses bras ! Éprouver ses baisers brûlants. C'est au prix d'un effort qu'il arrive à ne pas céder à la tentation. Mobilisant toute la délicatesse dont il est capable, il domine sa frustration et explique à la belle Chinoise qu'ils ne se reverront pas.

— Mais, tu m'avais promis…

— Je suis marié, Lian. Père de famille. J'ai des devoirs. Je dois retourner bientôt à Shanghai, je te ferai signe...

— Tu me prends pour qui ?

Lian raccroche.

Éric ferme douloureusement les paupières.

*

Astrid a accepté la proposition de Guillaume, et déjà le projet prend forme. Un consultant est chargé d'en étudier les aspects techniques. Le montage financier a tôt fait d'être bouclé. Les banques ont avancé les fonds nécessaires. L'arrangement prévoit que Guillaume possédera deux tiers du capital et Astrid, le tiers restant. Rebecca, la fille de Gisèle, se montre conciliante. C'est qu'elle a hâte de toucher de l'argent ! Elle et son mari souhaitent investir à Haïfa dans un programme immobilier. Les Américains, eux, se font tirer l'oreille. Et ils s'y entendent à verser dans le juridisme. De plus, ils ne comprennent absolument rien au marché français de la publicité. Le divorce est parti pour traîner en longueur, mais Astrid se montre optimiste. Ses avocats sauront venir à bout de leurs *lawyers*, et les centaines de pages de la cession finiront par être dûment paraphées et signées. La nouvelle société verra le jour. Elle s'appellera Success Paris.

Un bonheur n'arrivant jamais seul, Astrid reçoit un soir un appel du chirurgien Jacques Delaroute. Il avait promis de téléphoner, il téléphone, c'est donc un homme de parole.

Rendez-vous est pris au dernier étage du Raphaël. Le temps est agréable, la terrasse ornée de végétation et la vue sur les toits de Paris époustouflante. On leur apporte leurs mojitos. Jacques s'occupe de faire les frais de la conversation : son congrès, en Floride, a réuni des chirurgiens venus des cinq continents. Astrid écoute ce compagnon bronzé et séduisant qui n'a rien d'ennuyeux. Il porte une chemise blanche sans cravate. Ses traits sont énergiques et ses cheveux poivre et sel, en broussaille. Un reste d'accent trahit des origines provençales. Et ses phrases sont souvent soulignées d'un chaleureux sourire.

Astrid n'a pas l'habitude de ce genre d'homme. Son ordinaire se compose de businessmen et de publicitaires, pratiquement jamais de grands professionnels rompus à une spécialité aussi complexe et prestigieuse. Elle espère que cet apéritif au-dessus des toits se prolongera par un dîner, voire davantage…

Mais Jacques a un engagement, ce soir. Il s'offre à raccompagner Astrid en voiture.

— Volontiers, dit-elle, songeant que tout, peut-être, n'est pas perdu.

Garé au pied de l'immeuble, le chirurgien descend de voiture pour lui ouvrir la portière. Il l'embrasse sur les joues. Il se remet au volant et s'en va.

Astrid est déçue. *Quel engagement ?* se demande-t-elle avec un pincement de jalousie. Avec qui a-t-il rendez-vous ?

La soirée avait bien commencé. Elle promet maintenant d'être longue.

*

Quinze jours plus tard, Astrid est en réunion avec ses collaborateurs quand la secrétaire lui annonce :

— J'ai en ligne un M. Jacques Delaroute. Je vous le passe ?

— Oui, répond Astrid, qui rougit violemment.

Autour d'elle, tout le monde pique du nez.

— Ne quittez pas, dit-elle à Jacques. Je vous prends sur un autre poste.

Elle quitte la salle de réunion pour aller prendre l'appel dans son bureau.

— Ravie de vous entendre, reprend-elle.

— J'ai été très occupé. J'ai des places de théâtre.

— Quelle pièce ?

Jacques lui dit le titre du spectacle. Astrid l'a déjà vu.

— Volontiers, accepte-t-elle néanmoins.

— En sortant, on pourrait aller dîner au Perron… Un bistrot du Quartier latin. Vous connaissez ?

Oui, elle connaît.

— Pas du tout, dit-elle. C'est bien ?

Dès la fin de sa réunion, elle court s'acheter une robe Chanel en ayant soin de prendre quelque chose de moins sexy, de plus sage que les toilettes auxquelles elle a habitué ses prétendants. Puis elle fait un saut chez le coiffeur. Enfin, avant de repasser chez elle, elle s'avise qu'elle n'a plus rien à se mettre aux pieds, et décide de s'arrêter chez Louboutin.

La pièce est excellente : elle supporte d'être vue deux fois. Et quant au restaurant, elle ne se rappelait pas que c'était un bistrot aussi accueillant, aussi romantique. Jacques a pris soin de réserver une table à l'écart. Comme toujours, il a beaucoup de choses à raconter. Après le café, il s'offre à raccompagner Astrid chez elle, comme de coutume. Une fois la voiture garée devant sa porte cochère, elle lance un hasardeux :

— Vous montez prendre un dernier verre ?

— Un seul, alors, répond-il en coupant le contact.

Il se révèle un merveilleux amant.

Le lendemain, Astrid se découvre amoureuse. Le chirurgien est-il le mari dont elle rêve depuis si longtemps ? *C'est fort possible*, se dit-elle. Mais il ne suffit pas de ferrer le poisson, encore faut-il le sortir de l'eau et savoir le garder…

Jacques Delaroute lui passera-t-il un jour la bague au doigt ?

Astrid est bien placée pour savoir que les sentiments sont souvent choses relatives, et que la prudence conseille de ne pas se bercer d'illusions.

Pour le moment, tout va bien.

Et le projet de fusion avance.

Alors, autant adopter une philosophie stoïcienne et accepter le cours des événements.

*

Agnès endure les hauts et les bas de son fils bipolaire. Et Martin, son mari, qui la soutient à peine. Lui aussi passe d'un extrême à l'autre. Tantôt il cède à la colère, tantôt il déserte. Jamais il n'a un mot d'empathie. Il ignore tout de la pitié.

Une fois de plus, elle doit faire face à un Denis volubile, comme transporté par ce projet américain totalement irréaliste. Comment lui faire entendre raison ? Après le dîner chez Claire et Éric, elle passe deux journées terrifiantes, aux prises avec les délires du jeune homme. Puis Denis s'effondre carrément. Agnès est alors obligée de l'apaiser, de le consoler, de le bercer comme un enfant – son enfant. Elle fait tout pour le ramener gentiment à la réalité. Elle a l'impression de s'acharner à sortir de l'eau une personne qui ne demande qu'à se noyer. L'expérience la laisse exténuée. Va-t-elle sombrer à son tour dans la dépression ? Ne devrait-elle pas se protéger ? Certes, mais une mère peut-elle abandonner son *petit* ? Un seul être l'appuie dans cette interminable épreuve : le psychiatre Karol Levandoski. Elle se livre à lui. Il l'écoute, lui donne des conseils. Cependant, le problème Denis demeure entier.

XXXII

Paris, fin juin 2011

Ces derniers temps, Mathilde a pu jouir d'une certaine liberté, recevoir des visites et se promener seule dans l'enceinte de Sainte-Anne. Puis elle a quitté l'hôpital et regagné son studio. Elle a un traitement à suivre.

Comme souvent les malades mentaux, elle refuse d'admettre la réalité de son état. Elle est dans le déni. Elle pense souffrir d'une forme de dépression dont son entourage a exagéré la gravité. Du reste, elle en veut à ses parents de cette hospitalisation forcée. Les crises de violence qui les ont poussés à cette extrémité, elle les a oubliées. Et son ambivalence à l'égard de Claire et d'Éric, de Claire surtout, n'a fait que croître et embellir. Elle aime sa mère, tout en lui reprochant d'être trop parfaite et de l'écraser avec sa beauté et sa brillante réussite. Elle, Mathilde, doit endurer le fardeau de ses propres faiblesses et n'a nul besoin d'être stigmatisée à cause de ses défauts. C'est vrai, elle a toujours eu un tempérament fantasque, elle n'a jamais su s'organiser dans son travail et dans sa vie matérielle, mais elle voudrait être acceptée telle qu'elle est, et non pas renvoyée à ses défaillances, mise en concurrence avec un modèle de perfection familiale et professionnelle.

La maladie et le séjour à l'hôpital ont eu raison de cette beauté qui faisait hier l'admiration de tous. Les médicaments l'ont fait grossir et son visage a perdu tout éclat.

Surtout, elle sent qu'elle irrite sa mère. Elle l'a entendue se plaindre à Éric :

— Elle est complètement paumée !

Éric a essayé de défendre sa fille mais Mathilde, depuis, en éprouve de la culpabilité. Elle se vit comme une charge pour ses parents. Elle craint de provoquer encore des drames.

Au pire de sa crise, à Sainte-Anne, elle a laissé entendre aux médecins que son père avait à son égard une attitude équivoque. L'affaire est revenue aux oreilles d'Éric qui s'en est indigné, mais les psychiatres l'ont rassuré : Mathilde souffre d'un grave complexe d'Œdipe, et il s'agit là, malheureusement, d'une réaction classique chez les femmes atteintes de ce type de psychose. Mais Éric, depuis, n'est pas tranquille. Il redoute que sa fille ne se remette en tête d'aller porter plainte dans un commissariat. Il tremble même à l'idée de se trouver à nouveau face à un commissaire moins humain…

En dépit des problèmes, Mathilde vient tous les soirs dîner chez ses parents. C'est pour elle un besoin affectif. Et puis elle se sent seule. Son réseau de relations a fondu pendant le séjour à l'hôpital. Ses amies ont fini par s'effrayer d'une maladie aussi cruelle. Et quant à ses amis, ils se sont détournés d'elle en constatant qu'elle avait perdu sa beauté. Elle est obligée de rebâtir des relations. Mais elle ne fréquente plus le même type de personnes. Ses nouveaux amis sont des patients qu'elle a rencontrés à Sainte-Anne, dans les salles d'attente des médecins ou encore au sein de sa paroisse. Cet état de fait ne manque pas de poser problème à Claire et Éric. Ces gens, pensent-ils, ne sont pas de son milieu. Ne risquent-ils pas d'avoir sur Mathilde une influence pernicieuse ? À l'hôpital, déjà, elle avait pris l'habitude de fumer presque deux paquets par jour. Et si elle venait à basculer dans la drogue, à force de fréquenter tous ces marginaux ?

Lesquels marginaux pressent Mathilde de laisser tomber les médicaments. Ils la confortent dans l'idée qu'elle a été victime d'un complot. Pour eux, les parents et le corps médical se sont ligués pour lui faire du mal. L'idée de Mathilde est à présent de se mettre en quête de thérapeutes et de médecins capables de soigner, et de guérir, les légers troubles dont elle souffre. Du reste, personne n'a jamais établi aucun diagnostic. Elle ignore toujours ce qu'elle a. Elle attend que quelqu'un le lui dise.

C'est ainsi qu'elle fait la connaissance d'une pseudo-psychologue qui lui soutire de l'argent, avant de la faire entrer dans une association dont Mathilde hérite soudain de la présidence. Éric et Claire sont encore une fois mobilisés. Ils déploient des heures d'efforts pour convaincre leur fille de se libérer au plus vite de cette charge et de cesser de fréquenter ces gens malsains. Mais Mathilde ne consent à les écouter que pour se réfugier aussitôt dans le cabinet d'une généraliste de quartier convaincue que le traitement prescrit n'est pas le bon et que ses médicaments sont dangereux. Mathilde cesse de les prendre. Les produits ayant un effet retard, le sevrage ne se fait pas sentir tout de suite, mais bientôt les symptômes alarmants sont de retour. De nouveau, la jeune femme se plaint d'être menacée. Elle entend derrière les cloisons ses voisins qui parlent d'elle. Elle entre dans des phases de grande excitation. Elle a des accès de violence. Comme naguère, la gardienne de l'immeuble prend peur. La perspective de l'hôpital se dessine encore une fois...

Suit une alternance de séjours à Sainte-Anne et de retours à la maison. C'est l'engrenage. Mathilde est de plus en plus abîmée.

— Si seulement elle voulait bien reconnaître qu'elle est malade, dit Claire. Ça pourrait améliorer les choses. Mener peut-être à une guérison. Tu ne crois pas?

— Je ne sais pas, soupire Éric. Je ne sais plus.

*

Claire, quant à elle, s'est impliquée dans l'Anapad. Elle est désormais responsable de l'association pour le VIIIe arrondissement de la capitale. Son tour est venu d'assurer les permanences, de recevoir les familles et d'animer des tables rondes en présence des élus et du corps médical. C'est ainsi qu'elle se lie avec des médecins, des spécialistes. Elle bénéficie de leurs conseils. Le traitement de Mathilde s'en trouve affiné, équilibré, et l'investissement de Claire finit par porter ses fruits: Mathilde va mieux – elle n'a pas cessé d'en vouloir à sa mère à qui elle reproche de se mêler de tout, mais elle mène du moins une existence proche de la normale.

Ce qui inquiète Éric, à présent, c'est la santé de sa femme. Claire est souvent fatiguée, irritable, susceptible. Est-ce le prix à payer pour les résultats obtenus auprès de leur fille?

XXXIII

Paris, juin-juillet 2011

Astrid et Claire se voient souvent et se téléphonent beaucoup.

Claire estime que son amie vit sur un petit nuage. C'est une personnalité extravertie qui aime à se livrer. Or, Claire sait écouter. Et elle n'est pas avare de conseils souvent judicieux. En outre, le bavardage d'Astrid lui offre une distraction.

Ce samedi, elles vont faire les puces au marché Paul-Bert. Elles ont une idée en tête : trouver des objets décoratifs pour l'appartement d'Astrid. Leur projet est d'arriver de bonne heure, avant que les professionnels n'aient raflé toutes les pièces de valeur.

— Et Éric ? demande Astrid.

— Parti jouer au golf.

Elles mettent la main sur un vase de Gallé, sur une gravure romantique et sur un petit tabouret Napoléon III. Tout cela finira chez Astrid. Claire, pour sa part, a déniché une pipe en écume qu'elle destine à Éric. L'objet a une couleur ambrée. Il s'orne d'une figure de pirate. Il sera ravi, aucun doute. Il a déjà dans son bureau, à Kerjagou, toute une collection de ces belles pipes.

Le couple va mieux, même si Claire n'est pas complètement remise de ce flirt ridicule avec Le Tannier. Pour le faire passer à ses propres yeux, elle redouble d'attentions envers son mari qui s'explique la chose ainsi : *Qu'est-ce que j'ai dû lui manquer, quand j'étais en Extrême-Orient !* Et cette pensée le transporte immédiatement, en imagination, jusqu'à l'hôtel Mandarin où la belle Lian lui ouvre ses bras frais, parfumés, satinés.

Après les puces, les deux amies vont boire un café chez Astrid.

— Tu aimes ton nouvel appartement ? demande Claire en promenant un regard approbateur sur le décor.

— Je m'y plais beaucoup.

Effectivement, c'est un univers agréable, moderne, dépourvu de toute agressivité ou provocation.

— Merci de m'avoir aidée, ajoute Astrid.

Elle a croisé les jambes. Elle tourne sa cuiller dans son café. Elle est détendue. Elle finit sa tasse et la repose sur la table basse.

— Jacques adore venir chez moi, dit-elle.

— Jacques ?

— Delaroute.

— Il vient te voir ?

— On est ensemble, chérie. Enfin... disons que je suis sa maîtresse.

— Bravo !

— Garde ça pour toi.

— Je serai une tombe, promet Claire. Ravie que tu sois parvenue à tes fins. Tu es amoureuse ?

— Très. Je pense que nous allons bâtir quelque chose de sérieux, de durable. Et puis, il me fait fondre. Il est tellement craquant...

— C'est vrai qu'il a du charme...

— Mais ?

— Mais c'est un coureur.

— Vous le connaissez bien ?

— Un vieux copain d'Éric. Les copains de lycée ! En terminale, ton Jacques collectionnait les succès féminins. Il te l'a dit, sûrement, mais il a été marié. Un couple adorable. Nous les fréquentions. Ils ont divorcé. Elle ne supportait plus d'être trompée. Il faut dire qu'il ne se cachait guère.

Après un temps de réflexion muette, Astrid reprend :

— Et toi ? Toujours aussi sérieuse ?

L'espace d'une seconde, Claire est sur le point d'avouer à son amie l'aventure avortée avec Le Tannier. Elle rougit même un peu, ce qui ne saurait échapper à Astrid. Mais elle se mord la langue à temps. *On ne perd jamais rien à rester discrète*, se dit-elle. Et puis, révéler un moment de faiblesse...

— Encore bravo, lance-t-elle. Surtout si tu réussis à lui passer la bague au doigt.

— On verra bien, repart Astrid.

Une ombre passe sur son visage. Elle hausse les épaules.

— De toute façon, dit-elle, les défis ne me font pas peur. Et je profite des bons moments que nous passons ensemble.

Elle enchaîne en brossant pour Claire un tableau détaillé de sa relation avec le beau chirurgien. Puis elle demande soudain :

— Et Agnès ? Quelles nouvelles ?

Claire explique : Denis est maniaco-dépressif. Elle ajoute :

— Le taux de suicide est élevé chez les bipolaires.

— Tu sais, Martin, le mari d'Agnès... Figure-toi que je l'ai rencontré à une présentation de l'Uda (Union des annonceurs). Un mec viril. On a passé un bon moment.

— Tu as couché avec Martin ? s'exclame Claire.

— Je n'ai pas dit ça ! Qu'est-ce qui te fait penser que...

— Encore un qui doit tromper joyeusement sa femme ! Agnès le sait, à mon avis. Elle y a fait allusion. Il la laisse affronter seule la maladie de leur fils...

— Mais c'est un homme d'action, Claire ! Tu crois que c'est marrant, pour un homme tel que lui, de se retrouver entre un fils à moitié fou et une grenouille de bénitier qui pleurniche tout le temps ?

Claire est choquée.

— « Un fils à moitié fou », reprend-elle. Tu n'imagines pas ce que c'est, d'avoir un enfant malade mental.

— Excuse-moi, je ne voulais pas...

— De toute façon, il devrait prendre ses responsabilités. C'est son fils à lui aussi.

Astrid hoche la tête, mécontente.

— Moi, je le comprends. Les hommes sont comme ça. On ne vit qu'une fois... Du reste, Agnès ne fait rien pour arranger les choses. Elle est jolie, au départ. Mais elle se laisse aller. Alors Martin va voir ailleurs. C'est normal.

Claire préfère ne pas répondre. Elle songe qu'Astrid ne fait qu'exprimer une vision du monde propre à la gent masculine.

Ce qui n'a rien d'étonnant. Elle est comme eux : ambitieuse, carriériste, égoïste.

— Je vais devoir aller préparer le déjeuner, dit-elle en se levant. Pour Éric, quand il rentrera du golf.

Elle ajoute avec un clin d'œil :

— Il faut bien que quelqu'un assure l'intendance.

Astrid se tait. Les deux amies s'embrassent. Claire s'en va prendre le métro, songeant qu'Astrid aurait tout de même pu offrir de la ramener en voiture.

Elle est ainsi, se dit-elle. *On ne la refera pas.*

*

En ce début juillet, Amaury obtient son bac. Il a seize ans. Diplômé avec mention très bien et dix-huit de moyenne, il est admis aussitôt à *Ginette*, comme on appelle l'école Sainte-Geneviève de Versailles. Christophe, son condisciple d'Abondance, se révèle moins chanceux : il n'a eu qu'une mention assez bien, ce qui lui ferme la porte de cet établissement. Les deux amis seront séparés pour la première fois depuis l'école primaire.

Éric et Claire ont fait plusieurs fois le voyage d'Abondance pour aller voir leur fils à Sainte-Croix-des-Neiges. Le fait d'être éloigné d'une ambiance familiale hautement perturbée lui faisait grand bien, manifestement. Comme prévu par son père, il a gagné là-bas en autonomie. Il s'est développé physiquement. Il est presque devenu un homme.

De temps en temps, il venait se reposer à Kerjagou, et Guillaume avait le bonheur de retrouver un neveu épanoui et grandi, prêt à se lancer avec lui dans ces longues sorties à cheval au cours desquelles ils rebâtissent le monde.

Sixième partie

Marine

« La fleur pousse sur le fumier. »

Proverbe turc

XXXIV

Paris, fin septembre 2011

Mathilde contemple sans les voir les feuilles agitées par la brise derrière sa fenêtre. Comme bien souvent, elle songe à Sainte-Anne. Ses vieilles amies, au début, venaient la voir, puis les visites se sont espacées. Enfin, elles ont complètement cessé. De toute façon, toutes devaient s'être mariées, avoir des enfants.

Elle-même se demandait souvent si elle connaîtrait la joie de mettre un bébé au monde. Mais, pour devenir mère, il faut être deux. Et elle n'avait jamais de relation durable. Elle ne rencontrait que des malades de l'hôpital, un amant chassant l'autre. Puis était venu Peter, un jeune Américain. De quoi souffrait-il ? Elle l'ignorait. Il semblait moins atteint que les autres patients. Il disait venir de la côte est. Quand il n'était pas à Sainte-Anne, il vivait à Denfert-Rochereau. Son français était hésitant, mais ils arrivaient à s'entendre. Un beau jour, il avait disparu.

Depuis, elle est sans nouvelles. Elle ne le revoit plus qu'en imagination, assise sur le canapé de son séjour, les yeux fixés sur les feuillages qui bruissent dans la lumière du quartier Saint-Augustin. C'est là qu'elle passe l'essentiel de ses heures, à ne rien faire d'autre que rêver, comme paralysée devant un horizon brumeux…

Elle sursaute au coup de sonnette. Elle se lève. Va ouvrir. C'est Claire. Les deux femmes s'embrassent. Puis Mathilde retourne au canapé où elle se laisse tomber lourdement. Claire a apporté de quoi remplir le réfrigérateur. Elle s'affaire un instant dans la cuisine, puis vient s'asseoir en face de sa fille.

— Tu as pris du poids, non ? Tu fais attention à ne pas trop grignoter entre les repas ?

— Il faut toujours que j'aie ma remarque désagréable, dit Mathilde.

Elle ajoute avec un soupir de lassitude :

— Oui, j'ai grossi. Mais je fais attention.

— Ça doit venir des médicaments.

— Non. Ça ne vient pas des médicaments.

Claire pose sur elle un regard interrogateur.

— Je vais avoir un enfant, annonce Mathilde. Je suis enceinte de trois mois.

Claire, d'abord, n'en croit pas ses oreilles. Puis elle est assommée. Elle avait beau s'y attendre, le choc l'accable comme un fardeau supplémentaire. Son cerveau envisage déjà dix mille possibilités et autant de problèmes insolubles. Elle ferme les yeux, tente de mettre de l'ordre dans ses pensées, puis demande :

— Et il a… il a un père, cet enfant ?

— Tous les enfants ont un père, maman.

— Tous ne le connaissent pas.

— C'est Peter. Un ami. Un Américain. Il était à Sainte-Anne.

— Et maintenant, où est-il ?

— Aucune idée.

Le bruit de la circulation leur parvient à travers la fenêtre ouverte. Des coups d'avertisseur retentissent.

Claire se demande si tout cela est bien réel. Quelle situation ridicule ! Tellement éloignée d'une existence raisonnable. Et tellement… oui, dégoûtante. Elle s'enfonce un instant dans des idées amères : le cauchemar continue, ça ne finira jamais, rien ne nous sera épargné… Puis elle croit voir briller une lueur d'espoir dans le chaos qui depuis des années compose la vie de sa fille. Un bébé, n'est-ce pas une façon de donner un sens à sa vie ? Et Mathilde ne serait-elle pas enfin heureuse, si elle donnait un sens à sa vie ? *Tant mieux*, songe Claire, *si le père est loin : elle et Éric auront les coudées franches pour aider Mathilde à élever l'enfant.* Elle parvient finalement à dire :

— Je suis contente pour toi, ma chérie.

— Tu n'es pas fâchée ? hasarde Mathilde, méfiante. Et papa ? Qu'est-ce qu'il va dire ?

Le programme des Lannélec ne prévoit aucune naissance hors mariage.

— Papa ? demande Claire. Laisse-moi faire.

Le soir même, à la maison, Claire et Éric attendent l'arrivée de Mathilde pour passer à table.

— Qu'est-ce qu'elle fout ? s'impatiente Éric en regardant sa montre. Elle ne peut donc jamais être à l'heure !

— Je te sers un verre ? Qu'est-ce qui te ferait plaisir ?

— Un peu de vin, s'il te plaît...

Il s'assied sur le sofa, les yeux fixés sur le journal télévisé. Claire emplit un verre et l'apporte à son mari. Elle s'assied dans le fauteuil, en face de lui, et le regarde d'un air concentré.

— Quoi ? demande Éric en se détournant de l'écran.

— Mathilde attend un enfant. Le père a disparu de la circulation.

C'est au tour d'Éric d'être abasourdi. Claire préfère aller droit au but, plutôt que de le laisser s'égarer dans des jérémiades et des considérations générales déjà dépassées :

— J'ai appelé à Sainte-Anne la psychiatre qui suit Mathilde. Elle était déjà au courant. Elle pense que c'est plutôt une bonne chose. Et moi aussi.

— Ce n'est pas la psychiatre qui va l'élever, ce gosse ! s'exclame Éric en bondissant du sofa. Mathilde, elle, elle en sera incapable ! Et si tu crois qu'un bébé va améliorer son état, tu te fourres le doigt dans l'œil !

Claire se lève à son tour. Elle vient se placer devant lui.

— Tout va bien se passer, affirme-t-elle. Il suffit d'être forts. On a l'habitude, non ?

On sonne à la porte.

— C'est Mathilde, dit Claire. Je t'en prie, sois gentil avec elle.

*

Mathilde a été belle, naguère, et le dénommé Peter, paraît-il, est fort séduisant. C'est donc une petite Marine des plus gracieuses qui voit le jour dans une clinique du XVIe arrondissement. Les Lannélec se pressent au chevet de l'accouchée : ils sont immédiatement séduits par cet être à la beauté prometteuse. Quant à la maman, elle est radieuse. Elle a l'impression d'être enfin intégrée à l'univers des adultes.

Dans le couloir, Guillaume interroge Éric à voix basse :

— Cette maladie mentale, ce n'est pas héréditaire au moins ?

— Je me suis renseigné. Aucun problème.

— Et Claire ? Pas trop perturbée ?

— Claire ? Elle est déjà gaga de sa petite-fille.

Ils jettent un coup d'œil vers la chambre dont la porte est restée entrouverte. Mathilde, aux anges, joue à la poupée.

— *So far, so good,* murmure Éric.

Dans les semaines qui suivent la naissance, Florence, la compagne de Guillaume, offre son aide à Mathilde qui l'accepte de bon cœur. S'occuper d'un nourrisson est un travail à plein temps, et la mère, bien qu'heureuse, ne dispose pas de toutes les facultés nécessaires.

La seule réaction hostile vient de Brigitte, la sœur de Claire, qui accueille la venue de Marine en la qualifiant de « petite bâtarde », et refuse catégoriquement d'assister au baptême. Mais les Bretons, en dépit de leur tempérament conservateur, se montrent ouverts et compréhensifs.

Il existe en région parisienne, près de Montesson, un établissement offrant des séjours aux mères atteintes de problèmes psychiques. Mathilde part avec son enfant. Elle y vit quelque temps entourée de jeunes femmes à la psychologie fragile. Elle y apprend les rudiments du métier maternel. L'ambiance y est heureuse. Éric et Claire s'y rendent à plusieurs reprises, et constatent que Marine se développe normalement.

Est-ce la fin d'un long cauchemar ?

*

Les difficultés commencent avec le retour de Mathilde dans son appartement. Claire s'est pourtant donné du mal : elle a aménagé la chambre du bébé : nouveau papier peint, joli berceau. C'est même le logement tout entier qui a été rafraîchi. À l'arrivée de Mathilde et Marine, il y a des fleurs partout.

Pourtant, la jeune mère affiche une expression fermée. Elle oublie de remercier ses parents pour leurs efforts.

— Elle doit être fatiguée, chuchote Claire à l'oreille d'Éric.

— Il faut toujours que tu lui trouves des excuses.

Au fil des semaines, leur fille est reprise par ses accès d'angoisse. De nouveau, elle se montre imprévisible, voire hostile.

De plus, elle se révèle incapable d'accomplir les gestes quotidiens nécessaires au confort et à la croissance du bébé. Sa mère est obligée de mettre la main à la pâte. De toute façon, Claire ne supporterait pas de voir Marine négligée ou mal soignée. C'est pourquoi elle s'arrête chez sa fille chaque matin, en se rendant au bureau. Il lui arrive même de se mettre en retard, s'exposant ainsi à des risques inconsidérés dans sa vie professionnelle. En règle générale, elle est débordée, forcée de concilier son emploi, ses activités au sein de l'Anapad et ses obligations envers sa petite-fille.

Passent des mois chaotiques. Plus l'enfant devient joyeuse et souriante, plus elle gagne en autonomie, plus sa mère cède à la panique. Mathilde exprime le sentiment d'être abandonnée de tous, à commencer par sa propre fille.

— Tu essaies de me la voler ! lance-t-elle à Claire.

Éric est effondré devant un conflit qu'il ne sait comment traiter.

Mais Marine, elle, est toujours plus ravissante. Elle a de grands yeux gris-bleu et d'immenses cils noirs. Ses traits sont délicats. Ses expressions sont attendrissantes. Chacun est sous le charme, à commencer par les grands-parents, Éric et Claire.

Un samedi de juin 2012, Claire est réveillée à 6 heures par la sonnerie du téléphone. Elle est seule chez elle – Éric est parti de bonne heure pour le Luxembourg où il a prévu de travailler toute la journée.

— Allô ?

C'est Mathilde au bout du fil. Une Mathilde surexcitée au débit trop rapide.

— Je veux que tu gardes Marine aujourd'hui.

Claire annule tous ses projets. De toute façon, elle juge imprudent de laisser une enfant entre les mains d'une mère à ce point perturbée. Dieu sait ce que Mathilde pourrait imaginer!

Claire se prépare un thé quand sa fille sonne à la porte. Elle a un visage effrayant, frappé d'une pâleur extrême. Les traits sont tirés, le regard fixe. Ce n'est plus une tête, c'est un masque. Mathilde a des gestes brusques, mécaniques. Elle semble avoir le dos voûté. Claire est rassurée de pouvoir garder la petite Marine à la maison. Elle perçoit une atmosphère de danger…

Du reste, Marine est habillée n'importe comment. Pourtant, elle semble en bonne santé et ne manquer de rien. Elle adresse même un joyeux sourire à sa grand-mère qui la prend dans ses bras. Aussitôt, la porte claque. Mathilde a filé sans un mot. Elle dégringole l'escalier.

On court tout droit à une nouvelle hospitalisation, songe Claire, tristement. Et elle emmène sa petite-fille dans la cuisine, afin de lui préparer un bol de lait chaud.

À midi, Claire et Marine ont passé une matinée paisible. L'enfant a joué normalement et beaucoup communiqué avec sa grand-mère. Quand on sonne à l'interphone, Claire lui dit gentiment :

— Voilà maman qui revient.

L'instant d'après, c'est une furie qui pénètre dans l'appartement. Mathilde a la chevelure en bataille. Son chemisier s'échappe de son jean. Elle est en pleine agitation. Claire recule, saisie de peur.

— Où est ma fille ? hurle Mathilde.

Puis, se rapprochant de sa mère avec une expression haineuse :

— Tu me l'as volée, c'est ça ?

Elle promène ses regards fous dans la pièce.

— Voleuse ! Tu l'as cachée ! Où ? Dis-le !

Elle sort un couteau de son sac et le pointe sur sa mère. Claire fait un pas en arrière et se retrouve dos au mur. *Ne pas céder à la panique*, se dit-elle.

— Sale voleuse !

— Voyons, ma chérie… C'est toi qui m'as amené Marine ce matin. Tu m'as demandé de la garder aujourd'hui…

Mathilde regarde sa mère d'un air égaré. Elle ne comprend pas…

— Tu ne te rappelles pas ? continue Claire en s'efforçant de paraître calme, mesurée, normale.

— Où est ma fille ?

Et si elle allait faire du mal à sa propre enfant ? Claire hésite à répondre. Pourtant, il est urgent de nouer le fil d'un possible dialogue.

— Marine s'est endormie. Elle a très bien mangé. Tu ne veux pas ranger ce couteau ? Si elle se réveille, tu risques de lui faire peur…

Mathilde secoue la tête. Elle fourre le couteau dans son sac.

— J'ai cru que tu me l'avais prise, énonce-t-elle. Je… Je crois que je t'aurais tuée…

— Viens la voir dormir.

Dans la chambre, Marine dort comme une bienheureuse. Son petit visage aux lèvres entrouvertes repose tendrement sur l'oreiller. Elle serre entre ses bras son doudou. Claire met un doigt devant sa bouche.

— Ne la réveille pas, reprend-elle. Laissons-la dormir.

Mathilde contemple un moment sa fille et paraît s'apaiser. Les deux femmes quittent la pièce à pas de loup. Elles gagnent la cuisine.

— Tu as déjeuné ? dit Claire. Tu veux un thé ? Un café ?

Mais de nouveau, Mathilde a changé de tête. Sa figure exprime une haine glacée.

— Je sors, lance-t-elle.

Elle se précipite dans l'entrée. Elle a déjà la main sur la poignée de la porte. Elle secoue furieusement la tête.

— Mais où veux-tu aller ? demande Claire.

— Régler leur compte aux salauds qui m'ont hospitalisée de force. Je vais tous les massacrer…

— Qu'est-ce que tu racontes ?

— Je dois le faire… J'en ai reçu l'ordre !

— Qui t'a donné cet ordre ?

— On me l'a donné ! Je l'ai entendu ! Je vais débarrasser la terre de toutes ces ordures.

Déjà, Mathilde dévale l'escalier.

— Le CMP, murmure Claire en se précipitant vers le téléphone.

Le CMP est une sorte de dispensaire où sont accueillies durant le jour les personnes souffrant de troubles mentaux. Mathilde y va régulièrement consulter un psychiatre et rencontrer des infirmiers qui lui administrent son traitement et suivent l'évolution de son état. L'établissement se trouve à vingt minutes de marche.

Les prévenir à temps, se dit Claire en composant le numéro.

C'est le médecin de garde qui décroche. Claire lui explique la situation. Il comprend immédiatement ce qui se passe :

— Ne vous inquiétez pas, madame. Tout ira bien. Merci de nous avoir prévenus.

Sur ces mots, il raccroche.

*

Claire, qui a confié l'enfant à la concierge de son immeuble, prend à son tour la direction du CMP. Elle est reçue par le jeune psychiatre qu'elle a eu tout à l'heure au téléphone. Mathilde est déjà en route pour Sainte-Anne. Elle a franchi tout à l'heure le seuil du CMP en brandissant son couteau. La police l'attendait pour la neutraliser.

Le soir, Claire résume la situation pour Éric qui a été surpris de trouver Marine à la maison.

— Tu as bien géré, dit-il. Comme toujours.

Il ne leur reste plus qu'à discuter de la façon dont ils vont s'organiser maintenant. Claire appelle Florence : c'est le moment de se serrer les coudes, en attendant de recruter une personne qui veillera sur la fillette dans la journée.

XXXV

Paris, juin 2012

Après tant d'années consacrées à son fils trisomique, puis à cette fondation qui aide les familles d'enfants handicapés, Florence s'occupe maintenant de la petite Marine. Et elle le fait avec le sourire, avec calme, sans se plaindre jamais. Avec cette discrétion, aussi, qui est la marque de sa culture protestante. C'est pourtant une femme blessée. Par le suicide de son frère Olivier, le grand ami de Guillaume, mais aussi par le drame qui a ensanglanté sa famille : le père de Florence et Olivier a assassiné leur mère, avant de maquiller son crime en accident de montagne. Florence sait la vérité depuis l'adolescence, et le traumatisme ne s'est jamais guéri, bien qu'elle n'en parle jamais.

Guillaume a de l'admiration pour sa compagne. Il pense à elle avec tendresse, en sirotant le café brûlant que vient de lui apporter son assistante. *Quelle volonté !* se dit-il. Et quel équilibre. Un tempérament qui se reflète dans un visage aux traits réguliers, pratiquement épargné par les rides.

Il la revoit arrivant avec son frère Olivier dans ce café du Quartier latin. C'était il y a tant d'années ! Ils avaient vingt ans. Guillaume aussi. Au moment du départ pour l'Algérie, c'est encore Florence qui les avait conduits à la caserne de Rueil, dans sa 4 CV bleue. Guillaume se rappelle aussi le jour où elle lui a inspiré, pour la première fois, du désir. C'était un soir, à Alger. Il était sous-lieutenant en permission. Il venait assister au mariage d'Olivier. Arrivé le jour même de son poste dans le djebel, après des semaines de crapahutage et de combats, il était un peu perdu. Mais émerveillé aussi par les jardins enchanteurs de la villa Pujol – la maison des beaux-parents pieds-noirs d'Olivier. Appuyé au garde-fou de la terrasse, il admirait les scintillements de la ville. Florence s'était accoudée aussi.

— C'est magique, non ?

Guillaume vivait depuis des mois dans un univers d'hommes. Et il se retrouvait soudain épaule contre épaule avec Florence, élégante et belle, vêtue d'une robe noire. Guillaume était troublé. Le parfum – Guerlain – de la jeune femme l'envoûtait. Il savait par Olivier qu'elle venait de se fiancer avec un homme plus âgé, un banquier suisse, protestant, qui la quitterait après la naissance de leur fils *mongolien* – comme il disait. Longtemps, Guillaume et Florence se sont perdus de vue. Puis une relation amicale s'est amorcée. Et enfin l'amour est né.

— Aujourd'hui, dit-il à voix basse pour lui-même, elle est à moi.

Et, tandis qu'il considère son café fumant, il se laisse envahir par une bouffée de possessivité.

Mais assez rêvassé. Au boulot ! Il sort du tiroir le manuscrit de son roman. L'œuvre n'avance guère. Il n'a pas voulu s'y atteler avant d'en avoir fini avec cette saga familiale qui l'a accaparé des mois durant. Il entend léguer aux générations futures la mémoire des Lannélec et de Kerjagou. Florence et Claire ont lu ses pages. Elles ont apprécié. Amaury aussi. Éric, lui, ne s'est pas montré très enthousiaste. *C'est un ingénieur*, songe Guillaume, *le passé ne l'intéresse pas*. Et peut-être est-il aussi un peu jaloux d'un aîné qui lui fait de l'ombre et se bombarde lui-même mémorialiste de leur famille aux liens ancestraux.

Quand Guillaume lui a dit qu'il se lançait dans un roman, Éric n'a pas été plus positif. Il a même tenté de le dissuader :

— Tu ne trouveras pas d'éditeur, mon pauvre vieux. C'est du temps perdu.

Guillaume n'est pas homme à se laisser décourager aussi facilement. Il a persévéré, appuyé par Claire et Florence. Cependant, accoucher d'une fiction n'est pas chose facile. Du reste, s'agit-il vraiment d'une fiction ? Par moments, le récit a l'air de prendre une tournure autobiographique. Sans doute

Guillaume a-t-il grand besoin d'exorciser certains épisodes de son existence, certains souvenirs douloureux de la guerre d'Algérie, en particulier, ou encore le suicide d'Olivier – qui lui a laissé un sentiment de culpabilité. Et puis, il y a sa liaison avec Maud, la mère d'Éric. Mais cette histoire-là, en revanche, n'est pas racontable…

Depuis la mort de Gisèle, il s'astreint à noircir du papier une à deux heures par jour. Comme il vient à l'agence de bonne heure, il peut commencer sa journée en écrivant. Il se demande parfois comment réagira Astrid quand elle découvrira qu'il est aussi un écrivain. Gisèle ne supportait pas cette idée. Selon elle, si on venait au bureau, c'était pour bosser, pas pour perdre son temps à écrire des trucs que personne ne lirait jamais.

*

À 9 heures, ayant remis son manuscrit dans le tiroir, il se plonge dans des dossiers et rédige des mails. Le téléphone sonne sur son bureau. C'est son assistante.

— Guillaume, j'ai un Martin Wurtz en ligne pour vous. Je vous le passe ?

— Oui, merci. Lannélec…

— Martin. Nous avons dîné chez Éric et Claire…

Guillaume revoit ce grand type aux cheveux blond-roux, aux yeux bleus, à la mâchoire carrée – au type germanique, en somme. Il a dragué Astrid pendant tout le dîner, faisant concurrence à un chirurgien.

— Le mari d'Agnès, dit Martin. Agnès étant une amie de Claire.

— Je vous remets, comme l'on dit à la campagne. Que puis-je pour vous ?

Un autre café apporté par l'assistante se pose en douceur sur le bureau de Guillaume.

— J'aimerais vous rencontrer, enchaîne Martin. Je dirige l'Européenne de boissons, une société spécialisée dans les eaux minérales, les jus de fruits, les sodas. Ayant repris la direction de cette affaire, j'ai relevé des faiblesses d'image sur certains produits.

— Vous avez besoin d'un conseil ? Attendez, j'ouvre mon agenda... J'ai un moment la semaine prochaine. Voudriez-vous passer à l'agence ?

— Volontiers, dit Wurtz.

*

Le jour dit, Guillaume contemple le grand marronnier de la cour, cet arbre qu'il a vu pousser au fil des ans et qui le transporte en imagination jusque dans les environs de Kerjagou. Les arbres ne sont pas les mêmes, en Bretagne. Et ils sont beaucoup plus heureux qu'à Paris...

Martin Wurtz est là. Guillaume se lève au moment où la porte de son bureau s'ouvre sur un homme naguère athlétique, affligé aujourd'hui d'un début d'embonpoint. De l'énergie, juge Guillaume. Et une bonne tête. Costume gris, chemise bleue, cravate un peu trop voyante en harmonie avec les boutons de manchettes tape-à-l'œil et la Rolex en or.

Peut-être un rien de vulgarité, conclut Guillaume intérieurement.

— Je vous en prie, commence-t-il, asseyez-vous. Un café ?

— Non, merci.

La conversation roule sur le dîner de Claire, le beau temps annoncé pour le week-end et l'élection présidentielle perdue par Nicolas Sarkozy. Les deux hommes tombent d'accord : l'avenir économique du pays est sombre. Et puis ces attentats, ces jeunes musulmans qui se radicalisent...

— Des soucis d'image, alors ? dit finalement Guillaume.

— Entre autres problèmes. J'ai repris une société qui n'allait pas bien. Management à l'ancienne, équipes démotivées, marques en déshérence...

Guillaume l'écoute et l'analyse. Ce Martin, c'est un mini-Jules César : *Veni, vidi, vici.* Il se laisse entraîner par une phraséologie militaire et un discours de vainqueur. Son prédécesseur était nul, il va prendre les décisions radicales qui s'imposent et remettre de l'ordre dans l'entreprise.

— Fort bien, déclare Guillaume, mais en quoi puis-je vous être utile ?

Wurtz affiche un large sourire triomphal :

— Je souhaite relancer deux marques de notre portefeuille. D'abord, la Saint-Robert. C'est une eau minérale gazeuse qui a eu son heure de gloire. Ainsi qu'un excellent soda appelé Frutidor, hélas pratiquement inconnu. J'aurai sous peu un bon directeur marketing. Mais je ne veux pas qu'il perde du temps à lancer une spéculative pour choisir son agence de pub. J'ai décidé de vous faire confiance à vous. D'emblée. Sans lancer de compétition.

Voilà qui est plutôt inhabituel, pense Guillaume.

— Avec joie, repart-il. Quand voudriez-vous démarrer ?

— Attendons l'arrivée de ce nouveau directeur. Sinon, il pourrait le prendre mal et vous mettre des bâtons dans les roues. D'ici là, regardez le marché, et réfléchissez à constituer une équipe.

— Très bien. Nous allons réfléchir à tout ça. J'attends votre feu vert, alors.

— Ça marche !

Les deux hommes se tapent dans la main. L'assistante leur propose des rafraîchissements. La discussion s'oriente vers le week-end – on est vendredi.

— Vous jouez au golf ? demande Martin Wurtz.

— Mal ! Je m'y suis mis sur le tard quand j'ai dû arrêter le tennis pour des problèmes de santé. Mon frère, Éric, a un bon handicap. Vous le voyez souvent ?

— C'est ma femme qui est liée avec Claire. Elles se voient. Elles ont toutes les deux des gosses à problèmes…

— Je comprends, dit Guillaume.

— Notre second, Denis, ne va pas bien. Et Agnès ne fait qu'aggraver les choses à coups de psys – psychothérapeutes, psychiatres, psychanalystes. Des charlatans qui l'entraînent dans leur univers de détraqués.

— Les psychiatres ont certes un côté inquiétant, déclare Guillaume, mais quelle est l'alternative ? Je ne suis pas un fana de la psychanalyse, mais il faut bien agir, d'une façon ou d'une autre. Et Claire agit. Elle lutte. Elle se démène. Elle a beaucoup de courage.

Martin Wurtz hausse les épaules.

— Oh ! les jeunes et leurs états d'âme ! Un bon coup de pied où je pense : la voilà, l'alternative. Mais il y a les mères, il y a la société, il y a la Faculté – tout le monde veut leur prendre le pouls, à ces chers petits. Bon, je vais devoir vous quitter… Rentrer à la maison, retrouver Agnès en train de pleurer et notre petit chéri perdu dans ses folies… Excusez-moi. Je m'abandonne. Il ne faut pas. Je vous rappelle. Ravi de cet entretien.

Martin s'en va.

— Drôle de bonhomme, dit Guillaume à son assistante.

XXXVI

Paris, Kerjagou, août 2012

Agnès est obligée de concilier son métier d'enseignante et le soutien à son fils gravement malade. Résultat, sa vie est devenue un enfer. D'autant que Martin ne lève pas le petit doigt pour l'assister. Son travail l'accapare et les responsabilités paternelles le font fuir à toutes jambes.

Elle avait espéré souffler un peu avec l'arrivée de l'été, mais Denis est entré dans un nouvel épisode aigu. Agnès et Martin, ayant compris qu'il ne pouvait poursuivre des études, l'ont poussé à se lancer directement sur le marché du travail. Un emploi de vendeur a été trouvé dans une biscuiterie bretonne, non loin de Redon. Hélas! Denis vient d'être licencié, après plusieurs mois au cours desquels il donnait entière satisfaction à son patron – et même se dépensait sans compter, ce qui, rétrospectivement, était peut-être un symptôme inquiétant. En tout cas, à présent qu'il est à nouveau désœuvré, son état recommence à empirer. Il se montre dépressif, irritable et débordant d'une agressivité malsaine que traversent des idées de suicide.

À son retour de Redon, il s'est jeté dans les bras de sa mère en se lamentant: sa vie n'était qu'un champ de ruines, il n'était décidément bon à rien.

— Tu trouveras bien quelque chose en septembre, lui répétait sa mère pour tâcher de le consoler.

Puis, se demandant que faire, elle a suggéré sans y croire:

— Tu ne veux pas aller passer l'été en Bretagne?

À la grande surprise d'Agnès, Denis était d'accord pour la Bretagne. Il a sa grand-mère là-bas, la mère d'Agnès. Les deux femmes ont peu de contacts. La grand-mère s'est remariée et Agnès n'a pas d'atomes crochus avec son beau-père. Denis, en revanche, s'entend bien avec lui et sa grand-mère l'adore. Le couple possède une propriété dans le Morbihan, près de La Trinité – une petite longère en bord de mer. Ils se déclarent ravis de l'accueillir. Denis est du reste un garçon formidable, quand il n'est pas la proie de ses tourments psychiques.

C'est ainsi qu'Agnès se retrouve seule à Paris.

Martin est débordé par son travail : ses services sont en pleine restructuration. De plus, il doit faire au cœur de l'été un voyage en Californie. Pas question, pour lui, de prendre des vacances avec sa femme. Agnès affirme qu'elle comprend. Au fond, elle estime que Martin se tourmente beaucoup pour Denis, même s'il refuse de le dire et de se l'avouer. Raison pour laquelle il trouve refuge dans ses obligations professionnelles.

Quant à leur fils aîné, Robert, il parcourt les États-Unis avec femme et enfants dans une voiture de location. Robert, il est vrai, affiche une réussite complète. Il fait la fierté de son père qui a renoncé à toute ambition concernant Denis.

Agnès se trouve dans un état d'esprit flottant quand elle a Claire au bout du fil.

— Ne me dis pas que tu vas rester à t'ennuyer toute seule à Paris.

— Ma foi, c'est ce qui m'attend, j'en ai peur.

— Viens donc à Kerjagou !

*

À Kerjagou, Agnès juge le vert de la pelouse réconfortant. Cette propriété l'a ensorcelée. Finalement, elle est contente de n'être pas partie en vacances dans le Midi avec Martin. Pour une fois, elle échappe à la chaleur, à la poussière et aux désagréments de la foule touristique. Confortablement installée dans un transat usé par des générations de Lannélec, elle contemple les feuillages du chêne majestueux assez magnanime pour lui faire de l'ombre.

— Tout va bien ? lui demande Claire à voix basse.

Elle est allongée près d'elle dans un autre transat.

— Tout va très bien.

Les yeux mi-clos, Agnès jouit de cette température bienfaisante, loin de Paris et de ses soucis. Au-delà de la terrasse, une brume légère plane au-dessus de l'étang immobile, comme enchâssé dans les bois. De temps en temps, un oiseau rompt la quiétude de cet après-midi en effleurant la surface de l'eau pour attraper un poisson. L'air s'imprègne d'une odeur d'eau stagnante et de foin coupé. Agnès a l'impression de retrouver des sentiments d'enfance et de vacances passées chez ses grands-parents en Ille-et-Vilaine.

— L'apéro ! lance Éric.

Il les rejoint avec un plateau chargé de bouteilles, de verres et d'amuse-gueules. Le plateau atterrit sur un guéridon en rotin. *Comme il a l'air jeune !* songe Agnès. Jeune et si élégant… Éric est en jean, chemise de lin et mocassins. Agnès, soudain, se sent vieille et moche.

— Que me proposes-tu ? demande-t-elle dans un effort pour chasser de son esprit toute idée désagréable.

— Tu as le choix entre du pinot, du porto ou un kir breton !

— Qu'est-ce que c'est ?

Claire intervient en riant :

— Une invention d'Éric. Du cidre brut local, en fait, dans un peu de liqueur de cassis.

— Ça se sert frais, précise Éric.

— Je vais être soûle, proteste Agnès.

— Aucun danger, dit Claire. C'est peu alcoolisé.

— Alors je me lance ! Et advienne que pourra.

Éric commence à remplir les verres. Une petite jeune fille s'approche. Elle est rousse, ronde et peu expressive. Elle porte dans ses bras Marine, âgée désormais de cinq mois.

— Patricia me donne un coup de main pour la petite, précise Claire.

La fillette gigote dans les bras de Patricia qui la pose dans l'herbe.

— Elle a mangé ? demande Claire.

— Comme un ogre, répond Patricia.

Marine confirme en laissant échapper un rot digne d'un Arabe dans un repas de fête. Le rire est général. Claire donne de petites tapes entre les omoplates de l'enfant.

Et Agnès, brusquement, se remet à penser à son fils. Denis aussi a été un magnifique enfant. Lui aussi faisait des rots qui déclenchaient l'hilarité familiale. À présent, c'est un adulte à la dérive. Quel destin l'avenir réserve-t-il à cette innocente Marine dont les parents sont des malades mentaux ? Pourquoi pas, après tout, celui d'une femme équilibrée, belle et heureuse de vivre ? Le pire n'est pas toujours certain...

Patricia a fini son service. Elle prend congé. On entend bientôt son vélomoteur pétarader dans la cour du manoir. Elle vit chez ses parents, des cultivateurs du voisinage.

Le bruit du moteur s'est éteint, laissant de nouveau la place au chant des oiseaux et au meuglement lointain des vaches. Éric est reparti vers la maison. Marine s'est endormie contre le sein de Claire qui ferme les paupières à son tour.

Agnès observe son amie. On dirait un tableau. Une mère à l'enfant. Sauf que Claire n'est pas mère, mais grand-mère. Cela dit, elle n'a pratiquement pas une ride. Agnès se sent un peu jalouse, tout soudain. En fait, Claire passerait facilement pour la mère de Marine, avec sa chevelure auburn. Du reste, consciemment ou non, n'est-ce pas ainsi qu'elle se vit ? Et Mathilde, comment prend-elle la chose ? Même schizophrène, une mère est une mère. Elle ne saurait accepter qu'on lui vole le fruit de sa chair...

XXXVII

Kerjagou, août 2012

Éric est à Kerjagou depuis peu. Avant son arrivée, Claire et Agnès ont profité seules du domaine. Inévitablement, elles ont partagé des nouvelles de leurs enfants malades. Où qu'elles soient, l'univers psychiatrique leur colle à la peau.

— Comment ça se passe, pour Denis, à La Trinité ? a demandé Claire.

— Il a l'air heureux. Il y a d'autres jeunes. Tant mieux, parce que les dernières semaines ont été difficiles.

— Ta mère doit être contente d'avoir son petit-fils.

— Elle m'a presque reproché de l'obliger à vivre avec Martin dans un climat anxiogène ! Tu te rends compte ? J'en ai marre, d'essuyer constamment des critiques et des reproches !

Claire a acquiescé en silence, avant d'enchaîner :

— De toute façon, vous ne vous êtes jamais entendues, ta mère et toi.

— Tu as raison. Et Mathilde ?

— Sainte-Anne, a soupiré Claire. Toujours Sainte-Anne. Pour combien de temps ? Ils ne peuvent même pas nous le dire. C'est un internement, désormais. Il faut appeler les choses par leur nom.

— Tu lui parles ?

— Je l'appelle tous les deux, trois jours.

Claire a poursuivi en disant qu'elle s'efforçait de ne pas « se prendre la tête ». Elle redouble de tendresse envers sa petite-fille, la pauvre Marine privée de maman.

— Et de papa, a fait remarquer Agnès.

Marine, c'est un fait, est de plus en plus attachée à Claire.

Peu à peu, les deux amies se sont éloignées de ces soucis pour secouer de vieux souvenirs : Sainte-Jeanne-de-Chantal.

Les histoires entre filles. Tel professeur. Telle surveillante. Telle blague vaseuse. Plus elles en parlaient, plus elles étaient prises de fous rires, comme autrefois. Que c'était bon, de vivre une vie adolescente, de ne pas avoir sur le dos le faix des responsabilités adultes !

Le soir, une fois l'enfant au lit, elles dînaient en tête à tête dans la cuisine. La pièce était vaste, chaleureuse. Le carrelage en tomettes était bien ciré. La cheminée monumentale du XVIIe siècle dressait au fond son ombre mystérieuse. Les ustensiles de cuivre pendaient aux murs. L'évier ancien témoignait de gestes lointains mille fois répétés. L'atmosphère incitait aux confidences et aux sentiments profonds.

Alors qu'elles buvaient leur infusion, Claire s'est ouverte des soucis qu'elle avait rencontrés avec Éric, mais sans avouer ce début d'aventure avec Le Tannier. Elle a parlé aussi à Agnès de l'attitude de sa sœur, Brigitte.

— Elle et son mari sont atroces.

— Ils se disent chrétiens et n'ont aucune miséricorde.

Claire approuvait du chef.

— Et toi, avec Martin, ça va ?

— C'est difficile. Mais c'est ma faute.

— Ce n'est pas un peu aussi la sienne ?

Agnès a tendance à s'autoflageller. Elle a sans doute une vision doloriste de sa religion.

— Au moins, Éric et toi, vous vous serrez les coudes.

— C'est vrai, a soupiré Claire.

Intérieurement, elle se disait qu'Agnès avait épousé un égoïste et un salaud.

— Et Astrid ? a demandé Agnès, soudainement.

Claire a décrit les derniers développements : la rencontre avec le beau chirurgien, une liaison sérieuse qui enfin prenait forme. Puis elle a ajouté :

— Hélas ! C'était trop beau pour être vrai. Il refuse de donner à leur relation un caractère un tant soit peu durable. Et Astrid n'en est que plus amoureuse. Une vraie midinette, en fait. Du coup, lui, ça l'énerve. Il lui a jeté à la figure qu'il commençait à la trouver collante…

— Collante ? s'est exclamée Agnès, horrifiée.

— Tu sais, c'est un coureur. On ne se refait pas. Une fois qu'il a accroché une nana à son tableau de chasse, il passe à la suivante.

— Pauvre Astrid. Je la plains.

— Pas moi. Elle aura tôt fait de se consoler, ne t'inquiète pas. Et de s'en trouver un autre.

— C'est vrai qu'elle est désirable, a murmuré Agnès, non sans un pli d'amertume au coin des lèvres.

*

Éric a apprécié d'être accueilli à Kerjagou par deux femmes aux petits soins pour lui. Du reste, il considère Agnès comme une personne charmante, d'un commerce agréable, nullement affectée par ce côté bas-bleu et donneur de leçon dont souffrent parfois les enseignantes. Emporté par son enthousiasme, il n'hésite pas à la draguer gentiment, ce qui irrite profondément Claire.

Alors qu'ils passent tous les trois un moment paisible sur la terrasse, elle demande soudain :

— Au fait, mon chéri, tu m'as apporté mon courrier de Paris ?

— Oh, merde ! s'exclame Éric.

Il a une lettre dans ses bagages.

— J'avais complètement oublié ! dit-il en courant la chercher.

Claire lève les yeux au ciel et échange un regard avec Agnès.

— Les hommes.

— Tu es inquiète ? s'enquiert Agnès.

Éric est de retour au bout de deux minutes. C'est une lettre du tribunal pour enfants. Une convocation, en fait.

— Mardi après-midi ! s'écrie Claire, contrariée.

Elle craint qu'on ne lui retire la petite pour la placer en famille d'accueil.

— Ce serait insensé, dit Agnès, espérant la rassurer. Tu t'occupes si bien d'elle ! Et Marine est attachée à toi.

Mais Claire, maintenant, est préoccupée. Son expression s'est assombrie.

— Je ferai l'aller-retour dans la journée, décide-t-elle.

— Je t'accompagnerai, se hâte de dire Agnès. J'ai des choses à faire dans mon appartement.

Sachant que son amie est jalouse, elle ne tient pas à se retrouver seule à Kerjagou, en la compagnie du séduisant Éric.

Le soir venu, dans la chambre, Claire se blottit dans les bras de son mari. Officiellement, ils ont passé une excellente journée : bain et pique-nique sur la plage, dîner dans un restaurant charmant. Pourtant, Claire est oppressée maintenant.

— J'ai peur qu'ils nous prennent Marine, déclare-t-elle.

Éric la serre plus fort.

— Ça n'arrivera pas, ma chérie.

Mais il a la voix nouée par l'angoisse, lui aussi.

Dehors, dans la nuit, s'élève le hurlement plaintif d'un chat-huant.

XXXVIII

Paris, fin août 2012

Claire a sauté de son taxi devant le Palais de justice une heure avant l'audience. Bien lui en a pris, car la queue se prolonge à l'extérieur du Palais, il y a une fouille à l'entrée et les couloirs sont interminables.

Nombreux sont les gens qui attendent dans celui qui mène au bureau de la juge Dautelle. Un adolescent est relié à un gendarme par une chaîne. On dirait qu'une bonne partie de la misère parisienne s'est donné rendez-vous en ces lieux sinistres. Claire a l'habitude de fréquenter le tribunal, cependant elle le regarde aujourd'hui d'un autre œil. Elle n'en est pas gênée. Au fond, elle estime salutaire de passer de temps en temps de l'autre côté. Elle s'est souvent dit qu'il faudrait parfois mettre les directeurs de prison en cellule : rien de tel que les travaux pratiques pour bien comprendre une leçon.

L'heure prévue pour l'entretien est passée lorsque Claire a la surprise de voir venir Mathilde accompagnée d'un infirmier. Claire se lève d'un bond. Sa fille est blême, épuisée, anxieuse. Les deux femmes tombent dans les bras l'une de l'autre et s'embrassent. Mathilde n'est pas léthargique, même si les médicaments ralentissent ses pensées et son langage. Elle se hâte de réclamer des nouvelles de sa fille, de son père et de Kerjagou.

L'instant d'après, elles sont assises côte à côte en face de la juge Dautelle, une petite femme au visage austère, comme il se doit. La pièce, encombrée d'armoires et de dossiers, suffit à peine à accueillir la magistrate et sa greffière.

— J'ai voulu vous rencontrer toutes les deux afin que nous prenions des décisions concernant Marine.

Elle ajoute, tournée vers Mathilde :
— Votre fille.
— Oui, madame.
— Vous rencontrez des difficultés psychiques, enchaîne la juge. Vous êtes actuellement hospitalisée à Sainte-Anne.
Mathilde hoche la tête, mal à l'aise.
— Mon rôle est de vous aider, ainsi que l'enfant. Si j'ai bien compris, depuis que vous êtes en traitement à Sainte-Anne, c'est votre mère, ici présente, qui a recueilli Marine.
— Oui, madame, répond docilement Mathilde.
— C'est une solution qui vous satisfait ?
Mathilde marque une hésitation :
— En un sens, oui. Je préférerais bien sûr sortir de l'hôpital et m'occuper de Marine avec ma mère…
La juge la coupe :
— Avec votre mère ?
— Maman m'aide beaucoup.
Claire est gagnée par le soulagement. Elle avait craint de voir Mathilde repartir dans ses folles accusations, et d'être elle-même accusée une fois de plus d'avoir « volé » l'enfant.
— Comment votre mère vous aide-t-elle ?
— Eh bien ! elle me montre comment nourrir Marine, la baigner, l'habiller…
Elle hésite avant d'ajouter :
— Je ne suis pas douée. Ça me rend service, quand on m'explique.
La juge sourit à Claire.
— Vous seriez prête à continuer ?
— Bien sûr !
La juge Dautelle revient à Mathilde.
— Je crains que vous ne soyez trop fatiguée, et encore trop fragile, pour vous occuper seule d'une enfant en bas âge. Il faut d'abord que vous repreniez des forces et retrouviez votre équilibre. C'est plus sage et plus sûr pour l'enfant, n'est-ce pas ?
Mathilde acquiesce silencieusement. La perspective d'être confrontée à un juge l'angoissait. Mais tout semble bien se

passer. Et l'idée la soulage, de ne pas être responsable de Marine dans l'immédiat.

— Entendons-nous bien, reprend la magistrate. Vous garderez l'autorité parentale sur votre enfant. Votre mère va assurer directement la garde. Je vais la nommer *tiers digne de confiance*. Vous recevrez une confirmation par courrier.

Elle regarde Claire.

— Vous acceptez, madame ?

— Aucun problème. C'est une mission que j'accepte avec joie, tant pour Mathilde que pour ma petite-fille.

— Je dois encore vous préciser qu'un service éducatif va prendre contact avec vous. Des visites régulières seront effectuées à votre domicile pour suivre la situation. Un rapport me parviendra. La mesure prise aujourd'hui est valable un an. Nous ferons le point en juillet prochain. Je vous remercie, mesdames.

Elle ajoute à l'intention de Mathilde :

— Je vous souhaite une prompte guérison.

Dans le couloir, Claire et Mathilde s'étreignent tendrement.

— Tu as une idée de la durée de ton hospitalisation ?

— Ils disent qu'ils vont me relâcher d'ici une quinzaine.

— Tu viendras te reposer à Kerjagou. Et profiter de Marine. Ton père est en vacances pour trois semaines. Il sera heureux de t'avoir avec nous.

— Avec joie, maman.

L'infirmier attend. Les deux femmes se séparent à l'entrée du Palais. Mathilde sera reconduite à l'hôpital en voiture. Claire hèle un taxi pour la gare Montparnasse.

XXXIX

Kerjagou, Paris, fin août-début septembre 2012

Mathilde, après sa sortie de Sainte-Anne, ne reste que quelques jours à Kerjagou. Est-ce le fait de se retrouver sous la férule de sa mère ? Est-ce la culpabilité à l'idée de ne pouvoir veiller elle-même sur son enfant ? Quelques heures à peine après son arrivée, elle tombe dans une grave crise d'angoisse. Très vite, elle supplie ses parents de la mettre dans le train pour Paris. Claire et Éric essaient de la retenir : rien n'y fait. Mathilde tient dur comme fer à retrouver sa tanière parisienne, le seul endroit au monde, peut-être, où elle se sente en sécurité.

Mais, aussitôt rentrée chez elle, elle se met à appeler ses parents jusqu'à cinq fois par jour. Officiellement, elle rêve de s'émanciper, mais dans les faits, elle ne peut se détacher de Claire et d'Éric.

Dès la fin des vacances en Bretagne, Claire commence à organiser la vie familiale en fonction de Marine. Elle fait appel à la concierge de son immeuble et à Florence. Autant que faire se peut, elle associe Mathilde aux décisions et aux tâches : donner le bain à la petite, la nourrir, jouer avec elle. Mais Mathilde demeure une mère fort maladroite. Ou bien elle se dérobe. De toute façon, elle tremble de peur à la moindre tentative de Marine pour acquérir son autonomie. Claire en a le cœur brisé. Elle voudrait tant voir Mathilde entrer dans le rôle de la mère généreuse, fière et efficace ! En fait, toutes ces qualités reposent sur ses épaules à elle. Marine accapare presque tout son temps libre. Elle est même obligée de prendre ses distances avec l'Anapad, cette association où pourtant elle ne demanderait qu'à continuer de s'épanouir.

*

Denis est rentré satisfait de ses vacances à La Trinité. Bronzé, en forme, il a tout du jeune homme parfaitement normal. Il s'est amusé là-bas avec ses amis. Il en a profité pour se faire déniaiser par une fille un peu plus âgée que lui, dont il s'empresse de montrer la photo à Agnès.

— Elle est mignonne, dit-elle.

Elle est même sexy, dans son minuscule bikini. Si seulement une relation amoureuse pouvait aider Denis à se stabiliser !

Hélas, les démons du garçon l'attendent dans sa chambre, prêts à passer à l'attaque. Sur sa table, repose le solde de tout compte signé par la biscuiterie qui l'a licencié au printemps. Par terre, gît sa « marmotte », cette valise dans laquelle les commerciaux transportent leurs produits et leurs échantillons. À peine est-il de retour que le souvenir de son échec lui saute à la figure.

Le bénéfice des vacances bretonnes est effacé dans l'heure. Les jours suivants, la baigneuse en bikini décide de mettre fin à leur aventure. Tous les ingrédients sont réunis pour une nouvelle crise. Agnès s'efforce de tenir bon, d'appuyer son fils encore et toujours. Elle le console, elle lui donne de l'argent, elle discute avec lui pendant des heures. Et elle prie. Elle récite ses chapelets. Elle fait même un pèlerinage en Italie pour aller s'incliner devant les reliques de saint Romuald, le thaumaturge guérisseur des troubles psychiques.

Peu après, Claire intervient. Elle insiste auprès d'Éric :

— Tu ne pourrais pas faire quelque chose pour ce garçon ?

Éric le fait venir à la banque, s'enferme avec lui dans son bureau et lui tient ce langage :

— Je peux t'engager ici. Dans le cadre d'un emploi protégé, on va dire. Bien sûr, tu mérites beaucoup mieux. Mais ça t'aiderait à te remettre dans le circuit. Tu es intéressé ? Qu'est-ce que tu en dis ?

— Qu'est-ce que j'aurai à faire ?

— On a besoin de quelqu'un à la documentation.

— Parfois, j'ai du mal à me lever…

— Je les préviendrai. Ils seront coulants. Mais n'en abuse pas, c'est tout. Alors, marché conclu ?

Tout en se pliant à cette expérience, Denis continue de voir le Dr Levandoski qui parvient peu à peu à équilibrer le traitement du jeune homme.

— Je ne sais comment te remercier, dit Agnès à Claire.

— C'est Éric qu'il faut remercier. De toute façon, c'était avec plaisir. Denis avait besoin d'un coup de main.

Agnès décide que l'heure est venue de se rapprocher de son mari. Elle a profité de l'été pour analyser la situation : Martin n'en pouvait plus, en fait, lui si ambitieux, si exigeant avec lui-même et avec les autres… *Lui qui déteste les faibles*, murmure une voix dans les pensées d'Agnès qui se hâte d'étouffer cette phrase. Elle veut absolument *comprendre* son époux. Les crises, les échecs : tout cela lui était odieux. Son propre foyer lui était devenu insupportable. Elle a vu qu'il s'en éloignait progressivement, qu'il saisissait le moindre prétexte pour le fuir. Aussi, quand Martin rentre de Californie, elle s'efforce de se montrer disponible pour lui. Elle se fait même séduisante, voire aguicheuse. La réaction de Martin est de répondre avec gentillesse, mais sans se départir de sa froideur innée.

— Ça va prendre du temps, avoue Agnès à Claire.

Mais elle n'a pas l'intention de s'avouer vaincue.

*

À la mi-septembre, Claire confie Marine à la gardienne de son immeuble, et se rend chez Astrid. Elle la trouve radieuse, bronzée, sortant de chez le coiffeur, enveloppée d'un nuage de Chanel. Volubile, aussi. Les amies s'installent pour un verre. Claire raconte l'entrevue au Palais avec la juge, les progrès de sa petite-fille, les difficultés persistantes avec Mathilde.

— Et toi ? Ton été ?

— Travaillé tout le temps, dit Astrid. Ou presque. Je me suis offert en tout et pour tout un week-end prolongé en Sardaigne…

Mais une question brûle les lèvres de Claire :

— Et ton chirurgien ?

— Jacques ? *Basta, finito, terminato !*

Elle se frotte les mains comme pour se débarrasser d'une saleté.

— Il cherchait l'aventure, dit-elle, alors que je voulais du sérieux. On s'est séparés à la mi-août, juste avant mon départ en Sardaigne.

Claire admire la capacité d'Astrid à ne jamais se laisser abattre par un échec. Oubliés les élans du cœur, les stratégies de séduction, les dérobades du chirurgien ! Claire remarque cependant que les mains de son amie tremblent légèrement. Il est vrai qu'Astrid vient de descendre un grand whisky. Pourtant, Claire est peu convaincue par ce faux enthousiasme. Elle se tait. Elle sirote doucement son jus de raisin. Astrid reprend :

— Je sais que tu m'avais prévenue. Mais j'espère toujours réussir là où les autres ont échoué. Je suis comme ça.

Elle se ressert une rasade de scotch, y jette de la glace. Ayant croisé les jambes, elle se remet à déguster son alcool à petites gorgées régulières. Et maintenant, Claire a un peu pitié d'elle. Astrid n'a-t-elle pas les traits légèrement gonflés ? Les yeux cernés ? Est-ce le whisky ? La solitude ? La frustration ? L'impossibilité, peut-être, de bâtir un foyer…

— Je vois un psy, tu sais, reprend Astrid.

Claire, d'un regard, l'invite à en dire plus. Astrid s'est rembrunie, tout à coup.

— Tout ce bordel, dit-elle, ça vient de mon enfance. Il y a un traumatisme. Je ne veux pas t'ennuyer avec ça mais…

— Au contraire, je t'écoute. Vas-y. Parle. Un traumatisme ?

Astrid tend la main vers la bouteille.

— Tu te souviens, commence-t-elle, que mes parents ont divorcé quand j'avais dix ans.

— Bien sûr.

— Maman s'est vite remariée avec un homme du show-biz, Pierre de Laruelle. Un mec sexy, drôle, baratineur. Or, un été, Pierre loue une jolie villa à Port-Grimaud. Une villa et un bateau… Les vacances ! Idylliques. Enfin, au début. Car ce Pierre m'a ensorcelée.

Astrid se repasse brièvement le film de l'été 1978, puis raconte :

— Ma mère a été obligée de rentrer à Paris pour enterrer une tante. Quelques jours seulement. Je me suis retrouvée seule avec lui dans la villa. Il a commencé à me traiter comme une femme, tu comprends… Le restaurant, les attentions, tout… Un soir, il est venu dans ma chambre…

— Mon Dieu, dit Claire, la main sur la bouche.

— Il ne m'a pas violée. Juste caressée. Mais j'ai joui. Un orgasme puissant ! Sauf que l'expérience m'a perturbée. On n'est pas censée faire ça avec son beau-père.

— Tu en as parlé à ta mère ?

— Non. Quand elle est rentrée, je n'ai rien dit.

— Mais pourquoi ?

— Je ne sais pas… C'est compliqué…

— Et après ?

— Après, Pierre y avait pris goût. Il est revenu dans ma chambre. Et il a fait de moi sa maîtresse.

La liaison dure trois semaines. Laruelle et la petite Astrid s'aiment au gré des déplacements de Martine, la mère – le marché, la poste, les visites aux amies. Puis Pierre commence à se montrer imprudent. Dès qu'il est seul avec Astrid, même pour quelques minutes, il la prend. Ce qui devait fatalement arriver arrive : Martine surprend le couple dans le plus simple appareil et en pleine action. Astrid reçoit une gifle. Un vase atterrit sur la tête de Laruelle, qui disparaît sans demander son reste.

Martine, ensuite, feint de croire que sa fille a été victime d'un dragueur libidineux. Mais au fond d'elle-même, elle ne peut s'empêcher d'en vouloir à Astrid. Sa fille est coupable aussi. Ce qui ne l'empêche pas de porter l'affaire devant les tribunaux. Détournement de mineure, viol par personne détenant une autorité. Astrid accepte de signer une lettre chargeant Pierre de Laruelle.

— Il a été condamné ? demande Claire.

— Plusieurs années de prison, soupire Astrid. Il a eu l'élégance de ne pas dire à la barre que j'étais consentante. Ça n'aurait peut-être rien changé, de toute façon. Quoi qu'il en soit, il a purgé sa peine. Il est mort d'un cancer peu après sa sortie.

Astrid s'attarde sur la culpabilité qu'elle a alors ressentie. Car elle avait connu une forme de bonheur, dit-elle, avec cet homme qui croupissait désormais en prison.

— J'ai connu avec lui le plaisir, la jouissance, la transgression. Et après, je l'ai trahi pour obéir à ma mère. Mais il y a plus. Après son départ, je me suis aperçue que j'attendais un enfant, tu te rends compte ? Bon, la loi Veil était en vigueur. Mais l'avortement s'est mal passé. J'ai chopé une infection. Ils m'ont dit que je ne pouvais plus avoir d'enfant.

— Tu as dû te sentir très seule.

— Ma mère ne faisait rien pour m'aider. Elle m'en voulait à mort. Elle était odieuse. C'était l'enfer, Claire. Tu peux me croire.

Astrid renifle, se mouche. Elle reprend sans regarder Claire :

— Le pire, l'inavouable, c'est que je l'ai aimé. C'était un amant merveilleux. Il m'a tout appris. C'est comme ça que je suis devenue accro au sexe. Excuse-moi, ça te choque, que je dise ça ?

— Tant que tu n'entres pas dans les détails.

Astrid a les larmes aux yeux, mais elle parvient à sourire.

— Tu ne changeras jamais, toi. Bon, là-dessus, ma mère a décidé de déménager à Paris. Je la comprends. L'affaire avait défrayé la chronique de toute la Côte d'Azur. C'est comme ça que je suis venue à Sainte-Jeanne-de-Chantal.

— Et tu ne nous en as jamais parlé, ni à Agnès ni à moi.

— Je donnais le change. Je jouais une comédie. Mais une chose est sûre, Claire, c'est que vous m'avez formidablement aidée à m'en sortir. Après, ma mère a voulu qu'on retourne à Nice – un crève-cœur. Je me suis retrouvée seule au lycée Masséna où je ne connaissais personne. C'était sinistre. J'ai dû bosser comme une dingue pour tout oublier. Heureusement que j'ai été reçue à Sup de Co.

Elle pleure, renifle, se mouche, se tamponne les yeux.

— Toi qui paraissais si dynamique, si forte, dit Claire, compatissante. Je comprends mieux les difficultés dans lesquelles tu te débats aujourd'hui...

— Plus tard, un psy m'a expliqué que j'avais un problème d'œdipe. Mon père était très séduisant, tu sais. Et il me traitait comme une petite femme. En un sens, Pierre a été le substitut de papa. Et un beau jour, j'ai épousé Paul, le collaborateur de papa – toujours le même schéma, le remplacement de la figure paternelle. C'était stupide, ce mariage. C'était voué à l'échec. Ma vie amoureuse est un chaos.

— Que dit ton psy, aujourd'hui ?

— Il me laisse entendre que j'ai une image de moi dévalorisée. Plus le manque de confiance affective. Plus le sentiment de culpabilité. Ça fait beaucoup. Mais les victimes d'abus sexuels sont presque toujours détruites, tu sais. En général, leur libido est cassée. Moi, ça l'a plutôt déréglée.

— Tu n'as pas essayé avec des hommes plus jeunes ?

— Si. Tu connais le résultat. Heureusement que j'ai mon boulot. Dans ce domaine-là, au moins, je suis gratifiée. Mais ma vie sentimentale, c'est le néant. Je dois trop en faire... Je ne sais pas... Ça les énerve, ça les dégoûte, alors ils me plaquent.

Claire ne sait que dire. Tout se passe comme si Astrid était devenue une autre.

— Ne me regarde pas comme ça ! s'exclame Astrid entre deux sanglots. Oh ! que je me sens laide... En plus, je t'ennuie, avec mes histoires. Tu as sûrement mieux à faire qu'écouter mes jérémiades.

— Je suis contente que tu te sois confiée, assure Claire. Mais c'est vrai : je vais devoir y aller. J'ai confié Marine à la concierge.

Elle se lève.

— Tu sais, il faut absolument que tu gardes le moral. Tu finiras par le trouver, ton oiseau rare.

Les deux amies s'embrassent.

— Merci de ne pas me juger, soupire Astrid.

— Tu peux compter sur moi. Je serai là. Quoi qu'il arrive.

Dix minutes plus tard, alors qu'elle avance au pas dans les embouteillages, Claire en est encore abasourdie. La pétillante Astrid ! Astrid, la bombe sexuelle ! La tombeuse d'hommes… Qui irait imaginer qu'une personnalité aussi gaie, aussi extravertie, puisse s'être construite sur une pareille tragédie ?

XL

Paris, septembre 2012

Le soir même, après que Claire lui a raconté son entrevue avec Astrid, Éric a une réaction surprenante :

— Quelle histoire ! C'est sordide. Je m'étonne qu'elle t'ait dit tout ça. C'est de l'exhibitionnisme, ou quoi ?

Claire proteste :

— Comment peux-tu dire ça ? C'est méchant. Elle porte un lourd secret, je suis son amie, elle m'en parle. C'est simple.

— J'espère qu'elle ne t'en voudra pas, un jour, de t'avoir avoué cette plaie honteuse…

— Quelle plaie honteuse, Éric ? Elle a été victime d'un salaud, d'un beau-père pédophile. Je ne vois pas de quoi elle devrait avoir honte.

Éric émet un grognement. Il préfère ne pas insister. Il est possible qu'Astrid ait des circonstances atténuantes, mais en ce qui le concerne, il a toujours pensé que cette femme était une salope.

Dans les semaines qui suivent, Claire reste sans nouvelles de son amie, mais elle n'a guère le temps de s'en soucier : Marine lui donne fort à faire et Mathilde traverse, une fois de plus, un épisode inquiétant. Décembre passe, puis les fêtes. En janvier, Claire décide de décrocher son téléphone.

— Comment vas-tu, ma chérie ?

— Écoute, dit Astrid, je suis débordée. Il m'arrive plein de choses…

— De bonnes choses, j'espère…

— Je n'ai pas le temps de parler, là. J'allais sortir. On se rappelle, on prend un verre et je te dis tout, d'accord ?

Quelques jours plus tard, Florence invite Claire et Éric à dîner. La chose n'a rien d'étonnant car les deux couples ont plaisir à se voir régulièrement. Comme toujours, le repas est excellent : Florence est bonne cuisinière. Guillaume, qui se pique d'œnologie, leur fait goûter un des formidables bordeaux qu'il a coutume de remonter de sa cave. La soirée s'achève par un digestif dans la bibliothèque. Guillaume dit alors :

— J'ai une nouvelle importante.

Éric éclate de rire :

— Encore ?

— Quoi, encore ?

— La dernière fois que tu as pris ton air solennel, c'était pour nous annoncer votre mariage. C'est quoi, ce soir ? Vous divorcez ? Vous vous expatriez à Bruxelles pour des raisons climatiques ?

— Éric ! proteste Claire, en riant.

— Non, enchaîne Guillaume. N'ayez crainte. Mais c'est encore d'un mariage qu'il s'agit.

Éric et Claire sont pendus à ses lèvres. Guillaume explique :

— Le mariage de mon agence, S2L, avec une agence concurrente. Devinez laquelle.

Éric et Claire échangent des regards perplexes. Florence se tait.

— Vous donnez votre langue au chat ? reprend Guillaume avec un rire satisfait. L'agence d'Astrid. On fusionne. L'accord est signé.

Claire est sidérée. Elle songe à leur échange téléphonique de l'autre jour. « Écoute, je suis débordée. Il m'arrive plein de choses… » C'était donc ça.

— Elle a bien gardé le secret, murmure Claire.

— J'espère ! dit Guillaume. La confidentialité, c'est crucial. Je vous demande, du reste, de n'en parler à personne avant la sortie du communiqué de presse. C'est prévu dans huit jours.

Éric intervient :

— Astrid, c'est une lionne. Elle va te bouffer, mon vieux.

— Tant mieux ! s'exclame Guillaume. Étant majoritaire, je définis la stratégie. Pour le reste, je compte bien qu'elle s'investisse à fond et développe l'entreprise. Moi, je n'ai plus envie de me plonger dans l'opérationnel quotidien… Astrid est ravie de prendre le pouvoir, je suis ravi de voir mon agence grandir et rapporter davantage. Nous sommes complémentaires. En fait, elle va reprendre le rôle de Gisèle. Sauf qu'elle est plus jeune, donc plus battante.

Claire se tourne vers Florence.

— Plus jeune, plus battante… Tu ne crains pas que…

Guillaume la coupe :

— Que je tombe sous le charme de la belle Astrid ? J'aime Florence, je n'ai aucune envie de la tromper. Et puis Astrid est une femme de pouvoir. Elle ne prendra jamais le risque de tout gâcher pour une aventure passagère.

Florence hausse les épaules et concède :

— C'est vrai que je pourrais me montrer jalouse. Je suis plutôt possessive, d'ailleurs. Et Astrid sait y faire avec les hommes. Mais j'ai confiance en Guillaume. Cette fusion va booster l'agence et j'y suis attachée. N'oubliez pas que c'était aussi celle de mon frère, Olivier.

Un temps de silence succède à cette évocation.

— Il y a un autre élément qui m'a poussé à prendre cette décision, ajoute Guillaume : la révolution digitale. Il faut regarder la vérité en face : je me débrouille avec un ordinateur et mon mobile, mais ce n'est pas ma tasse de thé. Je suis d'une autre génération. À Kerjagou, on avait des lampes à pétrole. J'ai fait en Algérie une guerre quasi tribale. Au début de ma carrière, il n'y avait même pas de calculette ! Bref, je me suis adapté aux évolutions comme j'ai pu, mais le progrès est un cheval emballé qui galope vers l'avenir. Il faut être jeune pour le maîtriser.

Il se tourne vers Éric.

— Je me rappelle le jour où mon père a voulu débourrer un poulain. Il s'est retrouvé par terre. Il est rentré à la maison à pied, en claudiquant. Ta mère et moi, on a éclaté de rire. Il n'a pas trop apprécié. Mais Maud lui a dit que débourrer un poulain, ce n'était plus de son âge, qu'il ferait mieux de monter des chevaux dressés… Vous voyez ce que je veux dire ? Ces techniques nouvelles, ce sont des chevaux sauvages. Et je n'ai pas envie de me retrouver par terre, d'être la risée de tous. Astrid, elle, elle saura gérer. Pour notre bien. C'est mon calcul…

— Tu n'as pas tort, approuve Éric. Je suis plus jeune que toi, et je me sens déjà dépassé ! Heureusement, j'ai Amaury. Lui, il a grandi là-dedans. Quand j'ai un problème, c'est à lui que j'en parle. Ça lui prend cinq minutes, de le résoudre. Les réseaux, le monde virtuel, c'est leur univers naturel.

Un silence s'établit dans la paisible bibliothèque.

Chacun s'abandonne à ses pensées. Personne ne doute que Guillaume ait pris la bonne décision.

XLI

Paris, juin 2013

La juge Dautelle ayant fait valoir ses droits à la retraite, le dossier est confié à une nouvelle magistrate qui demande aussitôt un rapport sur le sort de la petite Marine. Une psychologue du nom de Rothmann appelle Claire au téléphone. Elle lui donne du « madame *de* Lannélec » en appuyant sur la particule avec une insistance désagréable. Et cette impression d'agacement se confirme aux yeux de Claire le jour du rendez-vous, lorsque Mme Rothmann commence par promener dans l'appartement des regards dédaigneux.

À ce moment-là, Marine arrive joyeusement. C'est une enfant ravissante, avec de jolies boucles blondes et des yeux profonds. Elle était sortie prendre l'air avec la femme de ménage. Elle se précipite dans les bras de sa grand-mère en s'exclamant :

— Bo'maman !

Mme Rothmann a un froncement de sourcils.

— C'est caractéristique.

— Caractéristique de quoi, je vous prie ? s'étonne Claire.

— De vos rapports avec l'enfant, madame de Lannélec. Marine vous appelle maman. Or, vous n'êtes pas sa mère.

— Excusez-moi, mais Marine n'a pas dit *maman*. Elle a dit *bo'maman*. Autrement dit, dans son langage, *bonne-maman*. Elle ne prononce pas encore bien.

— *Maman* ou *bo'maman*, c'est la même chose, affirme Mme Rothmann, pincée.

Claire s'efforce de se dominer, dans l'intérêt de la petite, bien sûr, car elle a grande envie de flanquer cette pseudo-psychologue à la porte. Elle argumente aussi poliment que possible :

— C'est comme ça que j'appelais mes grands-parents. Mon mari aussi, du reste. La coutume le veut ainsi dans certaines familles : *bon-papa, bonne-maman*. Quand les enfants sont petits, comme Marine, ils disent *bo'papa* et *bo'maman*. C'est aussi simple que ça.

La psychologue hausse les épaules et prend un air consterné.

— Je souhaite voir Marine en particulier, dit-elle. Il y a des tests à faire passer.

Convaincre l'enfant de rester seule avec cet être revêche et antipathique n'est pas chose facile, mais Claire y parvient, en déployant des trésors de tact et de patience. Les tests se déroulent dans la chambre de Marine. Ils durent trois quarts d'heure. Puis la femme de ménage emmène la petite prendre son bain.

— Je ne vous cache pas que la situation est préoccupante, commence Mme Rothmann.

— Que voulez-vous dire ? répond Claire, inquiète.

— Le psychisme de Marine est perturbé.

— Au contraire ! Nous la trouvons tout à fait équilibrée.

— Ce n'est pas le cas, madame *de* Lannélec. Je ne puis entrer dans les détails techniques, mais les tests sont formels…

Claire attend la suite. La psychologue prononce un mot fatidique :

— Anale.

— Anale ? dit Claire, stupéfaite.

— Oui, madame. Anale. Marine est anale. D'où ses troubles.

— Quels troubles ?

Suivent des explications dont il ressort que Marine a été mal élevée, voire maltraitée par sa grand-mère. Le problème est apparu lors de l'acquisition de la propreté. Et à présent, le mal est fait.

Claire est angoissée. Cette Mme Rothmann va pondre un rapport défavorable et la juge leur retirera la garde de Marine. Elle en a les larmes aux yeux.

Le soir, au dîner, elle soupire :

— Comment un tribunal peut-il mettre sa confiance dans des experts aussi incompétents ?

Éric, sarcastique, secoue tristement la tête.

— La justice ? Allons donc. Tu sais bien ce que disent les escrocs, les hommes d'affaires véreux et les hommes politiques malhonnêtes.

— Qu'est-ce qu'ils disent ?

— « Je fais confiance à la justice de mon pays. »

*

Peu après la visite de Mme Rothmann, alors qu'Éric est parti à Kerjagou avec Guillaume pour une vente de bois, Mathilde vient rendre visite à sa fille. Claire les emmène toutes les deux au parc Monceau, où la petite adore gambader et jouer dans le sable.

En un sens, Mathilde va mieux. Ses crises d'angoisse ont pratiquement disparu, ainsi que ses accès de violence. Elle a même récupéré ses facultés cognitives. Le protocole de médicaments mis au point à Sainte-Anne a produit une amélioration. Pourtant, Mathilde continue de se montrer agressive avec sa mère. Il est évident qu'elle est confrontée au dilemme de ne pouvoir s'occuper de son enfant, tout en ne supportant pas de devoir la confier à Claire. Mais c'est un fait : les gestes les plus naturels exigés par la petite paralysent Mathilde, qui n'arrive même pas à jouer avec elle, ou à feuilleter pour elle, simplement, un livre de contes illustrés. Résultat, Marine s'attache tous les jours un peu plus à cette grand-mère aux traits encore jeunes et au caractère souriant.

Au parc Monceau, Claire et Mathilde prennent un banc. Marine est au bac à sable, occupée à faire des pâtés.

— Comment ça s'est passé avec Mme Rothmann ? demande Mathilde.

— Tu la connais ? s'étonne Claire.

— Je n'ai pas le droit de la connaître ?

Déjà, le ton monte. Claire s'arme de patience. Mathilde précise :

— Elle est venue me voir sur ordre de la nouvelle juge. Une excellente magistrate, d'après mon avocate.

— Tu as pris une avocate ? En quel honneur ?

Mathilde la défie du regard.

— J'ai demandé à récupérer la garde de mon enfant. Tu m'as volé ma fille. Tu te l'es appropriée. Je veux que le tribunal décide de me la rendre.

Claire est frappée de désarroi. Intellectuellement, elle comprend la réaction de Mathilde. Sauf que Mathilde sera incapable de s'occuper de la petite, si jamais le tribunal, comme elle dit, décide de la lui *rendre*. Et puis, elle aurait pu en parler, au lieu d'aller voir directement une avocate ! Cette dissimulation, c'est purement et simplement de l'hostilité.

Claire, comme toujours, tâche de dominer ses émotions et de dresser des digues devant les sentiments qui se déchaînent en elle. *Le mieux*, pense-t-elle, *est peut-être d'aborder les choses sous un angle concret.* Elle reprend en se forçant à rester calme :

— Et qui va la payer, cette avocate ?

— Aide juridictionnelle, réplique Mathilde.

Elle sourit, comme fière de son coup, et enchaîne :

— Ça ne me coûtera rien. Et l'avocate est jeune, compétente, dynamique. Elle dit qu'on a un bon dossier.

L'idée de perdre bientôt Marine traverse les pensées de Claire qui accueille une bouffée de panique.

— Puis-je savoir, dit-elle d'une voix douloureuse, ce que tu es allée raconter à Mme Rothmann ?

Une expression de haine passe sur le visage de Mathilde.

— Je lui ai dit la vérité.

— À savoir ?

— À savoir que tu te prends pour la mère de Marine, que tu m'as évincée… Du reste…

— Du reste ?

— J'ai dit aussi que tu ne t'en occupais pas aussi bien qu'il y paraît.

— Mathilde !

— Mon avocate est certaine que nous devons insister sur ce point. Ton caractère rigide ! Ton style bourgeois ! Tout ce qui relève d'une éducation trop traditionnelle… Tu es répressive. C'est pour ça que j'ai des problèmes. Et Marine aura les mêmes, puisque tu t'y emploies !

— Comment peux-tu dire des choses pareilles ?

— C'est la vérité !

Claire comprend maintenant pourquoi Mme Rothmann a adopté d'emblée une attitude hostile lors de sa visite, l'autre jour...

Brusquement, elle se lève. Elle va chercher Marine au bac à sable. Toutes deux prennent le chemin du retour. Mathilde les regarde s'éloigner en ricanant.

XLII

Kerjagou, juillet 2013

— Alors, comment ça se passe, avec la belle Astrid ?

Éric regarde Guillaume avec un large sourire.

Tous deux prennent leur petit-déjeuner dans la cuisine familière de Kerjagou. Tout à l'heure, ils iront inspecter la parcelle à *baliver* – autrement dit, à marquer en vue des coupes à effectuer.

C'est le début des vacances d'été, et toute la famille est réunie à Kerjagou. Même Florence a renoncé, une fois n'est pas coutume, à aller fêter le début de l'été dans ses chères Cévennes. Angélique et son mari ont fait la route depuis Lyon. Seule Mathilde a refusé de venir « s'emmerder dans ce trou perdu et subir une famille atrocement conformiste ». Éric et Claire ont préféré ne pas insister. Leurs rapports avec leur fille se sont dégradés depuis cette histoire d'avocate.

Guillaume, en prenant son temps, beurre une tartine de pain de campagne. Il sourit rêveusement. Il songe aux belles mottes de beurre salé de son enfance. Il revoit son grand-père. Il le trouvait si vieux, alors ! Et il a atteint aujourd'hui le même âge.

— Le vieux marquis, dit Guillaume, amusé. Lui, il les tartinait des deux côtés, ses tranches de pain.

À l'époque, on ne surveillait pas sa tension artérielle, encore moins son cholestérol.

— Tu n'as pas envie de parler d'elle, insiste Éric en resservant du café.

— Ça se passe au mieux, si tu veux tout savoir. Astrid joue le jeu. Les rôles sont respectés. On est un peu les uns sur les autres, maintenant qu'elle est là. Mais on va chercher des bureaux plus grands.

— Elle n'est pas trop aguicheuse ?

— Ça t'inquiète, hein ? Tu as tort. Le business : on ne sort pas de là. De toute façon, elle a quelqu'un, j'ai l'impression.

— Qu'est-ce qui te fait dire ça ? dit Éric derrière son bol.

— Elle quitte le bureau de bonne heure. Elle est toujours bien harnachée et parfumée.

— C'est quelqu'un de l'agence ?

— J'aimerais autant pas.

— Méfie-toi quand même. Elle aime les hommes plus âgés qu'elle.

— Si on allait voir ces bois ? Tu as fini ton café ?

Dehors, le temps est superbe, en dépit des écharpes de brume qui s'attardent sur l'étang.

— Et Amaury ? demande Guillaume alors qu'ils vont d'un bon pas sous les branchages.

— Formidable, répond Éric. On est fiers de lui. Il vient d'intégrer HEC et dans un très bon rang.

— Tu n'imagines pas comme cela me fait plaisir !

— Il arrive dans l'après-midi, tu lui diras…

— Et Mathilde ?

— Toujours les emmerdes, soupire Éric. Ça ne s'arrangera plus.

Inutile d'en dire davantage.

Les deux hommes passent le reste de la matinée à parler baliveaux, coupes de bois et prix du stère.

*

Le soir, la grande salle à manger est éclairée aux bougies pour le dîner, comme dans le temps. On a ressorti les grands chandeliers d'argent bien astiqués par Annie, la petite-fille des Kersulec. Elle est venue s'installer à Kerjagou pour trois jours, afin d'aider Florence, Claire et Angélique. Guillaume trouve cette jolie jeune femme attendrissante. Elle fait de bonnes études à Brest. Elle souhaite devenir assistante sociale. Et elle accepte de venir donner un coup de main aux Lannélec.

— C'est peut-être la huitième génération des Kersulec qui nous servent, glisse-t-il à l'oreille d'Éric.

— Elle fait partie de la famille, alors.

— C'est tout comme.

Guillaume déplore que ce genre de liens ait tendance à disparaître dans la région. Lui-même a eu de la peine à trouver du personnel pour entretenir les extérieurs de la propriété. Pas plus tard que cet après-midi, il a dû se mettre au volant de son tracteur pour débroussailler le tour de l'étang. En même temps, il est ravi de voir que les jeunes cultivateurs du pays s'en sortent à peu près. Même chose pour les artisans. Guillaume est favorable à la promotion sociale. Quand il a l'occasion d'aider quelqu'un à gravir les échelons, il le fait volontiers – un conseil par-ci, un courrier par-là. Au temps médiéval, en cas d'attaque, les Lannélec offraient aux gens du pays la protection de leur manoir aux puissantes murailles. Pendant la guerre, la mère de Guillaume a fait de la Résistance en cachant, entre autres, un parachutiste anglais dans le vieux souterrain à moitié éboulé. De nos jours, Guillaume estime que la société est devenue dure pour les petits et les faibles. S'il peut adoucir ce fléau en quelque manière, non pas grâce à ses murailles mais grâce à ses réseaux, il y consent de bon cœur.

Autour de la table, les plaisanteries d'Angélique sur la bonne société lyonnaise font jaillir un rire général. Florence, comme nombre de Cévenols, connaît bien la ville de Lyon. Elle n'est pas en reste d'anecdotes amusantes. Éric se charge de les ponctuer d'un commentaire spirituel et pince-sans-rire. Seule Claire se tait. Elle est la seule à ne pas rire. Elle garde toute la soirée une expression triste et fermée.

Mathilde, toujours Mathilde, songe Guillaume, attristé à son tour.

*

Le *kouign amann*, ce gâteau breton si prisé, originaire de Douarnenez, compose le dessert du repas. Angélique est allée l'acheter à la pâtisserie du bourg. Il contient une telle quantité de beurre que la tablée est comme gavée de plaisir. Pendant le café et les digestifs, Guillaume se lève pour prendre la parole :

— Merci d'être venus nombreux à Kerjagou.

Pour la journée du lendemain, il propose une sortie à la presqu'île de Crozon.

— Il fera beau, dit-il, d'après la météo. Ce n'est pas si fréquent ! Je connais une crique près du cap de la Chèvre. On fera un pique-nique à l'abri de la mer et du vent.

Bien qu'habitant les terres, il aime l'océan. La côte déchiquetée de la presqu'île l'emplit d'émotion, et il souhaite faire partager son sentiment aux générations suivantes. Florence, qui était informée du projet, a commandé cet après-midi une provision de pain, et les garde-manger bretons ont la réputation de toujours regorger de tous les saucissons et andouilles nécessaires à la confection des sandwichs.

Après que les jeunes et les femmes sont montés se coucher, Guillaume et Éric sacrifient à la tradition consistant à boire un dernier coup de gnôle dans la bibliothèque où rôdent les souvenirs.

— Ta mère aurait aimé ce dîner, dit Guillaume en dorlotant son verre ballon.

Il est enfoui dans un fauteuil de cuir. Éric a choisi le canapé.

Ils partagent le souvenir de Maud.

— Elle adorait recevoir, dit Guillaume. Mettre de l'ambiance.

— J'ai sommeil, dit Éric en écrasant un bâillement. Tu m'excuses, si je vais dormir ? C'était une très bonne journée.

Resté seul, Guillaume se sert un autre verre et songe mélancoliquement à Mathilde autrefois si belle, si prometteuse, aujourd'hui dévastée. Et quel calvaire pour les parents.

Quand Éric entre dans la chambre, Claire est déjà endormie. Il se glisse auprès d'elle avec précaution, puis reste un moment éveillé dans la pénombre. Il se sent bien, entre les puissantes murailles de Kerjagou. Pourtant il ne peut s'empêcher de nourrir une sourde inquiétude. La cause en est toujours la même : cette affreuse maladie mentale qui leur mène la vie dure.

*

La crique est abritée non seulement de la mer et du vent, mais aussi des touristes. Elle forme au pied des falaises un demi-cercle blanc hérissé de rochers. Le sentier n'est accessible que par beau temps et mer calme. Lorsque le vent et les vagues se déchaînent, il devient dangereux. Des pancartes, du reste, mettent en garde les imprudents. Ici, il est arrivé que des inconscients soient emportés par une lame de fond plus grosse que les autres. Mais Guillaume connaît bien les lieux et leurs périls. Il y est si souvent venu enfant, avec son grand-père et sa mère ! Il aime l'extrême pointe de la Bretagne, cette terre qui s'enfonce dans l'océan immense étendu jusqu'à l'Amérique. Plus tard, adolescent, il venait explorer Camaret, la pointe des Espagnols et la pointe de Pen Hir, les tas de pois, le cap de la Chèvre. La région n'a pas de secret pour lui. Sur ce lit de sable, il a pique-niqué naguère avec Maud. Ils y ont même fait l'amour.

L'océan est calme, la brise légère. Les rochers se frangent d'écume. Le ressac pénétrant les anfractuosités produit un étrange fond sonore déchiré seulement par le cri des mouettes.

Après le déjeuner, Guillaume, Éric et leurs épouses s'attardent autour des reliefs du pique-nique. Les autres sont partis faire une balade sur le chemin côtier qui mène à la pointe de Pen Hir.

Guillaume, observant Claire à la dérobée, note que sa tristesse ne s'est pas effacée depuis hier. Sous son chapeau cloche, elle ressemble à ces femmes des années 1930 peintes sur les réclames de jadis pour les stations balnéaires.

— Ils veulent m'enlever Marine, soupire-t-elle.

— Qui donc ? s'étonne Florence.

— La justice. On n'a pas gagné au change avec cette nouvelle magistrate. Mes collègues m'ont dit que c'est un vrai chameau. Une enragée sectaire. Syndicaliste et tout…

La voix de Claire se brise au souvenir de l'audience. C'était la première fois qu'elle affrontait la nouvelle juge.

— Mathilde est venue avec son avocate.

— Penser que votre fille puisse prendre une avocate contre vous ! dit Guillaume.

— C'est honteux, s'exclame Florence.

— D'autant qu'elle ne pourra jamais l'élever, sa fille, enchaîne Guillaume. Vu l'état dans lequel elle est.

— Nous sommes bien d'accord, repart Éric, accablé.

— Qu'a dit la juge ? demande Florence à Claire.

— Elle dit qu'un enfant doit être élevé par sa mère biologique, non par une grand-mère. Quand j'ai voulu plaider la cause de Marine, elle m'a dit que je parlerais quand elle me donnerait la parole. Mais elle ne me l'a jamais donnée, la parole. En fait, je n'ai pas pu dire un seul mot.

— Et Mathilde ? reprend Guillaume. Elle était comment ?

— Méchante. Son avocate était très agressive aussi. Elle m'a accusée de me conduire mal avec Marine. Il paraît que je l'ai traumatisée, cette enfant.

— Le résultat des courses ? s'enquiert Guillaume.

— L'affaire est mise en délibéré.

— Deux mois à attendre, précise Éric.

— Cette salope de juge, reprend Claire, semble décidée à me retirer le statut de tiers digne de confiance…

— J'ai compris, dit Florence. Elle veut la rendre à sa mère.

— En fait, explique Claire, elle a vu que Mathilde avait de gros problèmes…

— Alors ?

— Alors ça risque d'être la famille d'accueil. Ils vont nous la bousiller. Je sais par l'Anapad que les familles d'accueil produisent souvent plein de délinquants…

Les larmes lui viennent. Éric l'attire contre lui, la console tendrement.

— Pourquoi le destin s'acharne-t-il sur nous comme ça ? murmure Claire entre deux sanglots.

— Oh ! le destin, médite Guillaume. Je n'y crois pas trop, au destin…

— Alors quoi ? s'exclame Claire.

Elle se dégage et se relève brusquement.

— C'est notre faute, peut-être ?

Elle se détourne pour leur cacher ses pleurs. Elle s'éloigne. Guillaume s'est levé à son tour. Désemparé, il se dresse devant l'océan et les rochers sombres. Il a eu une phrase maladroite. Il la regrette. Mais il ne sait que faire. Il voit Éric rejoindre sa femme et la prendre à nouveau dans ses bras en la réconfortant à voix basse.

Quand ils reviennent, Guillaume a décidé de s'excuser :

— Pardonne-moi, Claire. Je ne voulais pas te blesser. Au contraire, j'aimerais t'aider…

— Il n'y a pas si longtemps, l'interrompt Éric d'un ton furieux, tu y croyais au destin ! Au destin de la famille ! À *ton* destin.

— J'ai évolué, admet Guillaume. La vie, il ne faut pas chercher à lui donner un sens. C'est un jeu de hasard, rien de plus. Une maladie, une juge qui prend sa retraite et qui est remplacée par une saleté… Des coups du sort, tout ça. Comme au bridge. Tu as des cartes favorables : l'intelligence, la beauté. Un jour, la roue tourne et tout se casse la gueule. C'est ce que j'ai voulu dire. Ce n'est pas le destin. C'est le hasard.

— Destin ou hasard, intervient Florence, vous pouvez compter sur nous.

— Rien n'est jamais perdu, dit Guillaume. Tout va peut-être s'arranger. Ne baissons pas les bras.

La mer commence à redescendre : la petite plage, au pied de la crique, est déjà dégagée. La voile d'un catamaran se découpe au large sur le ciel gris-bleu.

Guillaume aime l'Atlantique en dépit de sa violence, de ses terribles colères. L'océan n'est-il pas comme la vie elle-même ? Un monde qu'il faut bien avoir la force de chérir, en dépit des épreuves qu'il réserve ?

XLIII

Paris, août-septembre 2013

Claire s'émerveille chaque matin de voir sa petite-fille lui tendre joyeusement les bras. Elle est revenue avec Éric sur cette discussion difficile lors du pique-nique au bord de la mer. L'avenir n'est écrit nulle part, on doit forger le sien : c'est ce qu'a voulu dire Guillaume, semble-t-il. Quoi qu'il en soit, Claire a médité les événements et les réactions de chacun, puis fait part à Éric de sa décision de consulter lors de son retour à Paris et au plus vite une collègue spécialiste du droit familial.

Elle connaît le milieu. Elle prend contact avec maître Leroy, une avocate renommée pour sa brillante carrière, ses articles et ses conférences. Cette petite femme est respectée. C'est un ténor du Barreau. Après avoir écouté les explications de Claire, et s'être penchée sur le cas, elle se montre rassurante :

— L'affaire est loin d'être perdue, ma chère consœur. En tout cas, vous pouvez compter sur moi.

Claire, forte de cette lueur d'espoir, s'investit plus que jamais dans son travail et ramène même des dossiers à piocher à la maison. *Une excellente chose*, pense-t-elle, *pour chasser la déprime*. Le peu de temps libre restant, elle le consacre bien sûr à Marine. Consciemment ou non, elle fait tout pour renforcer leur lien et capitaliser une réserve de bonheur au cas où elles viendraient à être séparées. Éric, enfin, a à cœur de distraire sa femme. Il l'emmène au théâtre, au cinéma, au restaurant avec des amis. Quant à Astrid, elle ne donne pas de nouvelles, en dépit de sa promesse. Faut-il s'en étonner ? Claire en conclut que son amie doit être embarquée dans une nouvelle aventure sentimentale ; et qui sait si ce n'est pas, une fois de plus, une relation vouée d'avance à l'échec.

Denis semble aller mieux. Son job n'est certes pas exaltant, mais c'est un job. Le supérieur du garçon, mis au courant de la situation, accepte de fermer les yeux sur le manque d'assiduité de ce subordonné. Denis est parfois en retard et souvent dépressif, mais, en gros, le boulot est fait.

Malgré d'assez bonnes nouvelles de ce côté, Agnès peine à recoller les morceaux au sein de son ménage. Martin, sans céder à la méchanceté, se montre froid et distant, quasi indifférent. Au lit, il est peu motivé, ce qui décourage les efforts d'Agnès pour se montrer aimante et sensuelle, elle qui est déjà peu portée sur l'amour physique. Quand elle le questionne sur ce point, il s'excuse et évoque des soucis au bureau, la restructuration de sa boîte, les réunions conflictuelles, la fatigue des voyages. Et Agnès accepte ces explications, tant elle a soin de se montrer compréhensive et de jouer aussi bien que possible le rôle de l'épouse aimante, attentionnée.

Cette spécialiste de la littérature du XIXe siècle fait souvent le rêve romantique d'une soirée au restaurant en amoureux. Ce serait pour elle l'occasion d'ouvrir son cœur, de parler à Martin de ses élèves, de son enseignement et surtout de ses efforts pour sauver Denis, leur fils. Le problème, c'est que Martin n'a aucun intérêt pour ces sujets. Il n'est pas amateur de littérature et de poésie. Son fils, il a fait une croix dessus – un peu comme un chef d'entreprise se résigne à l'échec d'un produit pourtant prometteur. Agnès en a le cœur brisé, mais que faire ? Elle téléphone à Claire :

— Je l'aime, que veux-tu. Alors, je fais avec. Il faut bien. Non ?

Puis, en brave petit soldat, elle recommence à servir la carrière de son mari.

Martin, au bout de quelque temps, lui annonce son départ pour Marrakech où se tient, dit-il, un congrès de publicitaires. Il siège au jury chargé de décerner des prix – dont un grand prix fort prestigieux – aux agences venues des quatre coins du monde.

— Une occasion unique de rencontrer des gens importants, dit-il.

Agnès est un peu surprise de cette remarque. Elle ne lui a pas demandé de justifier ce déplacement. Il est souvent en voyage, de toute façon. Elle est juste déçue de passer un long week-end toute seule à Paris. D'autant qu'elle n'aurait pas été contre une balade à Marrakech, histoire de se changer les idées.

Martin est au bureau. Au début de l'après-midi, il passera à la maison en coup de vent, le temps de faire sa valise avant de filer à Roissy. Voyant qu'il n'arrive pas, et craignant qu'il ne manque son vol, Agnès décide de lui avancer le travail en faisant la valise elle-même. Le matin, avant de partir, il a déposé sur une chaise les affaires qu'il souhaite emporter.

Agnès pose la valise ouverte sur le lit. Elle y range des chemises, des sous-vêtements et des affaires de toilette. Martin a aussi mis de côté une liasse de documents. Elle les prend pour les poser en évidence au-dessus des chemises et des cravates. Un feuillet s'échappe de la pile. C'est un fax, apparemment. Agnès se penche pour le ramasser sur la moquette. Ce fax porte une signature : ASTRID.

Agnès se pétrifie. Sa main tremble. Elle commence à parcourir le message. Puis elle ne peut s'empêcher de le lire jusqu'au bout :

Martin chéri,

Je suis impatiente. Je t'attendrai au bar de la Mamounia vendredi à partir de midi. On ira déjeuner au restaurant de l'hôtel, comme prévu. D'accord ? Ta petite chatte qui t'aime, qui a envie de ronronner contre toi et t'embrasser partout partout partout.

Astrid.

Agnès est assise au bord du lit, près de la valise qui bâille sur les piles de vêtements bien pliés. Elle est atterrée. Pendant qu'elle se bat pour sauver leur fils, Martin s'envoie en l'air avec Astrid…

Elle en veut, bien sûr, à cette garce. Mais surtout, elle se sent humiliée. Et coupable, aussi, de n'avoir pas su garder son homme. De grosses larmes roulent sur ses joues. Elle aurait dû aider Martin à supporter le malheur qui leur était tombé dessus lorsque Denis a commencé à aller mal. Elle aurait dû donner à Martin plus d'amour, se rendre plus désirable.

Curieusement, la jalousie a l'air de rendre Martin plus cher encore à son cœur. En fait, elle est terrifiée à l'idée de le perdre. Elle en a des tremblements dans tout le corps.

Mais la clé tourne dans la porte d'entrée. Des pas résonnent dans le vestibule. Agnès se lève d'un bond. Martin entre dans la chambre.

— Je suis à la bourre, dit-il. Un client qui m'appelle à la dernière minute, bon Dieu ! Je vais finir par le rater, cet avion… Ah ! tu m'as préparé ma valise ! C'est gentil… Tu veux bien m'appeler un taxi ? Qu'est-ce qu'il se passe ? Tu pleures ?

Elle lui tend le fax.

Martin pâlit. D'abord, il paraît ébranlé. Puis son regard se durcit.

— Ah… Tu sais, alors.

Elle fixe sur lui un regard trahi, désespéré.

— Je comptais t'en parler à mon retour. Te préparer à la chose.

— Quelle chose ?

Martin prend une mine contrariée. Il a un avion à prendre, n'est-ce pas ? Il lâche d'un coup :

— Je compte l'épouser. Enfin… Divorcer, puis épouser Astrid. Mais là, ce n'est pas possible d'en discuter.

Il est déjà en train de boucler sa valise.

— Je suis navré, dit-il.

Il attrape le bagage par la poignée.

— Je dois vraiment y aller.

Il passe devant Agnès, franchit le seuil de la chambre, gagne l'entrée. La porte claque au fond de l'appartement.

Agnès écoute le silence.

Elle retombe assise au bord du lit.

Elle fond en sanglots.

Septième partie

Astrid

« Au-dessous du nombril, il n'y a
ni religion, ni vérité. »

Chamfort (1741-1794)

XLIV

Marrakech, septembre 2013

Martin n'est pas un habitué du *farniente*, c'est le moins qu'on puisse dire. Pourtant, il est en maillot de main, étendu au soleil dans un transat. De temps à autre, il promène un regard sur les bâtiments de l'hôtel, la piscine, les jardins de la Mamounia. Un sentiment de plénitude s'empare alors de lui. Est-ce ce qu'on appelle le bonheur ? Tout à l'heure, il a rendez-vous avec Astrid pour le déjeuner. Le repas sera probablement suivi d'une sieste coquine. Le congrès, il ne commencera que ce soir, et il s'ouvrira par un dîner de gala – une *diffa* – en présence de Sa Majesté.

Martin, bien sûr, aurait préféré gérer plus délicatement sa rupture avec Agnès, mais le sort en a décidé autrement. Au fond, il n'est pas mécontent : le divorce, pour ainsi dire, est bel et bien engagé. Voilà plusieurs semaines que Martin se torturait les méninges, ne sachant comment aborder le sujet avec Agnès. Voilà qui est fait. Par la grâce d'un fax échappé d'une liasse de documents.

Astrid est la femme qu'il attend depuis toujours. Sans le savoir, évidemment. Ils ont les mêmes goûts, le même sens des affaires, la même ambition chevillée au corps. Et l'entente physique ! Une merveille. Avec Astrid, point de tabou. La seule loi est celle du plaisir donné ou reçu. Ils partagent au lit un synchronisme total. Après l'amour, ils parlent durant des heures, étendus nus sur les draps chiffonnés.

Il se rappelle leur rencontre. C'était à ce dîner chez les Lannélec. Astrid l'a fasciné. Non seulement elle était belle, mais elle incarnait le désir et la sensualité. Sensuelle mais pas vulgaire ! Il n'a cessé de se répéter cette phrase, après cette soirée mémorable au cours de laquelle sa vie semblait déjà sur le point de basculer. Il ne pensait déjà plus qu'à elle – le rire d'Astrid, les yeux d'Astrid, la grâce de ce geste quand elle rejetait ses cheveux en arrière… *Hélas!* se disait-il aussi, *elle n'en avait manifestement que pour le chirurgien – un bellâtre, en fait.*

Quelques mois après le dîner, il continuait de penser à elle, et de la façon la plus charnelle qui soit. Ces rêveries, dans lesquelles Astrid apparaissait, l'aidaient à oublier l'ennui de sa vie avec la frigide Agnès, et surtout les tourments nés de la maladie de leur fils. C'est alors qu'il est tombé nez à nez avec la femme de ses rêves lors d'une réunion à l'UdA – l'Union des Annonceurs. Il participait à une fastidieuse commission paritaire avec le syndicat des agences de publicité – les tarifs, les règles déontologiques, etc. Astrid faisait partie de la délégation de publicitaires. Ils ont échangé quelques mots après les travaux, se sont détendus ensemble autour d'un verre. Émotionnellement, elle semblait perdue.

— Une rupture, soupirait-elle tristement.

— Si on déjeunait, un de ces jours ?

— Volontiers !

Contrairement au chirurgien, Martin ne s'est pas fait prier pour monter visiter l'appartement d'Astrid. Puis, ils n'ont plus cessé de se voir. Toutes les occasions étaient bonnes pour se retrouver dans Paris et trouver un endroit où faire l'amour passionnément. Bientôt, Astrid a senti se ranimer en elle son vieux rêve de mariage, cette envie d'une relation solide et respectable. Martin, quant à lui, avait beau être un homme fougueux, il avait des accès de timidité quand Astrid le pressait de rompre avec sa femme.

— C'est ton amie, disait-il.

— Tu ne l'aimes plus, répondait-elle.

La vie en société est donc une jungle où règne la loi du plus fort? s'interrogeait l'Alsacien, par-devers lui. L'opinion d'Astrid concernant Agnès l'a surpris : une bigote, une pleurnicheuse, une emmerdeuse qui avait eu la chance de tirer le gros lot et se révélait incapable de le garder. *N'empêche*, se disait Martin, *il y aura des scènes, des cris, des larmes, une procédure longue et coûteuse.* Ces perspectives le décourageaient d'avance.

Martin ne peut retenir un soupir de satisfaction en repensant au fax tombé par hasard entre les mains d'Agnès. Quelle chance qu'il l'ait oublié dans la chambre, au milieu d'une pile de documents. Est-ce ce qu'on appelle un acte manqué ? En tout cas, le Rubicon est franchi. Tout à l'heure, il apprendra la bonne nouvelle à sa maîtresse, à la femme de sa vie. Et lundi, en rentrant à Paris, il appellera un avocat.

*

Martin patiente en compagnie de son whisky. Pour se distraire, il observe la clientèle du bar : des trafiquants bronzés arborant des gourmettes en or et des lunettes noires, des homosexuels, de riches vieillards qui fuiront Marrakech dès les premières chaleurs, deux ou trois poules de luxe en quête d'une affaire… Martin consulte sa montre. Une légère nervosité le gagne. Quand il relève les yeux, Astrid franchit le seuil de l'établissement, et tous les regards sont tournés vers elle. Elle porte une robe blanche, courte, qui lui colle au corps et met en valeur sa peau mate. Elle est juchée sur de hauts talons. Un sourire provoquant se promène sur ses lèvres.

Non sans fierté, Martin se lève et lui ouvre les bras. Il lui effleure la bouche d'un baiser. Il la serre contre lui un peu plus longtemps que nécessaire.

— Un verre ? dit-il.

— Allons manger. J'ai faim.

— Moi aussi. Faim de toi, surtout.

Elle le punit pour cette phrase d'une petite tape sur la main, tandis qu'ils se dirigent vers le restaurant, bras dessus, bras dessous.

Astrid est ravie qu'il ait rompu avec Agnès, même obligé par un hasard qui a bien fait les choses. Bientôt, rien ne s'opposera plus à son rêve : prendre un homme séduisant, brillant, qui partage ses goûts et ses ambitions, et fonder avec lui un vrai foyer. Bien sûr, il y a la procédure, mais Agnès est une gourde incapable de faire des difficultés. Elle ne se battra pas pour garder son mari. De toute façon, Astrid est d'ores et déjà résolue à mettre la pression sur son amant.

Elle se penche pour lui offrir sa bouche. Après un long baiser, elle dit :

— Les choses vont aller vite, tu verras.

Ils ne prennent qu'un seul plat : les corps sont trop impatients d'aller dans la chambre célébrer la nouvelle.

XLV

Paris, septembre 2013

— A-t-elle seulement idée de ce qu'elle nous fait subir ?

Éric parle de la juge et de l'interminable attente qui leur est imposée. Il arrive que les magistrats se révèlent incompétents, comme lors de l'affaire dite d'Outreau, où un juge d'instruction a expédié des innocents en prison. Claire est bien placée pour savoir que la justice n'est pas toujours à la hauteur de sa tâche. Elle voudrait seulement ne pas être victime, à son tour, de ces atroces dysfonctionnements. On risque en effet de lui enlever la petite Marine, mais pour la confier à qui ? À des inconnus ? À une famille d'accueil ? Alors qu'elle a déjà une famille, aimante et attentionnée qui plus est.

Claire en veut aussi à Mathilde d'avoir déclenché cette procédure dans le dos de ses parents. Mais Mathilde est sa fille. Elle souffre de troubles schizophréniques, comment la maudire, la rejeter. Il en résulte une relation bancale, mélange de froideur et de tendresse cachée. Au fond, Mathilde reste dépendante de sa mère. Elle lui rend visite tous les jours au prétexte de voir sa fille. Et Claire joue le jeu. Elle aide Mathilde pour le bain de l'enfant, pour le dîner, pour le coucher. Éric, lui, fait mauvaise figure, comme s'il n'avait que faire de ces subtilités féminines.

Il y a aussi le dossier proprement dit, sur lequel se penche maître Leroy, cette avocate réputée. Claire et Leroy ont fait le point. Les arguments sont forgés. Il ne reste plus qu'à s'armer de patience.

Claire, un soir, est perdue dans le labyrinthe de cette affaire, quand elle reçoit un appel d'Agnès.

— J'ai un problème, chérie.

— Denis ?

— Martin.

Claire essaie de ne pas trahir sa surprise.

— On se voit, si tu veux, dit-elle. Demain matin, je suis au Palais. Mais demain après-midi...

— Je peux passer chez toi ?

C'est une Agnès métamorphosée qui se présente le lendemain à l'appartement d'Éric et de Claire. Elle est blême, défaite. Elle a les yeux rouges et les cheveux négligés. Elle semble avoir vieilli de dix ans. Claire, épouvantée, la précède dans le salon.

— Qu'est-ce qui ne va pas avec Martin ?

— Il veut divorcer...

Un sanglot se noue dans sa gorge. Le chagrin déborde, trop longtemps retenu. Claire la réconforte doucement :

— C'est à cause de ce qui est arrivé à Denis ?

Agnès fait non de la tête. La vérité a du mal à sortir, c'est évident. Elle renifle, elle tamponne avec un mouchoir ses yeux rougis. Au bout d'un moment, elle se jette à l'eau :

— Bon, ça a joué, peut-être. Mais il veut refaire sa vie. Il en aime une autre. Il veut l'épouser.

— Tu la connais ?

— C'est Astrid.

Claire est sidérée. Elle a besoin de longues secondes pour assimiler l'information. Puis, secouant la tête :

— Quelle salope.

Est-elle vraiment surprise ? Elle le serait si elle ne connaissait Astrid. Elle la sait capable du pire. Cette garce a donc jeté son dévolu sur le mari d'Agnès sans le moindre état d'âme... Claire, soudain, sent s'accélérer les battements de son cœur. Le dîner ! C'est elle-même qui a placé Astrid et Martin face à face. Elle qui a composé le plan de table. Quelle idiote ! Elle s'en veut terriblement. Au final, cette soirée n'a fait que déclencher des catastrophes – elle a même permis à Le Tannier de se manifester, avec des conséquences impardonnables.

Claire est saisie de honte. Comment a-t-elle pu se montrer aussi naïve, aussi bête ? Comment a-t-elle pu provoquer un pareil gâchis ?

Elle s'approche d'Agnès, la prend dans ses bras. Agnès se laisse faire, se blottit, s'abandonne à ses pleurs.

— C'est trop injuste, murmure-t-elle d'une voix morte, entre deux hoquets. C'est mon homme, tout de même ! On a bâti une vie ensemble. Fondé un foyer. Et maintenant, il me plaque. Il me laisse toute seule avec Denis. Pour aller s'envoyer en l'air avec cette… cette…

Elle lève vers Claire une figure implorante.

— Tu crois que j'ai une chance de le voir revenir un jour à la maison ?

— Tu le reprendrais ? s'étonne Claire.

— Il va forcément s'apercevoir qu'Astrid est une méchante femme, une ambitieuse, une égoïste…

Les sanglots, de nouveau, s'emparent d'elle. Les deux femmes s'écartent l'une de l'autre.

— Je dois avoir une tête affreuse, renifle Agnès.

Elle ajoute dans un élan pathétique :

— Dis-moi que j'ai une chance de le reprendre, Claire ! Je t'en supplie…

— Où est-il ? Je veux dire, il est encore à la maison ?

— Il a pris une chambre d'hôtel.

— Mon Dieu. Et Denis ?

— Denis ? Martin ne veut plus entendre parler de lui. Il m'a dit de me démerder, puisque de toute façon, c'est ma faute s'il est malade mental. Il paraît que j'ai détruit mon fils en l'emmenant chez des psychiatres qui l'ont abruti, drogué…

— Denis a réagi comment ?

— Il n'a pas encore bien compris. Ma hantise, c'est qu'il culpabilise, qu'il se croie responsable de cette nouvelle crise.

De nouveau, un long silence s'installe. Puis Claire reprend :

— Il va te falloir un bon avocat, chérie. Martin et Astrid ont du fric, alors n'aie pas de scrupules. Tu veux que je t'indique quelqu'un ?

— Ça m'aiderait, oui. C'est gentil de ta part.

— Quant à Denis, prépare-le à encaisser le choc. Parles-en à son psychiatre, puisque tu as confiance en lui.

— Il est formidable. Très à l'écoute.

— Il se chargera de déculpabiliser ton fils. De lui expliquer que ce n'est pas sa faute….

Claire marque une pause, puis ajoute d'un ton insistant :

— Et n'oublie pas : Astrid doit payer.

— Je n'oublierai pas, dit Agnès avec un début de sourire vengeur. Merci. Merci de ton aide.

*

Le soir, Claire raconte à Éric la visite d'Agnès. Elle sait qu'il n'apprécie guère Astrid. Pourtant, il fait preuve d'une indulgence surprenante.

— Qu'est-ce que tu veux, dit-il, c'est la vie. Martin et Agnès ne sont plus assortis. Ça m'a frappé à ton dîner. Lui, c'est le beau gosse qui a réussi. Il aime le fric, les belles bagnoles, les jolies femmes, le business. Agnès, elle… Bon, je l'aime bien, mais c'est typiquement l'enseignante catho. Pas très sexy. Elle n'a pas su évoluer. Du coup, le fossé s'est creusé. C'est archicourant dans le milieu des affaires. L'homme réussit, se transforme, s'éloigne de son foyer, et la femme n'arrive pas à suivre.

Claire le coupe :

— Martin la plaque et la laisse se démerder avec Denis ! Tu ne trouves pas ça dégueulasse ?

Éric semble frappé d'un fatalisme peut-être empreint de lassitude :

— C'est humain, tu sais. On connaît ça, avec Mathilde. Moi, je t'aime. Tu m'aimes. C'est ce qui nous sauve. Mais ce cas de figure n'est pas applicable à toutes les familles. Hélas ! dirais-je. Et quant à Martin et Astrid, s'ils sont heureux ensemble, qui sommes-nous pour leur jeter la pierre ?

Claire se tait, choquée par ce qu'elle entend. Comment Éric peut-il comprendre l'attitude de Martin ? Comment peut-il même envisager la possibilité de se conduire ainsi ? Est-ce la fameuse solidarité masculine qui est à l'œuvre ?

*

Guillaume, que Claire rencontre quelques jours plus tard, n'est pas surpris le moins du monde. La situation a même l'air de l'amuser.

— Je me doutais de quelque chose, dit-il. Ces derniers temps, ton Astrid, on aurait dit une ado enamourée. Alors qu'elle a la cinquantaine, tout de même. Les femmes, quoi ! Elles sont capables de verser dans le ridicule du jour au lendemain. Je ne parle pas pour toi, évidemment. Toi, tu n'es pas comme les autres…

— Merci de me rassurer sur ce point, lâche Claire d'un ton grinçant.

— Chez les Lannélec, poursuit Guillaume, on n'aime pas trop se donner en spectacle. Si tu l'entendais minauder au téléphone ! Ou s'enfermer dans les toilettes pour en ressortir pimplochée comme une roue de carrosse…

— *Pimplochée ?* dit Claire en plissant les yeux.

— Une expression de mon grand-père.

— Et tu ne lui dis rien. Tu la laisses faire.

— Que veux-tu que je lui dise ? Je me marre. Tant qu'elle fait merveille au sein de l'agence. Je ne suis pas son chaperon. Sa vie privée, c'est son problème, pas le mien.

Claire est confondue par la similitude de vues entre Éric et Guillaume. Apparemment, il leur suffit de penser que le nouveau couple est mieux assorti que le précédent, et la messe est dite. Il ne leur viendrait même pas à l'esprit de critiquer le sieur Wurtz, ce goujat, ce salaud, même… Et Denis ? Qui s'en soucie ?

Les hommes n'ont aucun sens du sacrifice, en vient à conclure Claire. Tout repose toujours sur les épaules des femmes.

*

Guillaume comprend maintenant pourquoi le sieur Martin Wurtz, comme dit Claire, ne l'a jamais rappelé, alors qu'il était censé confier à l'agence un budget publicité pour deux de ses produits. Wurtz redoute certainement de faire peser sur Astrid une possible accusation de conflit d'intérêts. *Délit d'ingérence :* c'est la formule consacrée, dans l'administration.

XLVI

Paris, octobre 2013

En dépit de la promesse faite à Claire, Agnès ne part pas en guerre. Passé la phase de désespoir, elle se replie sur elle-même – et sur un fils malade mental, cet enfant qu'elle préfère à l'aîné, parce qu'il est plus vulnérable. La gestion du divorce est confiée à l'avocate recommandée par Claire. Agnès se contente de signer les documents qu'on lui présente. L'avenir, du reste, semble s'éclaircir quelque peu. Martin, sans doute culpabilisé par sa propre conduite, a décidé de se montrer généreux : Agnès pourra garder l'appartement, et elle recevra en outre une confortable pension alimentaire.

— Il s'achète une bonne conscience, soupire Agnès.

Elle et Claire, durant cette période, se voient presque tous les jours.

— Tu as raison, dit Claire qui en veut énormément à Astrid.

Elle est attristée de voir qu'Agnès a maigri, qu'elle se laisse aller, tant au plan moral que vestimentaire. C'est désormais une femme brisée dont toutes les forces sont consacrées au salut de son fils. Elle continue d'enseigner, mais le cœur n'y est plus. Sa directrice lui en a du reste fait l'observation. Et la réaction d'Agnès a été de fondre en larmes.

Denis vit mal la séparation de ses parents. Au début, il s'est étonné de ne plus voir Martin. Agnès lui a dit que son père était en voyage d'affaires. Elle a retardé le plus possible le moment de lui apprendre la douloureuse vérité. Puis il a bien fallu le faire. Suivant les conseils du psychiatre Levandoski, elle a préparé une explication factuelle et tenté de convaincre son fils que des divergences de plus en plus profondes n'avaient cessé de se creuser au sein du couple. L'idée de Levandoski était qu'il fallait banaliser ce divorce – tellement de couples se séparent, de nos jours. Et surtout de persuader le jeune homme qu'il n'y était pour rien, que ses problèmes n'étaient pas la cause des difficultés de ses parents, si dure qu'ait été la période récente.

Sur le moment, Agnès a eu le sentiment que Denis réagissait favorablement à ses tentatives de réconfort. Elle bénissait même le psychiatre de ne pas avoir cédé à cette habitude qui a contaminé nombre de ses confrères, et qui revient à instiller dans les familles le sentiment que parents et enfants sont la première cause des épreuves qui s'abattent sur eux. Elle lui était reconnaissante aussi du traitement médicamenteux qu'il avait mis au point pour aider Denis à supporter la situation.

Mais le malheur a voulu que Martin, appelant à la maison pour parler à Agnès, tombe sur son fils. Martin était persuadé que tout allait pour le mieux. Il s'est adressé à Denis avec sa brutalité habituelle :

— Pourquoi je suis parti ? Mais parce que la vie à la maison était insupportable !

Denis s'est emporté :

— C'est ma faute, alors ?

Il a accusé son père de tous les maux. Martin a raccroché brutalement. Et Denis a commencé de glisser dans un épisode dépressif. Lorsque sa mère est rentrée, il l'a accusée de lui avoir menti :

— Papa est parti à cause de moi. Ce n'est pas du tout ce que tu m'as dit.

— Je t'ai dit la vérité ! a protesté Agnès.

Mais le mal était fait. La situation s'était soudain envenimée, et rien ne pouvait plus être fait pour recoller les morceaux. Le lendemain, Denis était plongé dans une des pires crises qu'il ait dû subir. Ses propos étaient incohérents, voire inquiétants. Au point qu'il n'a pu se rendre à son travail. Et qu'elle-même a dû rester à la maison pour veiller sur lui. Les jours suivants, le Dr Levandoski a rencontré Denis, et s'est montré préoccupé. La seule solution, selon lui, était d'augmenter le traitement du malade. Il conseillait aussi à Agnès d'entourer son fils de toute son affection, et de ne pas changer de discours en ce qui concernait le divorce.

Depuis, Agnès est effondrée. Après avoir espéré que Levandoski réussirait à calmer le jeu, elle doit se rendre à l'évidence : les bipolaires sont difficilement curables. Au moindre choc, ils repartent dans leur affreux système de montagnes russes : un coup en haut, un coup en bas.

Désormais, Denis est assommé de médicaments. Il a perdu son emploi. Agnès, de son côté, souffre de ne plus avoir son mari auprès d'elle. Même physiquement, Martin lui manque. Elle et son fils sont comme enfermés dans la prison de leur angoisse, chacun à un bout de l'appartement. Agnès, pourtant si chrétienne, n'arrive même plus à prier. Ou, plus exactement, la seule prière qui lui vienne aux lèvres est l'imploration fatale du Christ sur sa Croix : *Mon Dieu, mon Dieu, pourquoi m'as-Tu abandonné ?*

*

Un mois et demi après l'audience, le greffe du tribunal informe les Lannélec que la décision de la juge ne pourra être délivrée avant plusieurs semaines.

— Et on ne s'excuse même pas ! s'exclame Éric. Bravo, la justice !

— Tu tombes de la Lune, mon pauvre chéri, soupire Claire. C'est tout le temps comme ça. J'en sais quelque chose, en tant qu'avocate.

— Tout de même, dit Éric. C'est scandaleux. Je n'aurais jamais pu faire ton métier. Je ne supporte pas ce genre de comportement.

Elle l'enveloppe d'un regard ironique.

— Effectivement, je te vois mal en avocat.

Cependant elle ajoute après un instant de réflexion :

— Ils ont des circonstances atténuantes, tu sais. Le manque de moyens est si grand.

Éric conclut :

— Au moins, nous garderons Marine encore quelques semaines. Toujours ça de gagné.

*

Un mois plus tard, Claire et Éric trouvent au courrier le jugement prononcé par le tribunal pour enfants de Paris. Ils sont tellement anxieux du verdict qu'ils n'osent pas ouvrir la lettre. C'est Claire, finalement, qui se décide à décacheter l'enveloppe. Elle commence à lire à voix haute, d'une voix tremblante, le courrier truffé de jargon juridique :

— « Vu les articles 375... Vu la procédure suivie... Vu la décision de », *et cætera, et cætera*...

— Va directement à la fin, s'impatiente Éric.

— « Vu que l'état de santé psychique de Mathilde de Lannélec n'est pas suffisamment stabilisé pour permettre le retour de Marine de Lannélec au quotidien auprès d'elle, il convient de maintenir jusqu'à nouvelle décision le jugement confiant Marine de Lannélec à Mme Claire de Lannélec, sa grand-mère, en qualité de tiers digne de confiance. »

— *Yes !* s'écrie Éric en levant les pouces.

Il prend sa femme dans ses bras et l'embrasse. Il l'entraîne même dans un pas de danse. Puis tous deux relisent la lettre en en pesant chaque mot, afin de s'assurer qu'ils n'ont pas été victimes d'une hallucination. Ils prennent note de la mesure qui encadre la décision, à savoir qu'un service éducatif sera désigné pour suivre l'évolution de Marine et celle de sa mère, « afin d'évaluer la capacité à terme de cette dernière à se charger de son enfant ».

Pour Claire, c'est une grande victoire et une joie immense.

— Nous aurons Marine un an de plus, dit-elle. Cette juge n'était pas si stupide, finalement.

XLVII

Paris, mai 2014

Bien que le délai légal de viduité ait été abrogé en 2004, Astrid et Martin attendent plusieurs mois pour convoler. Ils vivent ensemble, mais ils ne veulent pas se présenter devant le maire sans être absolument sûrs de leur choix. Astrid, surtout, a besoin de ce délai de réflexion : son premier mariage lui laisse un triste souvenir, sans parler du désastre sentimental qu'elle a vu s'abattre sur sa mère. Martin, en bon Alsacien, a grand besoin, comme il dit, de *régulariser la situation*. Il a des arguments : les amants s'entendent bien, ils sont ambitieux, et leur harmonie physique demeure parfaite. Quand Astrid s'est ouverte à Martin du traumatisme qu'elle a subi adolescente, il s'est révélé une oreille bienveillante. Finalement, ils tombent d'accord pour que leur union soit prononcée dès octobre en la mairie de Neuilly.

Nicolas Sarkozy a géré cette ville jusqu'à son élection à la présidence de la République. Alors qu'il était à l'Élysée, Astrid a réussi à lui être présentée. Le président a apprécié l'énergie de la belle publicitaire. Et Astrid a adoré l'homme – un grand carnassier, selon son jugement. Quand Sarkozy, un peu plus tard, lui a suggéré d'entrer en politique, elle a décliné. Non sans avoir longuement pesé le pour et le contre. La charge de travail aurait été trop lourde à porter. Pour ne pas avoir l'air d'éconduire le président, elle lui a proposé d'animer un *think tank* sur le thème de la communication – et Sarkozy s'est déclaré ravi de cette idée.

Astrid a eu l'occasion de connaître aussi Carla Bruni, l'épouse du président. En fait, elle est parvenue à faire partie du cercle qui entourait le couple présidentiel. Elle est restée en contact avec eux après que Nicolas a perdu son élection contre François Hollande en 2012. De sorte que les Sarkozy sont présents à l'hôtel de ville de Neuilly le jour dit. Astrid ayant un réseau considérable, c'est le ban et l'arrière-ban des affaires et du *show-biz* qui se presse dans la salle des mariages. La presse *people* est représentée aussi.

Consciente d'être à l'origine d'un événement mondain et médiatique, Astrid a consulté son couturier qui a préconisé de *la jouer sobre*:

— Ne cherche pas à faire la jeune fille. Tu es veuve, tu as passé la cinquantaine... Même si tu es loin de faire ton âge...

— Tu es gentil. Qu'est-ce que tu verrais, comme genre de robe?

— Je dirais un tailleur blanc cassé. Ça mettra en valeur ton type méditerranéen.

Le résultat est splendide: c'est une Astrid rayonnante qui entre dans la salle sous les flashs des photographes, en ce beau jour d'automne. Martin, lui, a l'air de vivre un rêve. Le modeste Alsacien handicapé par son accent a le sentiment enivrant d'entrer dans le gotha de la société française. C'est l'élite politique, financière et médiatique qui applaudit à son bonheur. Dans la foule, il aperçoit Robert, son fils aîné. Il lui adresse un léger sourire empreint de fierté. Denis, lui, ne s'est pas déplacé pour l'événement. Il n'était pas invité, de toute façon.

Astrid aussi savoure son succès. Elle a le sentiment d'avoir atteint son objectif: s'établir solidement avec un homme séduisant, ambitieux, capable de lui inspirer de l'admiration. Elle compte aussi sur son nouveau statut de femme mariée pour franchir des portes qui lui étaient fermées en tant que célibataire. Son seul regret, en ce grand jour, c'est l'absence d'Éric et de Claire. Ils ont eu leur faire-part accompagné d'un mot chaleureux de la main d'Astrid. Mais l'invitation est demeurée sans réponse.

— Claire est trop proche d'Agnès, a dit Martin, désolé.

— On ne fait pas d'omelette sans casser des œufs, a répondu Astrid en haussant les épaules. Et puis, il y aura d'autres Lannélec.

En effet, Guillaume et Florence sont là, fort bien placés et parfaitement en vue. Guillaume ne peut s'empêcher de sourire au spectacle de cette comédie balzacienne. Penché à l'oreille de Florence, il a ce mot :

— Une belle paire de Rastignac, ces deux-là.

Quand le couple quitte l'hôtel de ville dans la foule pleine de visages connus où crépitent les appareils photo, on croirait vraiment assister au bal des ambitieux. Guillaume, en pareille circonstance, a toujours envie de prendre ses jambes à son cou et de se réfugier à Kerjagou. Mais il ne cède pas à cette pulsion, bien sûr. Il reste stoïque. Après tout, n'est-il pas lui-même un des acteurs de cette comédie humaine ?

Suit une brillante réception dans les salons du George-V. Dès le lendemain, les mariés s'envolent pour les Seychelles où ils passeront leur lune de miel. Pour l'un comme pour l'autre, c'est un rêve qui devient réalité, après une journée chargée de promesses.

Huitième partie

Denis

« La folie ne s'explique pas,
elle se ressent. »

Anonyme

XLVIII

Paris, juin 2014

Agnès, la mort dans l'âme, feuillette les journaux. La presse – tant *people* que sérieuse – consacre des papiers abondamment illustrés à l'événement : Astrid et Martin convolant en justes noces, à l'hôtel de ville de Neuilly, devant un parterre de personnalités. La réception au George-V est largement couverte et commentée elle aussi.

— Je n'étais pas digne de lui, prononce Agnès à mi-voix, se parlant à elle-même.

Mais plus elle tourne les pages des magazines, plus la souffrance est forte. À la fin, elle les fourre dans un grand sac et descend elle-même les jeter dans la poubelle de l'immeuble. Il ne faudrait pas que ces articles et ces images tombent entre les mains de son fils, Denis. Il ignore tout de ces événements. Agnès n'a pas eu le courage de lui en parler.

Un soir qu'elle rentre du travail, elle trouve Denis dans l'entrée de l'appartement, fébrile, bouleversé.

— Maman…

— Quoi ? Tu n'es pas bien ?

Il a entre les mains le dernier numéro du magazine *Point de vue*. Il est tombé dessus par hasard dans le petit local où la femme de ménage range l'aspirateur et a l'habitude de se changer. Elle l'aura oublié là. Il l'ouvre brusquement sur une double page intérieure présentant Martin et Astrid le jour de leur mariage. Astrid jubile dans son élégant tailleur blanc cassé. Martin affiche un maintien orgueilleux – quasi triomphant. Le couple est entouré de personnalités des affaires, de la politique et du *show-biz* – on aperçoit même dans la foule Nicolas Sarkozy, l'ex-président de la République, en compagnie de Carla Bruni, son épouse, un ancien top model.

— Tu ne m'avais pas dit ! s'exclame Denis.

— Je ne voulais pas te faire de peine, bredouille Agnès.

Un masque de haine et de frustration recouvre le visage du jeune homme.

— Comment a-t-il pu te faire ça ? *Nous* faire ça... Regarde ! Mais regarde ! On dirait qu'il vit le plus beau jour de sa vie !

Sur ces mots, il fond en larmes et se met à pleurer comme un enfant. Il parvient à dire entre deux sanglots :

— Avec cette Astrid, en plus. Cette garce, ton amie... Tu... Tu le savais ?

Agnès, tristement, fait oui de la tête ; puis, prenant son fils dans ses bras, elle tente de le réconforter.

— J'ai espéré que ton père me reviendrait, dit-elle. Hélas ! je me suis fait des illusions. C'est un grand classique : épouser une amie de sa femme... Tellement classique que c'en est presque ridicule.

— De toute façon, c'est ma faute, reprend Denis au désespoir. J'ai foutu votre vie en l'air avec mes problèmes. C'est à cause de moi qu'il est parti. À cause de son raté de fils !

— Tu te trompes. C'est moi qui n'ai pas su le garder...

— Ne dis pas ça !

— C'est vrai. Je n'ai pas été capable d'évoluer, de m'adapter à sa magnifique carrière. Je suis restée une petite prof, une provinciale, alors qu'il avait besoin de développer une vie mondaine. Astrid, c'est l'épouse idéale pour lui.

Elle se tait un instant avant de reprendre d'un ton douloureux :

— Elle est mieux à même de le seconder dans ses ambitions.

— C'est atroce !

— Ne juge pas ton père ! Accepte-le comme il est...

— C'est lui qui ne m'accepte pas !

— Il t'aime. Au fond de lui, il t'aime.

— Robert a été invité ! Je l'ai vu sur la photo !

Elle se dresse sur la pointe des pieds pour essuyer les larmes de son grand escogriffe de fils.

— Je suis là, dit-elle. Tu peux compter sur moi.

Il se jette dans ses bras et sanglote de plus belle.

— Si tu savais comme j'ai besoin de toi, maman…

*

Après plusieurs jours d'hébétude, Denis est frappé par un nouvel épisode d'anxiété. Il inflige des violences à son corps. Il ne mange ni ne dort plus. Il tient des propos incohérents dans lesquels il est de plus en plus souvent question de son père. La culpabilité le dévore.

Et Agnès a de plus en plus de peine à faire face. Elle voudrait pouvoir continuer d'aider Denis, mais en aura-t-elle encore longtemps la force ? Le soir, après sa journée passée à enseigner, elle rentre chez elle moulue et accablée par ce qui l'attend : une soirée sans joie avec un fils au bord de la démence, bourré de médicaments. Elle-même est la proie d'une angoisse de plus en plus déchirante : et si elle venait à disparaître, qui veillerait sur lui ?

Elle se décide subitement à téléphoner à Martin au bureau, songeant à lui réclamer de l'aide. Hélas ! son ex-mari est rentré des Seychelles depuis quelques jours seulement. Et, pendant ses deux semaines d'absence, le travail n'a cessé de s'accumuler. À présent, il est débordé…

— Tu n'aurais pas cinq minutes pour parler à Denis ? Même au téléphone.

Elle a l'impression de mendier.

— Oh ! Denis et ses états d'âme, dit-il. Ça lui passera, ne t'en fais pas trop.

— Je t'en prie, appelle-le, emmène-le déjeuner…

— Vraiment pas le temps. Désolé.

En désespoir de cause, elle appelle le Dr Karol Levandoski qui consent à passer voir son patient à domicile. Il s'entretient un long moment avec lui, en tête à tête. À la fin de la consultation, le médecin se déclare une fois de plus inquiet :

— J'ai peur qu'il ne faille l'hospitaliser d'urgence, Agnès.

— C'est le mariage de son père ?

— Entre autres choses. Il est vrai que ça n'a rien arrangé.

— Vous croyez qu'il acceptera d'aller à hôpital ?

— J'ai tâté le terrain. Il n'a pas l'air contre. Je voudrais vous épargner le placement d'office.

Trois jours après, Denis franchit, et de son plein gré, l'entrée de Sainte-Anne. Agnès, d'abord effondrée, finit par se sentir quelque peu soulagée. Elle songe à prévenir Martin, puis y renonce, sachant qu'il ne manquera pas de lui reprocher de l'avoir maintenu dans l'ignorance de ce qu'il advenait de son fils.

*

Le faire-part a contrarié Claire. Et ces photos dans les journaux, maintenant ! Au fond d'elle-même, elle en veut à Astrid d'avoir piqué son mari à la pauvre Agnès. *En même temps*, se dit-elle, *ils s'aiment, et on ne peut rien contre ça…* Mais ils auraient au moins pu faire ça discrètement ! Au lieu de quoi, cet étalage dans la presse…

Comme Agnès, Claire fait une pile des journaux et les jette à la poubelle.

XLIX

Paris, Kerjagou, juin 2014

— Agnès ! Je désespérais d'arriver à te joindre !

— Excuse-moi, Claire. Je suis navrée. Ces derniers temps, je décrochais mon téléphone, de peur d'être dérangée.

— Tu n'en peux plus ?

— C'est trop dur. Denis est à Sainte-Anne.

— Tu lui rends visite ?

— Trois fois par semaine. Un crève-cœur. Il est si mal ! Je suis au bout du rouleau. Et Mathilde ?

— Mathilde est moins agressive, en ce moment. Presque gentille. Ça change ! Mais au fond, ça n'évolue pas. Elle grossit. Elle s'en rend compte : ça n'arrange rien, crois-moi. Avec tous ces médicaments. Ça la rend de plus en plus passive. Elle passe ses journées devant la télé.

— Elle a sa fille. Elle s'en occupe ?

— Pas tellement. Mais la justice ne désespère pas de lui confier Marine à nouveau. Imagine !

— Tu es pessimiste.

— Très.

— Qu'est-ce qu'on a fait pour mériter ça ?

— Je me le demande, ma chérie.

— Et Éric ?

— Oh ! Éric. Il se réfugie dans son travail, comme toujours. Dans le sport aussi. Tennis, golf, ski…

— Méfie-toi, Claire. Moi, avec Martin, je n'ai rien vu venir. Il était très *occupé*, lui aussi. Et aujourd'hui, il est marié avec une autre.

Un silence s'installe sur la ligne. Agnès devine que Claire secoue la tête et agite ses jolies boucles si charmantes où passent maintenant des mèches poivre et sel.

— Tu es libre le week-end prochain ? reprend Claire.
— Libre… C'est un bien grand mot, vu l'état de Denis.
— Envie de venir à Kerjagou ?

*

Il fait malheureusement un temps épouvantable – pluie froide et bourrasques de vent. La propriété, si charmante normalement en cette saison, est devenue une bâtisse de granit lugubre, entourée d'arbres dont les rafales de vent torturent les branches. L'herbe pourrit sur une terrasse gorgée d'eau.

Pour ajouter à cette sombre ambiance, peu de Lannélec ont eu envie de se réfugier cette année à Kerjagou. Amaury passe le week-end chez son ami Christophe. Angélique n'a pas eu le courage de venir de Lyon avec sa petite famille. Quant à Guillaume, une fois n'est pas coutume, il a consenti à accompagner Florence dans les Cévennes où une cérémonie du souvenir en présence du pasteur doit rendre hommage à la mémoire d'Olivier, le frère disparu depuis trente ans désormais.

Claire est allée chercher Agnès à la gare avec son 4 × 4, et le retour à Kerjagou s'est fait alors qu'une pluie battante frappait le pare-brise. L'allée est jonchée de branches cassées par une tempête récente. Bientôt les phares se projettent sur les murs de la maison.

Éric les attend sur le seuil, bras croisés. Pendant que Claire va ranger la voiture dans les communs, il prend la valise d'Agnès et l'abrite sous un parapluie. *Terre d'Hermès*, songe-t-elle en serrant le bras d'Éric dont elle respire l'eau de toilette masculine. Vite, Éric ferme la porte derrière eux. Il a le pantalon trempé et la chevelure en bataille. Il s'exclame en riant :

— Bienvenue en Bretagne !

Agnès est frappée par l'austérité d'une demeure qu'elle a connue si gaie lors de son précédent séjour.

— Quel temps ! dit-elle.

— J'avoue que j'adore, personnellement. Les éléments déchaînés ! On dit qu'en Bretagne il ne pleut que sur les cons. C'est un proverbe local.

— Charmant, dit-elle en s'ébrouant une dernière fois.

— Viens au chaud.

Il la précède dans le salon aux chaudes boiseries marron clair. Un feu brûle dans la belle cheminée. Si la nature, dehors, est hostile, c'est une douce harmonie venue du fond des âges qui règne à l'intérieur. La petite Marine joue au coin du feu. Agnès embrasse l'enfant, puis se frotte les mains près des flammes. Éric, les poings enfoncés dans son pantalon de velours, les considère toutes les deux d'un œil attendri.

— Je monte ta valise dans ta chambre, annonce-t-il à Agnès. On dîne dans une demi-heure. Mets un pull, car on a beau chauffer, le froid traîne dans les couloirs.

Les trois amis et la fillette partagent gaiement un paisible repas aux chandelles que Claire a servi dans des assiettes en vieux rouen des plus raffinées. La table est en acajou. *Ici,* songe Agnès, *on se sent protégé contre toutes les menaces du monde.* Tout est presque trop parfait – comme les Lannélec eux-mêmes. Elle envie Claire de vivre si confortablement avec son mari dans cet intérieur traditionnel et privilégié. *Il est vrai que leur famille aussi est mise à rude épreuve*, se dit-elle également. La maladie mentale : quelle tragédie. Pourtant, Claire a à cœur de continuer à jouer le jeu social – autrement dit, à se tenir extérieurement pour tenir psychologiquement. Pour preuve : ce dîner exquis, arrosé d'un délicieux bordeaux. Au fond, Agnès a de l'admiration pour Claire. Elle assume parfaitement les règles de son milieu. Elle ne cesse de se montrer hospitalière et généreuse, en dépit des malheurs qui lui mènent la vie dure.

Agnès décide de faire comme eux : s'abandonner aux plaisirs d'un instant de paix et de grâce volé aux vicissitudes de l'existence.

*

Le lendemain matin, alors qu'Éric est parti inspecter ses bois et que Marine est encore endormie, Claire et Agnès s'attardent autour du petit-déjeuner – pain frais apporté à l'aube par la femme de ménage, confitures de fraises, de mûres, de prunes.

— Éric craint des dégâts ? demande Agnès en beurrant sa tartine de pain traditionnel.

— Oui, les coups de vent de cette nuit. Il a rendez-vous sur place avec un forestier. Tu ne trouves pas la maison trop vide ?

— C'est vrai que c'est un peu angoissant. Cette nuit, j'ai eu peur. La petite n'a pas pleuré ?

— Elle a dormi comme une marmotte. Elle est chez elle, ici. C'est aussi son refuge.

— Cette nouvelle juge, finalement, ne vous persécute pas trop…

— « Une vieille gauchiste mal baisée », dit Claire avec un rire. Je cite Éric…

— Il exagère.

— Les Lannélec sont réactionnaires. Ils parlent comme ça. Et ils sont volontiers machos. Mais au fond, il doit avoir raison.

— C'est bien ton mari : tout d'une pièce.

— Exactement.

Elles sirotent leur thé, chacune explorant ses propres pensées.

— Le principal, dit Agnès, c'est que tu sois toujours considérée comme tiers digne de confiance.

— Pourvu que ça dure… Ah ! ma chérie…

Quand on parle du loup : Marine est arrêtée au seuil de la cuisine, encore tout endormie, le pouce dans le bec et le doudou serré entre ses petits bras.

— Viens sur mes genoux, mon cœur. Tu vas prendre froid, avec tes petits pieds nus sur le carrelage. Tu veux du chocolat chaud et des tartines de Nutella ?

L'enfant fait oui de la tête, trop ensommeillée encore pour articuler un simple mot. Pendant que Claire lui prépare son chocolat, elle émerge peu à peu. Elle ne quitte pas Agnès des yeux.

— Depuis quand tu connais bonne-maman ?

— Depuis qu'on était petites.

— Petites comme moi ?

— Un peu plus grandes. On était dans la même école.

Marine paraît satisfaite de ces réponses. Elle ressemble beaucoup à Éric, note Agnès. Même implantation de cheveux, mêmes traits bien dessinés. Elle a cependant les yeux gris-bleu. L'héritage paternel, sans doute. Agnès est attendrie.

— Le chocolat est prêt, dit Claire en posant sur la table un bol fumant.

Plus tard, tandis que Marine joue à la dînette dans sa chambre, les deux amies poursuivent leur conversation dans la bibliothèque.

— Si tu avais vu le rapport de la psy ! Un vrai scandale. Elle me présentait comme une femme rigide, autoritaire, méprisante, qui avait gravement traumatisé l'enfant en la rendant propre... Tu crois qu'ils l'auraient prise à l'école, avec des couches ? Mais la psychologue, au test des couleurs, avait noté une inclination de Marine pour le marron. Stade anal ! En fait, tu as vu, elle adore le Nutella. Du coup, c'est sa couleur favorite ! Pas besoin d'être grande psychologue.

Agnès rit de bon cœur à cette anecdote.

L'après-midi, elles visitent une propriété voisine, un domaine datant du duc François II, le père d'Anne de Bretagne. Les restes d'une forteresse en grande partie ruinée se dressent encore dans le parc. Agnès est comme envoûtée par ce décor si mystérieux, si romantique. Étudiante, elle a hésité entre les lettres et l'histoire : les vestiges du passé continuent de la faire rêver.

Quand elles regagnent Kerjagou, la nuit est presque tombée. Éric leur annonce une bonne nouvelle : il a retenu une table au restaurant.

Bientôt, la jeune voisine frappe à la porte : elle vient jouer les baby-sitters. On enfile les manteaux quand Agnès reçoit un appel sur son portable.

— C'est Denis, annonce-t-elle.

— Réponds, dit Claire. On t'attend dans la voiture.

La conversation d'Agnès et de Denis dure quelques minutes. Puis le 4 × 4 démarre dans la nuit. En voiture, Claire demande à Agnès des nouvelles de son fils :

— Tu as l'air inquiète. Il ne va pas bien ?

— Il était bizarre. À la fois plein de tendresse, « Maman, je t'aime », et tout et tout. En même temps, très étrange, très anxieux. Sainte-Anne lui a accordé une permission pour le week-end. C'est pour ça qu'il a appelé : pour me le dire. Mais maintenant qu'il est seul dans l'appartement, je suis angoissée…

— Tout se passera bien, dit Éric, rassurant.

— Je rentrerai à Paris demain, enchaîne Agnès. Après le déjeuner. Je suis désolée…

— Fais ce que tu penses devoir faire, dit Claire. On sait ce que c'est.

— Et en attendant, déclare Éric, profitons d'une bonne soirée au restau.

L

Kerjagou, Paris, juin 2014

Le dimanche matin est jour de marché au bourg voisin. Claire propose à Agnès d'aller y faire les courses, puis d'assister à la messe dans la belle église du XVIe siècle. Il pleut un crachin froid.

Heureusement, le marché se tient sous la halle où se presse une foule animée. Une fois de plus, Agnès doit s'avouer admirative : Claire s'y prend à merveille pour choisir sa viande, ses légumes et ses fruits.

— Oh ! dit Claire, modestement, c'est une question d'habitude. Je ne suis pas un cordon bleu, mais quand tu prends les bons produits, le boulot est déjà à moitié fait…

— Je ne m'en sentirais pas capable…

— Détrompe-toi ! Si tu avais la charge d'une grande maison, tu apprendrais en un clin d'œil.

Après le marché, elles prennent un café au Relais, le bistrot qui regarde l'église. L'endroit empeste le tabac froid et le vêtement trempé. Il est plein de mâles et de turfistes qui les reluquent avec curiosité, flairant les Parisiennes.

— Tu permets que j'appelle Denis ? demande Agnès. Je voudrais m'assurer que tout va bien…

— Je t'en prie.

Agnès, le téléphone à l'oreille, patiente avec une expression soucieuse.

— Il ne répond pas, déclare-t-elle.

— Essaie tout à l'heure. Bois ton café tranquillement.

Mais Agnès sait que Denis, pendant ses crises, a tendance à se renfermer sur lui-même, à se couper du monde.

— J'essaie d'appeler le fixe, lance-t-elle.

Cependant, le fixe ne répond pas non plus.

— Il est peut-être sorti, suggère Claire.

Agnès essaie de nouveau le portable de Denis : sans résultat.

— Tu retenteras ta chance après la messe, ma chérie.

La pluie semble ne jamais vouloir cesser. Les deux amies sous leur parapluie de golf se dirigent vers le sanctuaire qui est aussi un lieu de pèlerinage. Claire parle des statues qui occupent une chapelle latérale et du retable baroque célèbre dans toute la région…

— Claire…

Elles s'arrêtent à l'entrée de l'église où les fidèles affluent d'un pas vif à l'approche de l'office.

— Je ne comprends pas pourquoi ils lui ont donné cette permission.

Agnès est de plus en plus angoissée. Elle s'interroge. Denis n'est-il pas en train de faire une bêtise ? N'est-il pas parti s'acheter de la drogue ? De l'alcool ? Ces substances sont contre-indiquées, vu son traitement…

— Ne m'en veuille pas, mais je préfère partir tout de suite, attraper le prochain train. Tant pis pour la messe…

— Comme tu voudras. Le prochain train, c'est dans environ une heure et demie.

— Ça nous laisse le temps de revenir à Kerjagou chercher ma valise. Désolée, vraiment…

— Je sais ce que tu ressens. Il n'y a aucun problème.

*

C'est à peine si Agnès a eu le temps d'embrasser Éric et Marine. Dans la précipitation du départ, elle a oublié sa montre sur la table de nuit. Mais elle a réussi à prendre le TGV de Paris au départ de Brest. En sortant de la gare Montparnasse, elle a le ventre noué car elle est toujours sans nouvelles de son fils. Elle saute dans un taxi.

C'est en courant qu'elle se précipite dans l'entrée de son immeuble, puis dans l'ascenseur qui met un temps infini à atteindre le cinquième étage. Elle a déjà sorti de son sac la clé de l'appartement.

Une feuille de papier l'attend sur la commode, près du miroir :

Petite maman chérie,

Je sais que je vais te faire beaucoup de peine mais impossible de faire autrement. Je souffre trop. C'est devenu insupportable. Je ne veux plus vivre. J'ai tout raté. Ruiné votre couple. Papa est parti à cause de moi. Maintenant, c'est toi que je suis en train de détruire.
S'il existe un bon Dieu, j'espère qu'il comprendra mon geste. Je vais m'endormir pour toujours, trouver la paix et le repos auxquels j'aspire. Dis-toi que je me suis délivré de ces atroces tourments, de cette vie que je n'ai pas choisie.

Adieu, maman.
Ton fils qui t'aime.

Agnès laisse échapper un gémissement. Elle se rue vers la chambre de Denis au bout du couloir. Elle ouvre la porte, entre. Les persiennes sont closes et la petite lampe de chevet, allumée, ainsi que la chaîne stéréo. Le sol est jonché de boîtes de médicaments. Denis est étendu sur son lit, comme endormi.

Agnès s'agenouille auprès de lui, lui prend la main – une main froide, déjà rigide. Il n'y a plus d'espoir. Agnès est saisie de sanglots convulsifs. Elle pose la tête sur le torse de son enfant. Elle est anéantie.

LI

Paris, juin 2014

Dès l'appel d'Agnès, Claire a pris le train pour Paris, laissant en Bretagne Éric, Marine et la femme de ménage installée à Kerjagou pour veiller sur l'enfant. Combien de fois n'a-t-elle pas redouté, elle-même, que Mathilde n'en vienne à se donner la mort ! Mais Mathilde n'est pas suicidaire. Ses menaces, elle ne les a jamais mises à exécution. Et Claire, en tant que bénévole à l'Anapad, a cru observer que les personnes bipolaires sont plus touchées par le risque de suicide que les schizophrènes.

Claire retrouve une Agnès décomposée, amaigrie, exténuée. Elle lui ouvre les bras. Agnès, qui a un énorme besoin de parler, raconte en détail son retour dramatique à Paris : ses affreux pressentiments pendant tout le voyage, puis le corps sans vie de son fils, et l'arrivée des pompiers. Claire lui demande comment a réagi Martin.

— Comme d'habitude, soupire Agnès. C'est la faute des médecins, de Sainte-Anne. Il a toujours détesté les psychiatres. Pour lui, tout est leur faute.

— Il n'a pas de chagrin ?

— Si. Et même il s'en veut. Il pense qu'il n'a pas été à la hauteur. Heureusement, Robert a bien réagi – le frère de Denis. Il est bouleversé. Avec sa femme, ils m'ont beaucoup entourée. C'est une consolation…

— Et ta mère ?

— Ma mère m'en veut d'avoir laissé Denis seul à Paris. Ça me révolte. Elle n'est jamais allée le voir à Sainte-Anne, et maintenant elle m'accable.

Le jeudi qui a précédé son décès, Denis allait mieux. C'est pourquoi Agnès s'était sentie autorisée à partir se reposer à Kerjagou. Le lendemain, il a demandé aux infirmiers la permission d'aller marcher dans les jardins de l'hôpital et passer un moment à la cafétéria. Mais, le soir, il n'a pas regagné sa chambre. Et le personnel n'a pas réagi.

— S'il y a une faute, déclare Agnès, elle est là.

— Ils ne t'ont pas prévenue, dit Claire.

— Ils n'étaient pas obligés. Il était majeur. Mais ils auraient dû, je pense.

Agnès dit aussi que le Dr Levandoski est passé la voir. Il est affecté par la disparition brutale de son patient.

— Pour lui aussi, reprend Agnès, c'est un échec. Il a tout fait pour me déculpabiliser.

D'après Levandoski, Denis était profondément suicidaire. D'où cette issue malheureusement prévisible. Le médecin sait qu'Agnès a porté son fils à bout de bras pendant des années. Tôt ou tard, Denis aurait mis fin à ses jours.

— Je pense que le Dr Levandoski a raison, affirme Claire. Et c'est un bon praticien. Moralement, il est irréprochable. Ce n'est pas le cas de tous ses collègues, si j'en crois mon expérience au sein de l'Anapad.

*

La cérémonie religieuse se déroule à Passy : le jeune homme avait ses habitudes à l'église Notre-Dame-de-Grâce, une chapelle ancienne, survivance incongrue du passé au cœur d'un quartier élégant. Denis y retrouvait peut-être, inconsciemment, une certaine image de sa mère.

Claire est venue en avance pour être sûre de pouvoir être aux côtés de son amie avant l'arrivée du corps. Agnès porte un manteau noir qui accuse la pâleur de son visage marqué par le chagrin. Elle se tient légèrement voûtée, un peu déhanchée – *une* pietà *médiévale*, songe Claire. Elle s'entretient avec une dame âgée à la physionomie sévère, sa mère, sans doute. Elle a auprès d'elle un grand jeune homme qui lui ressemble : c'est Robert, son fils aîné. Martin est présent aussi, dans son complet anthracite bien coupé ; il a les traits marqués par un mélange de peine et de révolte. Dieu merci, Astrid a eu la décence de ne pas venir.

Claire étreint Agnès qui essuie ses larmes. Pas un mot n'est échangé. Puis c'est le défilé de la famille. Martin adresse à Claire un sourire triste et furtif. Il s'approche.

— Merci d'être venue, déclare-t-il. Agnès m'a dit combien vous l'avez soutenue.

— Agnès est une de mes plus vieilles amies, répond Claire à voix basse. Comme Astrid.

— Astrid aimerait vous voir. Vous lui manquez, vous savez. Elle me parle souvent de vous.

Une main tendue, pense Claire par-devers elle. Et elle répond à Martin d'un faible sourire.

Arrive la voiture des pompes funèbres. Agnès s'avance, appuyée d'un côté à sa mère et, de l'autre, à son fils, Robert.

Éric rejoint Claire et tous deux pénètrent dans l'église. Ils prennent place derrière les sièges réservés à la famille. Le reste de l'assemblée se compose de collègues d'Agnès, des enseignants, des parents d'élèves. Claire note la présence du Dr Levandoski, reconnaissable à sa tignasse blonde. Elle l'observe du coin de l'œil, en se demandant s'il est catholique. C'est alors que Martin remonte la nef et vient se placer à la droite d'Agnès. Il a les larmes aux yeux. Claire se penche à l'oreille d'Éric:

— L'arriviste avait un cœur, finalement.

Le service est œcuménique. C'est le vœu de Martin qui, bien que non-pratiquant, a souhaité que l'Église réformée participe aux funérailles de son fils. Un pasteur est donc associé à la cérémonie. Comme il n'a pas connu le défunt, il fait de son mieux. Il évoque la figure d'Abraham, à qui Dieu a demandé de sacrifier son fils Isaac. Le prêtre catholique, lui, a bien connu Denis, en tant qu'aumônier des scouts. Il a gardé le souvenir d'un enfant sensible et enthousiaste. Il souligne le drame de la maladie mentale et la peine des parents.

— Il m'a souvent demandé de l'aide, dit le prêtre. Il en avait besoin pour affronter ses démons. Hélas! les démons ont gagné. Mais Denis a eu aussi sa victoire: le courage dont il a fait preuve dans la bataille.

Robert, le frère aîné, évoque avec tendresse la figure du disparu.

— Il a enfin trouvé la paix, dit-il.

Martin, lui, ne restera pas au pupitre. Le micro à la main, il vient auprès du cercueil. Et c'est à son fils qu'il s'adresse directement :

— Denis, je te demande de me pardonner. Pardonne-moi de n'avoir pas été un bon père, le père que tu aurais mérité d'avoir. Je l'avoue, je n'ai pas accepté ta maladie. Au lieu de t'aider, je t'ai rejeté. Je t'ai fait sentir que j'avais honte de ta conduite. Je t'ai même reproché ta faiblesse…

Martin est obligé de marquer un temps : l'émotion qui l'étreint est trop forte. Il ajoute :

— J'ai péché par indifférence, par égoïsme. Et d'autres, pendant ce temps, péchaient par incompétence. Le monde médical t'a analysé, assommé de drogues. Et il a failli à ses responsabilités au moment où il était crucial de te surveiller. Constatant ton absence, ils n'ont prévenu personne. Honte à eux ! Honte à ces diafoirus, avec leur jardon freudien !

La colère l'a saisi. Elle menace de l'emporter. Le prêtre s'approche vivement de lui, l'apaise d'un geste de consolation et murmure :

— Nous sommes ici dans un lieu de paix.

Martin le dévisage. Il est comme dévoré par un mélange de douleur et de rage. Il conclut, tourné vers le cercueil :

— Pardonne-moi, Denis. Et que Dieu te garde à Ses côtés.

Il rejoint sa place tête baissée. Dans l'assistance, beaucoup de visages sont en pleurs. Le Dr Levandoski se mure dans une expression fermée, impassible.

Mais quand le service reprend, le cœur n'y est plus. Le malaise est si puissant que même les cantates de Bach, si élevées soient-elles, échouent à le dissiper. Les fidèles attendent impatiemment l'absoute, les dernières poignées de mains et le moment où le corps sera transporté dans la voiture. Denis, tout à l'heure, partira pour la Bretagne et y sera enterré.

LII

Paris, octobre 2014

Claire a été éprouvée par le suicide de Denis, un garçon qu'elle trouvait attachant et dont le destin faisait écho aux difficultés de Mathilde, sa propre fille. Puis, toute l'année durant, elle a porté Agnès à bout de bras, en plus de ses obligations professionnelles et familiales. Sa fatigue physique et psychique était si dure, par moments, qu'elle s'est sentie arriver, elle-même, au bord de la dépression. Mathilde a continué de la préoccuper. Certes, son traitement semble équilibré et son état est stationnaire, mais elle persiste à harceler sa mère au téléphone. Comme toujours, elle ne peut se passer de Claire, en même temps qu'elle l'accuse de s'ingérer dans ses affaires et de la mettre en position d'infériorité. Autre souci important pour Claire : l'épée de Damoclès de la justice a continué de peser sur l'avenir de la petite Marine. Heureusement que l'enfant pousse bien. Claire puise dans cette force de vie, dans les promesses qu'incarne la fillette, pour se forcer à rester optimiste.

Comptant sur Kerjagou pour régénérer l'atmosphère, elle a proposé à Agnès de venir y passer les vacances, mais Agnès était déjà engagée ailleurs, invitée par des amis que Claire ne connaît pas. Et Claire a finalement été soulagée de se retrouver en famille. Mathilde, venue elle aussi, a passé le plus clair de son temps devant la télévision ou bien dans les bois en compagnie du chien Odin. Sa fille, semble-t-il, ne l'intéresse plus beaucoup.

Éric, durant ces vacances, s'est montré détendu. Il a eu à cœur d'emmener son petit monde à la plage et au restaurant.

Comme toujours, la vie active a repris son cours avec la rentrée. Agnès enseigne de nouveau. Claire, non sans plaisir, a remis sa robe d'avocate, et renoué avec ses activités au sein de l'Anapad.

*

C'est une adresse que Guillaume apprécie : ambiance calme et, comme il a l'habitude de dire, *de bon aloi*. Le restaurant est éclairé aux bougies, ce qui crée une atmosphère accueillante et feutrée. Le décor rappelle la vieille Russie des tsars et l'aristocratie d'avant la révolution russe : vitrines abritant des chopes en ivoire ou en argent, des icônes et des samovars. Un haut-parleur discret diffuse de la musique tzigane.

On fête l'anniversaire de Claire. Guillaume a sacrifié un week-end de chasse pour l'occasion. Les zakouskis sont arrivés sur la table. Éric, ayant trempé les lèvres dans un petit verre de vodka, demande à Guillaume :

— Et ta belle, ta dangereuse associée ?

— Nous formons une paire redoutable, répond Guillaume. Elle est efficace. On se complète.

— Elle ne regrette pas son choix ? dit Claire.

— Je ne crois pas. En tout cas, les résultats sont là.

— L'agence n'a jamais aussi bien marché, approuve Florence.

On lève les verres pour un toast.

— Bon, reprend Guillaume, elle a tout de même commencé par me faire perdre un client : celui qui est aujourd'hui son mari…

— Martin Wurtz ? s'étonne Éric.

— Il était venu me voir. Il voulait me confier une campagne. Entre-temps, il s'est entiché d'Astrid qui est devenue sa maîtresse. Ils ont dû avoir peur du conflit d'intérêts.

— Comment est-elle, depuis son mariage ? dit Claire.

— Les épousailles m'ont l'air de l'avoir équilibrée, répond Guillaume avec un sourire ironique. Elle est plus calme.

Claire esquisse un sourire. Astrid lui manque – sa gaieté, son dynamisme, cette façon si particulière qu'elle a de cultiver l'amitié. Florence, qui observe Claire, lui demande soudain :

— Et Agnès ? Elle a récupéré ?

— Agnès ? répète Claire dans un petit éclat de voix lumineux. Elle va se marier, figurez-vous.

C'est l'étonnement chez Guillaume et Florence. Éric, lui, est déjà au courant. Il se tait et affiche un air amusé.

— Qui est l'heureux élu ? demande Florence.

— Le Dr Karol Levandoski, répond Claire.

— Le psychiatre ? interroge Guillaume.

— Oui, dit Claire. Il a longtemps suivi Denis. Il s'est montré très présent. Il est veuf avec trois enfants. Il a fini par dire à Agnès qu'il l'aimait. Ils sont partis en vacances ensemble…

— Elle nous avait dit qu'elle était chez des amis, poursuit Éric. En fait, elle était en Pologne avec Karol.

— La Pologne ! s'exclame Guillaume en levant son petit verre. Alors, la vodka s'impose !

— Au bonheur d'Agnès ! lance Éric.

Tous boivent cul sec. Guillaume emplit les verres de nouveau. Claire sent que l'alcool lui monte à la tête.

— À leur bonheur à tous les deux, renchérit Florence.

— Karol est catholique, reprend Claire. Comme Agnès.

— Ça simplifie les choses, déclare Éric.

— Au contraire, ça les complique. Vu la position de l'Église sur les divorcés remariés.

— C'est idiot, note Florence. Agnès est une victime : elle a été abandonnée par Martin. Et Karol aussi, puisqu'il est veuf. Comment oser leur reprocher de vouloir bâtir un nouveau foyer ? Claire, tu devrais me les envoyer. Je leur présenterais un pasteur. Nous autres, calvinistes, sommes plus ouverts.

— Le sabbat a été fait pour l'homme et non l'homme pour le sabbat, dit Guillaume, citant la Bible d'un ton sentencieux.

— Le pape François va peut-être secouer la poussière, reprend Florence.

— Espérons-le, approuve Claire. Quoi qu'il en soit, Agnès a le droit d'être heureuse. Après ce qu'elle a souffert. Mais Karol se fait un peu tirer l'oreille.

— S'il est amoureux, avance Guillaume, il pliera.

— Merde aux curés, dit Éric. Je suis ravi pour Agnès. C'est une fille formidable. Contrairement à Astrid qui est une salope.

Guillaume se renfrogne, mais ne relève pas. S'adressant à Claire, il change de sujet :

— Et sur le front juridique ?

— C'est le *statu quo*, répond Claire. Je suis toujours tiers digne de confiance. On attend le verdict. On est en sursis, en fait.

Tous ressentent l'émotion de Claire. Elle reprend d'une voix qui se brise :

— Je suis inquiète. Une famille d'accueil, vous vous rendez compte ?

— Mathilde ne peut vraiment pas s'en occuper ? demande Florence.

— Non, affirme Claire. Mathilde est folle. Il faut appeler les choses par leur nom.

Le mot fait tressaillir Éric qui cependant ne dit rien. Un silence s'installe. Un serveur déguisé en moujik emporte les assiettes.

— Marine est heureuse avec nous, poursuit Claire. Et ils vont nous l'arracher pour la placer dans une famille où elle sera malheureuse.

— Heureusement que vous avez votre avocate, dit Florence.

— Oui. Elle a présenté des attestations en notre faveur. Mais cette juge est trop imbue d'elle-même. Elle connaît le bien et le mal. Et nous, à ses yeux, nous sommes des bourgeois, des nantis, des gens condamnés d'avance…

— La douce France du bon Saint Louis est loin ! soupire Éric.

— Saint Louis rendait la justice sous un chêne, déclare Guillaume joyeusement, et votre juge m'a l'air de la rendre comme un gland. C'est ce qu'a l'habitude de dire André Santini, le maire d'Issy-les-Moulineaux.

Un rire général salue cette plaisanterie. Le moujik apporte les assiettes de saumon et les blinis. Puis Guillaume reprend :

— L'idéal serait que Marine soit confiée à sa mère. Vous pourriez garder un œil sur elle. Mais évidemment, si elle n'est pas capable de s'occuper d'elle…

— Au mieux, elle joue à la poupée, déclare Éric.

Guillaume hoche la tête. Florence enchaîne :

— Alors il faut appuyer Mathilde dans ses fonctions maternelles. Si ça se trouve, elle rêve d'être une mère et n'y arrive pas. J'ai beaucoup parlé avec elle, vous le savez. Toi, Claire, elle te vit comme un modèle hors de portée. Tu es trop parfaite, trop exigeante… Cela la bloque.

— Bref, c'est ma faute, encore une fois, dit Claire.

— Ne le prends pas mal. Mathilde exagère, mais c'est ainsi qu'elle perçoit la situation. Ce que je dis, c'est pour t'aider. Pour vous aider. Je suis sûre qu'il doit être possible de l'amener à devenir une vraie mère. En plus, Claire, ça te soulagerait. Tu ne serais plus en première ligne. Et pour la justice, il n'y aurait plus de problème.

— Ce serait mieux que la famille d'accueil, en tout cas, appuie Guillaume.

Claire émet de légers grognements de contrariété. Éric se tourne vers elle.

— Florence a peut-être raison, ma chérie. Mathilde acceptera sûrement son aide, et elle n'aura plus cette crainte de voir sa mère lui piquer son enfant.

Guillaume insiste :

— Florence s'est beaucoup occupée de son fils trisomique. Elle a l'expérience. Sans parler de son association.

Claire hausse les épaules, résignée, peu convaincue.

— Si vous considérez que Florence s'y prendra mieux que moi, conclut-elle, et pourra obtenir de Mathilde de meilleurs résultats, alors pourquoi pas ?

Guillaume lui lance un grand sourire et lève son pouce en signe d'approbation.

*

Mathilde a accepté la proposition de Florence qu'elle perçoit de longue date comme une *tante* aimante, gentille et de bon conseil. Désormais, Florence lui rend souvent visite, le soir, pour l'aider à baigner Marine, à la faire dîner, à la mettre au lit. Florence se montre patiente – beaucoup plus patiente que Claire. Et surtout, elle et Mathilde sont libres du passif mère-fille.

Ainsi cornaquée, Mathilde reprend progressivement confiance en elle-même. Elle consent bientôt à avoir sa fille tout le week-end chez elle. Peu à peu, elle en vient à se sentir à l'aise dans son rôle maternel, et ce sentiment lui procure de la fierté. Résultat, son état s'améliore. D'autant que Claire, par le truchement de l'Anapad, a pu rencontrer des professeurs de Sainte-Anne et se tenir au courant des dernières avancées en matière de médicaments. Mathilde a bénéficié de ces consultations et son traitement, désormais, donne satisfaction aux médecins.

Le bilan de ces interventions semble positif aux yeux de toute la famille, quand l'abominable psychologue Rothmann fait une réapparition. Le juge, de nouveau, l'a mandatée pour aller chez les Lannélec faire un point sur la situation de Marine.

Claire est anxieuse à la perspective de recevoir la *Rottweiler* : c'est ainsi qu'elle a rebaptisé la psychologue. Et, le jour dit, cette dernière sonne à la porte avec dix minutes d'avance. Elle a aussitôt le reproche aux lèvres.

— Je pensais que Mathilde serait chez vous, dit-elle sèchement. Et Marine ?

— Marine et sa mère sont au parc Monceau, madame Rothmann. Nous ne vous attendions pas si tôt.

Sur cet échange, Mathilde et la fillette arrivent. Claire a pris soin de faire répéter à Mathilde le scénario de l'entretien. Mme Rothmann, à l'écoute des explications, se montre plus aimable. Elle se déclare même étonnée des progrès accomplis par la jeune femme.

— La grand-mère semble moins présente, fait-elle remarquer. Je note que Marine va mieux.

Après son départ, Claire est persuadée d'avoir deviné la suite : Rothmann s'en va confortée dans sa première impression, à savoir qu'il convient de retirer l'enfant à cette *bo'maman* bourgeoise, réactionnaire, qui abîme sa petite-fille en confondant éducation et dressage.

Le jugement tombe au bout de quelques semaines, et il va dans ce sens en effet. La justice ordonne que Marine soit confiée aux soins de sa mère biologique. Avec une obligation toutefois : le maintien de liens réguliers avec les grands-parents maternels.

Chacun désormais se sent tenu d'y mettre du sien. Florence continue d'appuyer Mathilde. En fait, pour reprendre le mot d'Éric, c'est une *cogestion tripartite* qui s'installe : Claire, Florence, Mathilde. L'état psychique de Mathilde s'est un peu amélioré. Certes, elle ne guérira pas, mais du moins est-elle parvenue, avec le soutien de sa famille, à renouer avec une existence proche de la normalité.

Pour la première fois depuis sept ans, Claire et Éric pensent qu'ils vont pouvoir sortir la tête de l'eau. Outre ces améliorations notables dans leurs rapports avec leur fille, ils ont la fierté de voir Amaury briller dans ses études à HEC. Pour beaucoup, pour Guillaume surtout, c'est lui qui incarne l'avenir des Lannélec.

Portée par le vent favorable qui souffle sur sa tribu, Claire a consenti à renouer avec Astrid. Elles ont pris un verre à la terrasse d'un café. Astrid est manifestement heureuse avec Martin. Les cicatrices de l'enfant abusée commencent à se refermer. Son mari l'aide à se stabiliser. Lui-même, du reste, a pris quelque épaisseur. Claire s'en est rendu compte en déjeunant avec le couple : il n'a plus ce langage artificiel d'arriviste snob qui était autrefois chez lui une véritable marque de fabrique. Aux yeux de Claire, il est désormais évident que Martin était destiné à une Astrid, plus qu'à une Agnès.

Les Lannélec et les Levandoski prennent l'habitude de se voir. Claire et Éric apprécient le psychiatre aux origines catholiques et polonaises. Ils le jugent comme un homme droit à la gaieté communicative, et comme un professionnel particulièrement compétent. Il leur donne du reste des conseils pour l'éducation de la petite Marine ou pour le suivi de Mathilde. Mais, quand la discussion bifurque vers Mathilde, c'est Agnès qui s'assombrit, au souvenir de son fils suicidé. Aussi les quatre amis préfèrent-ils ne pas s'appesantir sur le sujet des troubles psychiques : ils ont laissé à leur amie de trop cruels souvenirs.

Mais « l'homme propose et Dieu dispose », dit la sagesse populaire… Il semble qu'à la cinquantaine les trois copines de Sainte-Jeanne-de-Chantal soient parvenues à trouver leur équilibre. Elles se croient enfin autorisées à mener une existence paisible, voire heureuse.

Neuvième partie

Bon sang ne saurait mentir

« La guerre est à l'homme
ce que la maternité est à la femme. »

Mussolini

LIII

Paris, janvier 2015

Dès décembre, Claire a prévu de tirer les Rois chez elle à Paris, le dimanche 11 janvier : galette traditionnelle, thé, jus d'orange et sauternes. La petite fête aura lieu, dit-elle, une semaine après l'Épiphanie. Sont conviés Guillaume et Florence, Karol et Agnès. Le jour dit, Amaury prévient sa mère au dernier moment : il sera de la partie. Claire n'en est que plus heureuse : elle est fière de son garçon et ravie de le montrer.

Mais quatre jours plus tôt, le 7 janvier, a lieu le massacre de *Charlie Hebdo*. Et, le surlendemain, c'est une prise d'otages meurtrière qui se déroule à l'Hypercacher de Vincennes. Le 9, l'affaire trouve son épilogue avec la mort de trois terroristes : les frères Kouachi et Amedy Coulibaly. Le 10, Claire songe à annuler sa réception, mais Éric et Guillaume parviennent à la convaincre de n'en rien faire. Selon eux, la vie doit continuer. C'est précisément l'objectif de ces lâches, que d'obliger les gens à céder devant la peur et les intimidations. Guillaume a ce commentaire :

— J'ai quitté l'Algérie en 1962. Si on m'avait dit que des musulmans fanatisés frapperaient un jour à Paris !

Finalement, la réunion se tient comme prévu, mais, en dépit du feu qui brûle joyeusement dans l'âtre, l'ambiance, au début, est des plus moroses. Au même moment, une manifestation monstre se déroule dans Paris, à laquelle participent des chefs d'État venus des quatre coins du monde. Claire ne peut s'empêcher de dire son émotion devant le mouvement populaire et la solidarité internationale.

— *Je suis Charlie*, dit-elle en affichant un triste sourire.

— Pas moi, repartit Karol. Moi, je ne me sens pas *Charlie*. Pas du tout.

Un reste d'accent polonais donne à cette surprenante profession de foi un caractère encore plus abrupt.

— Karol, murmure Agnès, je t'en prie.

Chacun sait qu'elle déteste les conflits. Mais Karol refuse de lâcher prise :

— Je suis médecin, je me bats pour sauver des vies. Et le terrorisme me fait horreur. Mais ces journalistes l'ont bien cherché. Les musulmans, même modérés, n'acceptent pas les blasphèmes. Ils s'estiment insultés. Et je les comprends.

— Et la liberté d'expression, alors ? intervient Éric.

— Elle doit respecter les croyances des autres. Tout le monde n'a pas les mêmes valeurs. En Pologne, on ne se moque pas de Dieu, ni du Christ, ni même de l'Église. La liberté d'expression, OK. Mais elle a ses limites. Même en France…

— Ah bon ? demande Éric, offusqué.

— Oui, reprend Karol. L'offense au président de la République, par exemple. Elle est punie d'une forte amende. Ça veut dire qu'on la considère comme une espèce de blasphème. Je pourrais vous citer d'autres cas interdits en France. Je suis psychiatre, et je puis vous affirmer qu'une société sans tabou, ça n'existe pas. Les journalistes ont payé le prix fort, je vous l'accorde. Mais ils se sont conduits comme des irresponsables.

— Ne nous disputons pas, déclare Claire qui redoute de voir la discussion s'envenimer. Si nous nous querellons, c'est que les terroristes ont déjà gagné la partie.

Guillaume intervient à son tour, d'un ton apaisant :

— Moi, ce que je crains, c'est l'islamophobie. Ces attentats vont déclencher des réactions dont seront victimes à leur tour de braves musulmans parfaitement intégrés. Du reste, c'est ce qu'ils veulent, ces terroristes : dresser les Français contre les Arabes. Le choc des civilisations ! Cette bêtise. En ce moment, on ne parle que des intégristes musulmans, alors qu'ils sont une minorité. Les jeunes Arabes qui créent des *start-up*, eux, on ne leur accorde aucune attention. Pourtant ils existent. Je m'en rends compte chez les harkis. On dirait que la communauté arabe se compose uniquement de terroristes et de dealers. C'est révoltant…

— Oncle Guillaume ! s'exclame Amaury. Tu oublies toutes ces femmes voilées. Et celles qui portent la burka. Ce n'est pas de la provocation, selon toi ?

— Ces femmes incarnent l'exception. Ô combien visible ! Mais l'exception. Il y a des millions de musulmanes qui se maquillent, sont féminines, coquettes… En concentrant notre attention sur les femmes voilées, on entre dans leur jeu.

— Tu préfères l'attitude des Anglais ? demande Amaury.

— Et comment ! répond Guillaume. Tolérance, indifférence. Voilà le mot d'ordre. La majorité des Arabes nés en France se marient hors de leur communauté…

— Ah bon ? fait Amaury, surpris.

Guillaume poursuit, sérieux :

— Mon avis, c'est que ces immigrés d'Afrique du Nord s'intègrent plus rapidement que jadis les immigrés européens.

— Les immigrés européens, objecte Agnès, étaient chrétiens et non pas musulmans.

— Il y a musulman et musulman, dit Guillaume. Si tu connaissais mes harkis, tu comprendrais, tu porterais un autre regard sur leur religion. Leur pratique est apaisée, tolérante.

— Les terroristes sont musulmans, oncle Guillaume.

— Le terreau du terrorisme, mon cher neveu, c'est le chômage, la délinquance, la drogue. Pas l'islam.

— Tu crois que ça va continuer ? Tu crois qu'il y aura d'autres attentats ?

Amaury est angoissé, subitement.

— J'en ai bien peur, répond Guillaume. Il va falloir s'habituer. Mais on s'y fait.

— Il suffit de ne pas se trouver au mauvais endroit au mauvais moment, déclare Éric.

— « Le mauvais endroit au mauvais moment », répète Claire, pensive. Est-ce le hasard ? Est-ce le destin ?

Guillaume se rappelle la discussion qu'ils ont eue naguère sur ce thème, un jour de pique-nique à la presqu'île de Crozon.

— Le hasard, repartit-il. Toujours le hasard.

— À propos de hasard, reprend Claire, il faut tirer les Rois ! Voyons qui aura la fève.

— Je préférerais tirer les reines, dit Amaury d'un air canaille.

— Ne sois pas grossier, mon chéri.

C'est Éric qui remporte la joute du hasard.

Pour reine, il choisit Agnès. Quand il l'embrasse, elle rougit.

Dehors, la foule manifeste. L'appartement des Lannélec ressemble brusquement à un îlot de bonheur dans un océan tourmenté.

LIV

Paris, janvier-novembre 2015

Grâce à l'aide apportée par Florence, Mathilde est à peu près entrée dans son rôle de mère. Mais Florence continue de peser fortement dans l'éducation de Marine. Mathilde n'en est pas gênée : ce qu'elle ne supportait pas venant de sa mère, elle l'accepte de sa tante. Claire, de son côté, essaie tant bien que mal de dominer un sentiment de jalousie qui se dissipe, de toute façon, dès qu'elle voit l'enfant – Marine adore sa grand-mère. C'est Guillaume qui souffre le plus de la situation. Il trouve que Florence en fait décidément beaucoup. Certes, il a compris que Marine remplace l'enfant normal qu'elle n'a pas eu, mais il ne peut s'empêcher d'exprimer ses réticences. D'abord, il se sent délaissé par sa femme. Ensuite, il a l'impression que ce trio féminin finira par pourrir la petite Marine, à force de lui passer tous ses caprices.

Sa réaction est de se tourner à nouveau vers ses harkis. Il est hanté par les menaces de radicalisation dont tout le monde parle. Secondé de bénévoles, il s'efforce d'aider à l'intégration des jeunes. Il a eu l'idée de faire financer par son agence des opérations en faveur de l'emploi, et Astrid a approuvé l'initiative. Grâce à son association, il a mis aussi en place des *clignotants*, un système d'alerte permettant aux adultes d'intervenir dès qu'un jeune est soupçonné de vouloir céder aux sirènes djihadistes.

Quant au couple formé par Éric et Claire, il traverse une période faste depuis que Mathilde leur laisse quelque répit. Claire a oublié cette faiblesse qui l'a jetée naguère dans les bras de Philippe Le Tannier. Il lui arrive de le croiser au Palais : leurs rapports restent strictement professionnels. Lui-même a décidé, semble-t-il, de ne pas insister davantage. Sans doute a-t-il d'autres conquêtes en chantier.

Éric, qui est retourné à Hong Kong, n'a pas eu envie de rappeler Lian Zhou. Il redoutait même de la croiser au bar du Mandarin. Des images fugitives lui revenaient en mémoire, souvenirs érotiques et visions de volupté, voire de bonheur parfait, mais il arrivait à ne pas s'y attarder. Elles ressemblaient à ces rêves dans lesquels on se complaît pendant la grasse matinée du dimanche : des idées paresseuses, flottantes, qui n'exigent plus de devenir réelles. Au fond, il avait mieux à faire, en Orient, que de se soucier de ce qu'était devenue Lian.

Puisque tout va bien, Éric et Claire décident de s'offrir une escapade amoureuse en Birmanie. Ils passent trois jours à se faire dorloter dans un hôtel sur pilotis du lac Inlé. Ils se lèvent de bonne heure pour contempler, bras dessus bras dessous, les aurores sublimes de ces contrées. Le soir, au restaurant, ils dînent en se caressant la main sous la lumière des chandelles.

— Tu crois que c'est un nouveau départ ? murmure Claire.

— Prête pour trente ans de bonheur ?

L'heure est venue, semble-t-il, d'échafauder de nouveaux projets. Éric a la ferme intention de faire des aménagements à Kerjagou. Il veut que le manoir devienne plus confortable, en prévision de sa retraite.

— Tu en as parlé à Guillaume ? demande Claire.

Il secoue la tête. Il n'a pas encore osé mettre le sujet sur le tapis.

— Tu le connais, dit-il. Il a horreur des changements.

— Disons qu'il est attaché à la maison de son enfance. Ses meilleurs souvenirs sont là-bas. Il n'a pas envie qu'on y touche.

— On verra, soupire Éric. Et toi ? Tu vas reprendre un plein-temps au cabinet ?

— Bien sûr. J'aime travailler. Et j'aime mon travail.

La conversation bifurque vers Amaury, le fils le plus aimant que la terre ait porté. À HEC, il est brillant. Mais il voudrait se distinguer de son père qu'il trouve trop attaché à l'argent. Il rêve aussi d'aimer une femme, de voyager avec elle, et surtout de lui faire découvrir Kerjagou et les phénomènes qui composent la tribu Lannélec.

LV

Paris, novembre 2015

Pour le moment, la copine d'Amaury s'appelle Nour. C'est une chrétienne du Liban, née dans une grande famille de Beyrouth, étudiante à Paris. Cette élégante séductrice orientale est dotée d'un regard vert sombre, énigmatique. Amaury est-il amoureux ? Il n'en sait trop rien. Il est bien en sa compagnie. Il a l'habitude de sortir avec elle et son vieux copain, Christophe.

Le 13 novembre, le trio quitte le campus d'HEC en fin d'après-midi pour se rendre à un concert dans le XIe arrondissement. Les embouteillages sont tels, à la porte de Saint-Cloud, qu'il est plus de 20 h quand, ayant garé leur voiture boulevard Voltaire, ils prennent place dans la queue à l'entrée du Bataclan. C'est Christophe qui a eu l'idée d'emmener ses amis écouter les Eagles of Death Metal, un groupe de hard-rock composé de musiciens californiens qu'il affectionne particulièrement.

— Vous verrez, ils mettent une ambiance d'enfer. Ça nous changera des cours de géopolitique !

Amaury et Nour n'étaient que trop heureux de céder à son enthousiasme. Et Christophe, qui sait s'organiser, a pris les billets en ligne.

Le Bataclan est envahi de jeunes gens. Il y a tellement de monde au bar que les trois amis renoncent à boire une bière. Ils jouent des coudes. Amaury tient fermement Nour par la main. Ils progressent jusqu'à l'intérieur de la salle où beaucoup de monde s'amasse déjà sous le balcon. Ils se retrouvent bientôt à deux mètres de la scène, sur la gauche. Autour d'eux règne une excitation propre à ce genre de divertissement. Mais l'ambiance, pour être électrique, n'en est pas moins amicale, quasi fraternelle. Ces groupes aux airs méchants ont l'art de créer des liens entre les jeunes – entre les jeunes et les moins jeunes, du reste, car Amaury note que des adolescents sont venus accompagnés de leurs parents. Nour se penche à son oreille :

— C'est *fun* ! On a bien fait de venir.

Il est 21 heures : Jesse Hughes, le chanteur des Eagles, surgit dans la lumière, entouré de ses musiciens. Immédiatement, la salle est envahie par une musique puissante qui semble vouloir tout emporter sur son passage.

— Super ! hurle Amaury à l'adresse de Christophe.

— Qu'est-ce que je t'avais dit ?

Amaury se tourne vers Nour qui danse déjà. Voyant qu'il la regarde, elle lui montre ses deux pouces dressés, puis lui envoie un baiser avant de fermer les yeux à nouveau, presque en transe.

— C'est seulement le début ! dit Christophe. Tu vas voir la suite !

La première heure passe comme un éclair. Puis Jesse Hughes, fixant le public des yeux derrière ses lunettes orange, lance :

— On vous aime, Paris !

Le groupe attaque le morceau « Kiss The Devil ».

Meet the devil and this is his song.

Rencontre le diable, voilà sa chanson. Amaury repensera souvent plus tard à ce titre quasi prémonitoire.

Des détonations retentissent, clairement audibles derrière la porte d'entrée.

— C'est quoi, ce bordel ? hurle Christophe. Des pétards ?

— Pourvu que des cons ne viennent pas nous gâcher le concert ! répond Amaury. C'est vraiment trop bien…

Dans les secondes qui suivent, ils sont pétrifiés de voir le groupe quitter la scène et fuir vers les coulisses. Dans le public, tout le monde a les yeux tournés vers le bar où un homme armé d'une kalachnikov tire en direction des balcons. Puis l'homme cesse de tirer. Il pivote. Il braque son arme vers la foule. Il ouvre le feu.

Amaury hurle vers Nour et Christophe :

— Attention ! Il y a un fou qui tire… À terre ! Jetez-vous à terre !

Il plonge sur Nour, la plaque au sol, la couvre de son corps, s'efforce à l'immobilité. Il garde son sang-froid. Il aperçoit soudain Christophe, paniqué, qui court vers le fond. Une rafale le fauche et il s'écroule. Putain ! Le con ! « Surtout, ne bouge pas », chuchote Amaury à l'oreille de Nour.

Le tir s'est arrêté. On n'entend plus que le brouhaha, les cris de la foule affolée. Amaury se soulève doucement et se retourne pour voir l'homme recharger tranquillement son arme pour faire feu dans sa direction. Il entend siffler les balles. Il se fait tout petit, maintient avec fermeté Nour au sol, lui murmure à l'oreille : « Surtout, ne bouge pas… »

Un choc soudain dans son bras gauche, comme une claque violente. Il comprend tout de suite qu'il est touché. Il tâte l'endroit et ramène sa main pleine de sang. *Ce con va nous tuer*, se dit-il, *il faut se tirer*. Il est étonnamment calme. Il aperçoit une partie de la foule qui s'enfuit par la gauche de la scène. Il y a sans doute une issue par là. Ce n'est pas très loin. Dix, quinze mètres tout au plus. Il glisse à Nour : « On va bondir vers la sortie, tu es prête ? » Elle acquiesce d'un léger mouvement de tête.

Ils foncent… Puis plongent de nouveau à plat ventre. Tous les gens rampent. À quelques mètres, il y a un tireur qui cartonne. Amaury entend un coup de feu tout proche. Il continue à ramper, s'assurant que Nour le suit. Tout autour, des blessés. Des gens touchés aux jambes, au ventre, des morts aussi. On entend des gémissements, des cris, il y a du sang partout au sol. Aucune trace de Christophe, il est peut-être recouvert par d'autres corps ?

La sortie n'est plus loin mais il faut l'atteindre… Pendant que l'autre fou continue à tirer, Amaury a croisé un instant son regard. Un type très jeune, un arabe de vingt ans à peine. Il avait l'air calme. Dans ses yeux, de la haine, de la méchanceté – un petit rictus au coin de la bouche. Un mec déterminé qui faisait son sale boulot. Les derniers mètres sont affreux, tous les gens luttent désespérément pour s'enfuir. C'est du chacun pour soi. Amaury pense qu'il va être étouffé. De sa main valide, il ne lâche pas Nour. De l'autre, il essaie de se frayer un chemin mais son bras blessé est de plus en plus engourdi. Il a mal. À un moment, il tombe et on lui passe dessus. Il craint à nouveau d'être étouffé. Il veut vivre, il rampe au-dessus d'un corps immobile. Dieu merci, Nour – dont il a lâché la main – le suit. Il devine l'issue, aperçoit la rue. Il force, il pousse, se débat quand d'autres personnes montées sur ses jambes, l'empêchent d'avancer. En rampant encore, il finit par atteindre la porte qui, comme un entonnoir trop étroit, ne laisse passer qu'au compte-gouttes les malheureux piégés. C'est enfin la libération lorsque quelqu'un de l'extérieur le tire, attrapant son bras valide. Il est à l'air libre et, derrière lui, Nour aussi ! Elle est dans un état épouvantable – à moitié dépoitraillée, couverte de sang – mais vivante et maîtresse d'elle-même. Elle lui sourit : « On s'en est sorti ! Tu m'as sauvé la vie ! Sans toi, j'aurais fait comme Christophe ! J'espère qu'il n'est pas mort… »

Il retourne sa veste, roule sa manche de chemise, regarde sa blessure : un méchant trou dans le bras qui saigne mais l'os n'a pas l'air atteint. Nour prend son foulard et lui fait un garrot. Il peut tenir… Il veut téléphoner à ses parents mais il s'aperçoit qu'il a perdu son portable. Il se sent étonnamment calme.

— Viens Nour, il faut qu'on aide…

Ils reviennent à la sortie qu'ils ont empruntée pour s'échapper, cet entonnoir d'où sortent au compte-gouttes les spectateurs effrayés, dépassés, emportés par la peur. Ils parviennent à arracher à la pagaille une blessée qui risquait d'être piétinée. Ils l'accrochent à leurs épaules et la transportent le long de la rue jusqu'à un point de secours improvisé par le Samu.

— Vous êtes blessé, lance un homme en blouse blanche. Oui, vous…

C'est à Amaury qu'il s'adresse. Mais Amaury n'entend plus rien.

— Oui, dit Nour, il est blessé.

L'instant d'après, Amaury est couché sur un brancard. Il ne sent plus son bras. Il ferme les yeux.

*

En se réveillant à l'hôpital Pompidou, Amaury trouve son père à son chevet.

— Je viens d'appeler ta mère, dit Éric. Pour la rassurer… J'ai parlé à l'interne, tu seras vite sur pied.

— Comment vous avez su ?

Claire et Éric étaient sortis dîner avec des amis. Ils étaient rentrés de bonne heure. Avant de se coucher, Éric a voulu regarder les chaînes d'info. Claire était dans la salle de bains, en train de se démaquiller… Éric a tressailli en voyant à l'écran les images des attentats.

— Claire !

Elle est sortie de la salle de bains en chemise de nuit. Elle a rejoint Éric devant l'écran.

— Mon Dieu…

— Amaury t'a dit où c'était, ce concert ?

Claire était blême. Elle secouait la tête.

— Au Bataclan, répond-elle d'une voix morte.

Dans la seconde qui suit, Éric a enfilé sa veste. Il a pris les clés de sa voiture. Il se précipite dans le parking…

— Comment tu as su que j'étais ici ? demande Amaury faiblement.

Il a quelque peine à émerger, à cause des calmants qui lui ont été administrés. Éric, à voix basse, explique qu'il est d'abord allé au Bataclan. Il a eu toutes les peines du monde à approcher puisque le quartier était bouclé. Il a dû plaider sa cause auprès d'un policier en faction, en disant que son fils était dans la salle de concert, et qu'il avait absolument besoin de savoir… Le policier, pris de compassion, l'a laissé franchir le cordon. Ensuite, c'était comme s'approcher de l'enfer. Un véritable chaos. En interrogeant les équipes du Samu débordées, Éric a appris que les blessés étaient répartis dans plusieurs hôpitaux. Il a commencé par Saint-Antoine qui était le plus proche. Puis on lui a conseillé d'aller à Pompidou.

— Je n'arrêtais pas de t'appeler sur ton portable, dit Éric. Tu ne décrochais pas…

Amaury a une vision de la bousculade au Bataclan. Quand il repense à ses efforts insensés pour échapper au massacre, il est pris de tremblements.

— Et Nour ? demande-t-il dans un murmure. Et Christophe ?

— Je suis là, répond Nour.

En effet, Nour est présente. Il ne l'avait pas vue. Tout semble flou autour de lui. Il distingue les traits décomposés de sa copine. Elle se penche vers lui et lui prend la main.

— J'ai réussi à monter dans l'ambulance avec toi, dit-elle.

De grosses larmes roulent sur les joues de la jeune fille.

*

Dix jours plus tard, Guillaume a invité Amaury à dîner. Florence, comprenant qu'ils avaient besoin de rester entre hommes, leur a préparé un repas froid, puis elle a rejoint une amie dans un restaurant du quartier.

— À tout à l'heure, lance-t-elle avant de refermer la porte.

Guillaume sert à son neveu un whisky – un Cardhu, selon la tradition familiale.

— À l'écossaise, annonce Guillaume. Sans glace. Avec un peu d'eau plate.

Il ajoute tristement :

— Alors ? Ton ami Christophe ?

— Une balle dans la tête. Il a tout de suite cédé à la panique…

— C'est sûrement ce qui l'a tué. Toi, tu as du bol d'avoir gardé ton sang-froid et tu t'en es sorti. J'ai connu ça en Algérie… Je me rappelle un petit appelé, un jeune gars. Au premier accrochage avec les fells, il a paniqué. Il a oublié les consignes. Ils l'ont descendu comme un lapin…

— Pareil pour Christophe.

— On m'a dit que tu étais revenu à l'entrée pour essayer d'aider…

— Tu aurais fait pareil.

— Tu étais blessé.

— Je ne suis pas un héros, tu sais. J'ai eu du bol, comme tu le dis, de pouvoir garder mon sang-froid. Ça m'a sauvé.

— Et ce bobo au bras ?

— Je garderai une cicatrice, dit Amaury avec un petit sourire. Ça me fera un souvenir de guerre.

— Tu as eu ton baptême du feu. Comme tous les Lannélec…

— Sauf papa.

— Lui, il a eu la chance de ne connaître aucune guerre.

Les deux hommes restent un instant songeurs. Puis Guillaume enveloppe son neveu d'un regard ému.

— Je suis fier de toi. Mais bon sang ne saurait mentir, n'est-ce pas ? C'est ce que mon père disait toujours. Je crois à l'hérédité dans ce domaine. Pas toi ?

— Je ne sais pas.

Ils sirotent leur whisky. Amaury ne peut se détacher du souvenir douloureux de Christophe, un ami qu'il fréquentait depuis l'école primaire et que ces salauds ont fauché en pleine jeunesse.

— Pourquoi lui et pas moi ? dit-il. N'est-ce pas injuste ? Je suis là à boire du whisky, à profiter de la vie…

Guillaume écoute. Il sent que le garçon a mûri dans cette épreuve. L'adolescent a cédé la place à un homme.

— Notre famille a une longue histoire guerrière, continue Amaury. Mais moi, la guerre, je ne suis pas attiré. Encore moins fasciné. Au Bataclan, j'ai vu le pire mais aussi le meilleur de l'humanité. Et j'ai plutôt envie d'être du côté du meilleur.

— Le pire, tu veux dire ces jeunes terroristes…

— Ils tuaient calmement, rechargeaient leurs armes, riaient entre eux. Étaient-ce des monstres ? Comment savoir ? Ils doivent traîner un passé de frustration, de rancœur, d'humiliation, de violence, de délinquance, de maladie psychique. Si ça se trouve, c'est le besoin d'aventure ! D'être reconnus par un acte extrême. En tout cas, ils ont développé une haine pour notre civilisation. La religion est leur alibi. Peut-être, pour certains, l'élément rédempteur.

Il se tait un instant pour réfléchir, puis reprend :

— Leur haine n'a pas d'avenir, de toute façon. Et moi, j'ai envie d'être un homme de paix. Je voudrais être l'inverse de ces types-là. Je voudrais aider, protéger, créer. Maintenant que j'ai vu la mort en face. Depuis, je perçois des vérités qui étaient en moi mais dont je n'avais pas conscience. Tu sais, Mathilde... J'ai toujours été proche de ma sœur : mes parents ne s'en rendaient pas compte. Dans ses pires moments, elle ne m'a jamais agressé. Elle s'est même livrée à moi. J'ai compris ce qu'elle a enduré. Notre idéal familial est trop élitiste, je trouve. On est peu concernés par la souffrance des autres, par la souffrance du monde. On admire le courage, on aime la gloire ! On a dans nos gènes le service du pays, la protection de nos gens. Mais il y a un mot qui n'appartient pas à notre vocabulaire, malheureusement, et c'est le mot *compassion*. Tout à l'heure, je t'ai dit qu'au Bataclan j'avais vu aussi le meilleur. Ça m'a impressionné, ces gens qui essayaient de sauver leurs proches, voire des inconnus... Et toutes ces équipes qui accueillaient, protégeaient, soignaient. Ces hôpitaux dont le personnel s'est dépensé sans compter ! C'est ça, la réponse positive à la barbarie.

Guillaume hoche la tête. Il affiche un léger sourire, puis enchaîne :

— Et ta copine ?

— Nour... Elle était auprès de moi quand je me suis réveillé à Pompidou. Elle m'a beaucoup soutenu, ces derniers jours. C'est une fille bien, tu sais. À Beyrouth, elle a connu les attentats, les carnages. Elle appartient à un clan chrétien puissant.

— Et elle est très séduisante, en plus. Ta mère m'a dit ça. Elle se demande si c'est sérieux... Et elle s'en inquiète.

Amaury rougit, et ne répond pas.

Dixième partie

Kerjagou

« L'avenir n'est écrit
nulle part. »

Michel Poniatovski

LVI

Kerjagou, juillet 2016

Huit mois après les attentats, Amaury est encore marqué par la violence subie, et surtout par la mort de Christophe, son meilleur ami. Pas un jour sans qu'il ne pense à lui. Tout en poursuivant ses études à HEC, il approfondit maintenant son projet de se battre pour les autres, pour la paix. La solution qu'il envisage, c'est l'humanitaire. Il en parle beaucoup avec Nour. Elle et lui se sont rapprochés depuis qu'ils ont traversé ensemble cet enfer. Au-delà de l'entente physique, ils partagent la même vision du monde. Ils viennent pourtant de milieux très différents. Mais, en tant que membre d'une très ancienne famille maronite, Nour est parfaitement à même de comprendre l'attachement des Lannélec à leur passé. Son idéalisme la pousse à croire en une action politique noble, à même de changer les choses, en une économie visant l'émancipation des peuples. Elle déplore, par exemple, qu'Israël s'oppose à la création d'un État palestinien.

— S'ils avaient investi dans le développement de la Palestine, dit-elle, au lieu de mettre tout cet argent dans leur armement, il n'y aurait plus de terrorisme.

— Tu ne rêves pas un peu, mon amour ? répond Amaury, sceptique.

Comme elle aimerait voir Israël et la Palestine se réconcilier, et devenir les pays les plus riches du bassin méditerranéen !

Claire ne voit pas d'un bon œil les amours de son fils avec *la Libanaise*, comme elle appelle la jeune femme. Jalousie de mère ou préjugé social ? Les deux, sans doute. Éric non plus n'approuve pas le choix de son fils. Il y est même très hostile.

Du côté de Guillaume et Florence, c'est une tout autre chanson qui se fait entendre. Eux adorent la superbe Nour aux yeux de gazelle. Ils trouvent qu'elle et Amaury forment un couple parfait. Du reste, ils les reçoivent à déjeuner. Ils jugent leur enthousiasme particulièrement stimulant.

En juillet, la tribu Lannélec a repris ses quartiers d'été à Kerjagou. Le temps est si beau qu'on a servi le dîner sur la terrasse, à l'ombre du grand chêne. Après le dessert, les convives s'attardent, heureux d'être ensemble dans la douceur du soir. À chaque extrémité de la longue table, Guillaume et Florence se font face. Les autres ont choisi leur place selon leurs affinités ou l'heure de leur arrivée. Les générations se succèdent : Éric et Claire, puis Amaury et Angélique, puis Ghislaine, la fille adulte d'Angélique, et la petite Marine enfin qui joue avec Aude, la fille de Ghislaine. Angélique est venue sans son mari ni son fils : tous deux avaient des obligations à l'étranger. Quant à Mathilde, elle est montée se coucher sans pouvoir attendre la fin du repas. Bien qu'elle aille mieux, elle reste fragile, elle a tôt fait de se sentir épuisée et les crises d'angoisse continuent de la tourmenter. Mais elle a sa fille auprès d'elle, désormais, et c'est une situation qui satisfait toute la famille car l'enfant se développe bien ; chacun éprouve de la gratitude envers Florence d'avoir contribué si généreusement à résoudre le problème.

Le couchant projette ses rayons sur l'étang où les oiseaux tournoient. Haut dans le ciel, les martinets tracent leurs arabesques. Une sérénité légère flotte sur le manoir dont le granit s'éclaire, par endroits, de ces couleurs chaudes qui en effacent l'austérité.

Guillaume tire la bouteille de la glace et se sert un verre de muscadet. Florence le regarde avec une expression de reproche. Il répond en lui tirant discrètement la langue. Elle sourit. Elle songe que son homme ne vieillit pas. En tout cas, une chose est sûre, il ne perdra jamais son côté sale gosse. Elle ne l'a jamais tant aimé.

S'il est des moments que Guillaume goûte particulièrement, ce sont ces instants d'harmonie en famille à Kerjagou.

— On *tablège*, dit-il, s'adressant à Éric. Et ça fait du bien.

— On quoi ? demande quelqu'un.

Guillaume reprend :

— En Algérie, quand j'allais déjeuner au mess des officiers, et qu'on traînait à table, le colonel nous accusait de *tabléger*.

— C'est sympa, de *tabléger* ! s'exclame une voix enfantine.

Des rires circulent. Guillaume déguste son vin. Le muscadet se marie si bien avec les fruits de mer ! Et Claire, Angélique et Ghislaine avaient préparé une salade de langoustines. Le fromage blanc a suivi. Et enfin des fraises de Plougastel.

— Toujours à propos de l'Algérie, reprend Guillaume, tu te rappelles mon ami Daoud…

Éric fronce les sourcils, l'air de consentir un effort de mémoire.

— Ali Daoud ! enchaîne Guillaume. Ce fellagha qu'on avait capturé, et dont j'avais sauvé la vie en le relâchant.

— Ça me revient. Il est devenu avocat…

Un Arabe raffiné, fidèle en amitié.

— Il vient de mourir, soupire Guillaume.

— Il n'était pas si vieux. Il était malade ?

— Il a fait un AVC.

Et Guillaume de préciser :

— Il ne se remettait pas de la radicalisation de son fils. Le gamin s'est fait embobiner par un imam de banlieue. Oh ! c'était un garçon intelligent, ce Brahim. Mais il n'arrivait pas à se trouver une place entre la France et l'Algérie, entre l'Occident et l'islam. Je l'avais reçu à la demande de son père. On lui proposait une vie trop peinarde. Ça ne l'intéressait pas. Il rêvait de guerres et d'aventures… Il est parti. Ses parents ne savaient même plus s'il était en Syrie, en Irak, au Yémen, en Lybie… Ali, mon ami, a vécu cette épreuve comme l'échec de sa vie.

— Il pensait avoir concilié sa foi musulmane et les valeurs occidentales, tu veux dire ?

— Oui. Et il en est mort.

Guillaume a prononcé ces derniers mots à voix basse, de crainte qu'Amaury ne l'entende : il ne voudrait pas lui gâcher sa soirée. Il continue à l'intention d'Éric, en chuchotant presque :

— Les attentats l'ont achevé. L'idée que son fils pourrait un jour participer à une tuerie comme celle du Bataclan… Ça le rendait malade.
— Il t'en a parlé ?
— Oui. En janvier. J'ai essayé de le rassurer. Mais il n'était déjà plus le même. Il est mort en plein ramadan.
Il boit pensivement une gorgée de vin.
— Tu vois, dit-il, cette famille Daoud, elle est exemplaire. Sa femme et sa fille sont devenues d'excellentes avocates. Elles se sont intégrées à la société française tout en gardant leur foi. Elles font leurs prières, respectent le ramadan… L'avenir de l'islam passera par les femmes, à mon avis. Elles ont beaucoup compté, déjà, dans la vie du Prophète. Du reste, une civilisation ne peut se développer en étouffant la moitié de l'humanité… Moi-même, si je regarde ma propre vie, les femmes y ont toujours joué un rôle clé… Tu ne m'écoutes plus, là…
Éric n'est pas loin de penser que son frère commence à radoter un peu. Surtout le muscadet aidant. Sa guerre d'Algérie ! Ses harkis ! Toujours les mêmes histoires. C'est pourquoi il s'est tourné vers Angélique avec qui il bavarde tranquillement. Guillaume le regarde d'un œil indulgent. Bientôt, il promène sur toute la tablée des regards attendris. Il est fier d'avoir bâti cette famille. Grâce aux femmes, oui : sa mère d'abord, puis Maud qui lui a donné Éric, puis sa propre épouse, Diane, qui lui a donné Angélique. Et Florence, enfin… Chacune représente un fragment de bonheur. Aujourd'hui, il a de l'admiration pour Claire : elle sait si bien tenir la propriété. On dirait qu'elle a repris le flambeau des femmes fortes de la tribu. Elle a montré de l'abnégation quand Mathilde est tombée malade, de la compassion quand Agnès a perdu son fils. Elle a même consenti à renouer avec Astrid. Elle joue à merveille son rôle de trait d'union entre les trois vieilles amies. Et surtout, elle fait d'Éric un homme heureux. Au fond, elle illustre parfaitement ce mélange de fragilité et de force qui plaît tant à Guillaume chez les femmes, cette vulnérabilité émotionnelle doublée d'une détermination farouche quand il s'agit de donner la vie, de transmettre les valeurs du clan.

Il se laisse entraîner par ses pensées. Il songe à la mère du croisé, en ce XIIe siècle si lointain et si proche. À la résistante courageuse qu'était sa propre mère. Oui, les femmes… Elles ont assuré la persistance des Lannélec, une génération après l'autre. *Sans elles*, pense Guillaume, *je n'aurais été qu'un voilier sans quille, j'aurais flotté sur des eaux troubles, au gré de mes passions. Mes ancêtres ont sûrement vécu la même chose. Et l'avenir, que nous réserve-t-il ? Amaury épousera-t-il Nour ? La Libanaise arrivera-t-elle jamais à rejoindre la cohorte des femmes puissantes qui ont fait de Kerjagou un domaine si riche et tant aimé ? En aura-t-elle seulement le désir ?*

On dirait que Claire a deviné les pensées de Guillaume. Elle lui adresse un imperceptible sourire auquel il répond d'un léger signe de la main. Il voit là-bas Amaury discuter avec Ghislaine. La jeune femme projette de devenir chirurgien, comme son père – un homme auquel elle ressemble du reste comme deux gouttes d'eau. Amaury, lui, a vraiment une tête de Lannélec – la mèche blonde, la fossette au menton, la figure volontaire, le grain de beauté sur la joue droite… Les yeux sont ceux de Maud, incontestablement. Ils pétillent de charme. Amaury est un Lannélec, il fait penser à Maud et il étudie à HEC. Sans parler du courage dont il a fait preuve au Bataclan…

Entouré du brouhaha des conversations, Guillaume de Lannélec poursuit sa rêverie. Il voit l'humidité monter de l'étang, le ciel s'obscurcir, l'étoile du Berger apparaître là-haut et la pleine lune commencer à jeter une faible lueur argentée sur la terrasse. Kerjagou va s'endormir une fois encore. Comme il s'endort depuis neuf siècles. Plus de trois cent mille nuits. Une éternité de nuits ! Les ténèbres enveloppent les arbres, les pierres et l'eau. Quand les conversations retombent, on entend les bruits nocturnes échappés de la nature. À l'aube, la maison ressuscitera. Ce même cycle se répète depuis le Moyen Âge. Comme le cycle des Lannélec lui-même. Comme la chaîne dont lui, Guillaume, est seulement un maillon. Il est des maillons forts et des maillons faibles, mais jusqu'ici, tous ont tenu. Ils sont là, présents dans son corps qui bientôt ne sera plus…

Guillaume s'essoufflait, ces dernières semaines, en montant l'escalier. Est-ce l'approche de la fin ? Quelle importance ?

N'a-t-il pas fait son temps, lui aussi ? Du reste, n'est-il pas un survivant ? En Algérie, il a eu dix fois l'occasion de mourir. C'est de très peu, qu'il a échappé à l'*Ankou*, la grande faucheuse des Celtes. Mais un jour, elle le fauchera lui aussi. Son heure alors aura sonné.

Heureusement, la relève est là. Éric. Amaury. Le destin des Lannélec et celui de Kerjagou sont liés – puissent son fils et son petit-fils comprendre comme lui que le destin est certes affaire de volonté, mais qu'il passe aussi par les femmes.

DU MÊME AUTEUR
CHEZ LE MÊME ÉDITEUR

LE MANOIR DES LANNÉLEC

Toussaint 1986. Par une nuit froide, dans la bibliothèque du manoir familial de Kerjagou, proche des côtes bretonnes, Guillaume de Lannélec revisite son passé. D'une phrase, son ancienne amie a ouvert la boîte de Pandore…

Guillaume se rappelle… Son amitié adolescente avec Olivier Loubreyroux, protestant cévenol rencontré en prépa HEC. Leur vie de jeunes gens insouciants ; premiers flirts, puis premiers désaccords quand Guillaume succombe à des amours défendues… Survient la guerre d'Algérie. Pour des raisons différentes, ils choisissent de s'engager, devançant l'appel, et découvrent un pays magnifique, la fascinante Alger, puis l'âpreté du combat, le terrorisme, la mort. De retour en métropole, nouveaux défis professionnels dans l'univers de la communication, et toujours, les femmes…

Leur amitié saura-t-elle résister aux bourrasques du temps ? C'est tout l'enjeu de ce récit intense, qui embrasse dans son cours le destin d'un homme et celui d'une époque.

ISBN 978-2-8098-1804-8 / H 38-1512-5 / 396 pages / 22 €

Cet ouvrage a été composé
par Soft Office à Eybens (Isère)

Impression réalisée par

PRÉSENCE GRAPHIQUE

en mars 2017

pour le compte des éditions de l'Archipel,
département éditorial
de la S.A.S. Écriture-Communication

Imprimé en France
N° d'impression : 031757386
Dépôt légal : mars 2017